Gustavo Bolívar Moreno

Senza tette non c'è paradiso

Traduzione di Maria Nicola

Rizzoli

ISBN 978-88-17-01727-5

Titolo originale dell'opera:
SIN TETAS NO HAY PARAÍSO

Prima edizione: giugno 2007

Realizzazione editoriale: Studio Editoriale Littera, Rescaldina (MI)

Senza tette
non c'è paradiso

1

Chi ha detto che le dimensioni non contano?

Catalina non avrebbe mai immaginato che la felicità delle ragazze della sua generazione dipendesse dalla taglia del reggiseno. Lo capì il pomeriggio in cui Yésica le spiegò come mai l'uomo che da giorni attendeva con ansia l'avesse piantata in asso sulla porta di casa.

«È per via delle tette, cara! Se El Titi ha scelto Paola e non te, è perché le tue sono troppo piccole!»

Con queste brutali parole Yésica aveva posto fine al primo tentativo di Catalina di prostituirsi. In quel momento, proprio davanti a loro, Paola saliva tutta sorridente sul lussuoso fuoristrada di Aurelio Jaramillo, detto El Titi, diretta alla villa di Cartago dove, per cinquecentomila pesos, avrebbe fatto l'amore e posato nuda sul bordo di un'immensa piscina, accanto ad altre ragazze ignoranti e ambiziose quanto lei, fra statue di marmo da cui l'acqua sgorgava con annoiata rassegnazione.

Malgrado avesse soltanto quattordici anni, Catalina non vedeva l'ora di entrare a far parte della scuderia di Yésica, che aveva un anno più di lei ma già si guadagnava da vivere reclutando le ragazze più carine della periferia di Pereira per gli harem dei narcotrafficanti.

Il rifiuto di El Titi, boss in ascesa che aspirava a diventare il re della droga, per Catalina era un colpo tremendo. Lacrime d'odio e autocommiserazione le rigavano le guance. «Non ho nemmeno un vestito decente, i miei capelli sono uno schifo... gli sarò sembrata una bambina» balbettava cercando di placare la propria umiliazione. Ma ormai il danno era fatto. Yésica, la giovanissima maîtresse, ripeté la sua diagnosi, pur sapendo di colpire l'amor proprio dell'amica d'infanzia: «Paola ce le ha più grosse, e su questo non c'è niente da fare, carina».

Catalina portò istintivamente le mani al petto, e si difese attaccando: le tette di Paola, per quanto abbondanti, erano fatte di gomma, mentre le sue erano tutta natura. Allora Yésica tornò a ferirla con l'unico, e indiscutibile, argomento a sua disposizione: «E cosa importa? Che siano di gomma, di legno o di pietra, le tette di Paola sono più grosse. Ed è questo che conta per quelli là: che le ragazze ce le abbiano grandi!».

A Catalina non restava che accettare il verdetto e maledire El Titi. Per colpa di quell'uomo doveva dire addio ai suoi primi cinquecentomila pesos, con cui aveva sperato di andare al supermercato a far provviste per tutta la famiglia, chiedendo in cambio a sua madre il permesso di lasciare per sempre la scuola. Catalina, infatti, detestava studiare, e smettere di andare a scuola per lei era importante almeno quanto trovare il modo di cominciare a guadagnare.

La rabbia che provava si attenuò solo quando il lussuoso fuoristrada di El Titi sparì in fondo alla discesa. Allora Catalina si lasciò sfuggire una frase che suonava come un'assoluzione: «Il fatto è che non sai se odiarli, quando ti fanno certe cose, oppure amarli ancora di più».

Yésica approvò con un sorriso, mettendo fine a quell'imbarazzante incidente.

Catalina, va detto, desiderava entrare nel sordido mondo delle schiave del sesso non certo per godere delle delizie dell'alcova: era vergine e non immaginava neppure cosa significasse andare a letto con un uomo. Il fatto è che non sopportava più di vedere le sue vicine pavoneggiarsi ogni giorno con un vestito diverso, scarpe e borsette nuove, orologi, profumi firmati e cellulari all'ultima moda. L'invidia la torturava. Tutta quell'abbondanza la offendeva, tanto più adesso che ne conosceva il segreto: nient'altro che un bel paio di tette della misura giusta. Nel suo quartiere, solo le ragazze più prosperose vivevano in case dipinte di fresco e con l'antenna parabolica sul tetto. Se El Titi l'aveva ignorata per portarsi via Paola, le cui tette scoppiavano in una quarta di reggiseno, la conclusione era una sola: Catalina doveva essere pronta a tutto, anche a radere al suolo mulini a vento, pur di trovare i soldi necessari per l'operazione.

Ma invece di placare il suo cuore di adolescente, questa consapevolezza lo riempì di agitazione. Tormentata dall'impazienza tipica dell'età, Catalina scongiurò Yésica di trovarle subito un cliente disposto a tirarla fuori dalla miseria. Yésica le promise di aiutarla, pur ribadendo che senza un seno abbondante c'era ben poco da fare. Per conquistare il letto e il portafogli di uno di «quelli» non c'era altro mezzo che la chirurgia estetica.

Del resto Catalina ormai ne era più che convinta. Da quello stesso giorno, con determinazione e religiosa pazienza, avrebbe cominciato a mettere da parte il denaro necessario per farsi impiantare due protesi da capogiro. Tuttavia non era una stupida, e sapeva quanto fosse difficile spezzare il circolo vizioso del quale era prigioniera. Se per colpa di quel suo seno acerbo nessun milionario lussurioso l'avesse notata e desiderata, come sarebbe riuscita a racimolare cinque milioni di pesos? Questa, infatti, era la somma richiesta da un chirurgo per introdurre nei suoi candidi seni due sacchetti di plastica gonfi di silicone.

A titolo di incoraggiamento, Yésica le suggerì di valorizzare il più possibile il proprio corpo. Un giorno o l'altro poteva sperare di vendere la propria verginità a un piccolo trafficante di recente promozione, di quelli che si accontentavano facilmente. Catalina trasalì a quella nuova offesa, mentre Yésica le spiegava l'importanza di far ginnastica e curarsi al meglio. Il che, tenendo conto della miseria spirituale dei narcos, significava sforzarsi di assottigliare il più possibile il girovita, rimpolpare i fianchi, rassodare i muscoli, gonfiare il sedere, stirare i capelli con ogni genere di trattamento, spalmare sul viso creme e maschere di bellezza, decolorare anche i peli più nascosti, radersi le gambe e l'inguine ogni tre giorni, e tostarsi la pelle al sole o sotto una lampada fino a veder affiorare le macchioline cancerose che sarebbero state scambiate per sensuali lentiggini.

Catalina sospirò, piena di rimpianto per l'appuntamento andato in fumo. Sapeva che nella villa da sogno di El Titi la sua verginità sarebbe rimasta a dondolare appesa a un'amaca o a galleggiare in piscina in mezzo a decine di lattine vuote. Eppure non aspirava ad altro, pensando più alla gioia di un brillante futuro che al dolore di un presente incerto.

La verginità di Catalina era risaputa nel quartiere e perfino in altre zone popolari di Pereira. Albeiro, il fidanzatino di sempre, l'unico da quando Catalina aveva undici anni, contava i giorni che mancavano alla sua maggiore età. Lei, infatti, aveva promesso di concedergli la propria innocenza solo dopo essere entrata per la prima volta in una discoteca e aver infilato la sua nuovissima carta d'identità nel portafogli rosa di Hello Kitty che avrebbe ricevuto in regalo alla festa dei diciott'anni. Questo desiderava dalla vita Catalina, quando ancora si lasciava cullare da fantasticherie infantili.

In quei quattro lunghissimi anni di attesa che ancora lo separavano dalla felicità, Albeiro era pronto a prendersi cura di lei come del bene più prezioso, e giurava davanti agli amici che chiunque avesse osato provarci con la sua ragazza, o l'avesse anche solo guardata, non avrebbe vissuto abbastanza da pentirsene.

Ma Albeiro non sarebbe stato capace di ammazzare nemmeno una mosca, e Catalina non era più così convinta che concedersi a lui dopo un'attesa tanto lunga fosse una buona idea. Ormai la fidanzatina adolescente aveva ben altre ambizioni. Vedere le sue compagne salire a bordo di auto magnifiche, ammirare i motorini e gli abiti firmati che ricevevano in regalo, assistere ai loro sperperi al bar della scuola, e poi cogliere le risatine soffocate delle ragazze riunite ai giardinetti del quartiere il lunedì sera, quando ciascuna raccontava alle altre le avventure erotiche del weekend, tutto questo aveva distrutto i suoi sogni di adolescente.

Adesso Catalina voleva essere come loro, appartenere a un uomo potente per poter riempire il carrello della spesa nei grandi centri commerciali, e soprattutto, per diventare splendida e appariscente come le famose modelle raffigurate nei poster che tappezzavano la sua stanza. Adeguandosi così al gusto, esigente ma grossolano, di personaggi abituati a pagare qualunque prezzo pur di impossessarsi del corpo e della coscienza delle bambine di cui si invaghivano. Perciò quel pomeriggio, vedendosi respinta da El Titi, Catalina corse a casa pregando che Paola facesse una pessima figura là nella villa dove l'avevano portata.

Ma certe preghiere non vengono mai esaudite. Il lunedì seguente, verso le otto di sera, la sua rivale tornò tutta sorridente reggendo a fatica sacchetti colmi di vestiti nuovi, provviste per sua madre e scarpe per i fratelli. Catalina moriva dall'invidia, ma si sentì ancora peggio quando Paola raccontò a tutte che El Titi le aveva regalato due milioni per rifarsi il naso. Ecco cosa mi perdo per via di questo seno troppo piccolo, pensò e rimase in silenzio mentre Yésica riscuoteva la sua commissione, e Vanessa e Ximena, due amiche dell'isolato, tempestavano di domande la fortunata. Volevano sapere tutto su El Titi. Come e dove lo faceva, se era peloso o aveva la pelle liscia, se diceva parolacce o stava zitto, se gli piaceva guardarla mentre accarezzava altre ragazze.

Volevano sapere se scopava bene, se ce l'aveva grosso o piccolo, se durava poco o tanto, quante volte lo faceva per notte, se dopo si addormentava o si accendeva una sigaretta, se si spogliava nudo o teneva addosso calzini e camicia, se era tenero o brusco, se gliel'aveva fatto succhiare o gliel'aveva leccata, se metteva il preservativo e se gridava.

Catalina cercò di memorizzare ogni informazione, caso mai dovesse servirle in futuro. Alla fine, sopraffatta dall'umiliazione e da quella girandola di novità, se ne andò a testa bassa senza nemmeno salutare. Non appena si fu allontanata, Yésica spiegò alle altre ragazze che negli ultimi tempi Catalina era un po' depressa, ma di certo il suo umore sarebbe migliorato non appena fosse riuscita a entrare nel giro. Le altre sottoscrissero con una risata la previsione di Yésica e si affrettarono a chiedere nuovi appuntamenti alla piccola maîtresse.

Il mattino seguente, la potente sveglia di Catalina, con dentro una gallina intenta a becchettare il nulla, suonò implacabile alle cinque in punto. Doña Hilda, sua madre, balzò a sedere sul letto, e suo fratello Bayron, la testa sotto il cuscino, strillò: «Lasciaci dormire, stronza» scagliando con mira precisissima la bottiglia di birra vuota rimasta sul comodino dalla sera prima. La sveglia cadde a terra con gran fracasso, ma la gallina continuò a becchettare imperterrita, ora rivolta verso il cielo.

«Bayron! Guarda che se si è rotta me la paghi, o vedi cosa ti faccio!» gridò Catalina già in lacrime.

«Che cosa ti viene in mente di farla cantare così presto quella gallina di merda!» si difese il fratello.

E mentre Catalina, tirando su col naso, raccoglieva la sveglia e i cocci di bottiglia, sua madre provò a indagare: «Ma dove vai a quest'ora? È ancora buio».

«A correre, mamma. Ho bisogno di fare esercizio!» rispose lei, inghiottendo le lacrime.

La mamma avrebbe voluto dirle che non sarebbe servito a nulla, perché di lì a pochi mesi sarebbe rimasta incinta e le si sarebbe rovinata la linea comunque, com'era successo alla figlia della sua migliore amica. Ma per amor di pace preferì tacere.

Cinque minuti dopo, con una tuta grigia aderentissima e mezzo bicchiere di caffè del giorno prima nello stomaco, Catalina trottava per l'Avenida 30 de Agosto in direzione dell'aeroporto. Aveva deciso di correre fino alla recinzione e poi tornare indietro. Cinque chilometri buoni.

All'arrivo, quando ormai spuntavano i primi raggi di sole e gli uccelli dello zoo intonavano i loro gorgheggi, Catalina si fermò a guardare un aereo immenso e scintillante che decollava. Ansimante, appoggiò la fronte alla rete metallica che separava la pista dalla strada e si abbandonò al sogno di trovarsi in volo, seduta sulle ginocchia di El Titi, con due tette di silicone tre taglie più grandi delle attuali. Sorseggiava un gustoso cocktail fra le risate di Yésica e lo sguardo invidioso di Paola, che sopportava le carezze lussuriose di Clavijo, un mafiosetto di terza categoria come El Titi, ma di quaranta chili più grasso.

Quando si riscosse, grazie al ruggito possente di un *ligre*, il frutto dell'incrocio tra una tigre femmina e un leone, un aereo stava atterrando sulla pista. Catalina immaginò che il pilota fosse tornato a prenderla per darle la possibilità di realizzare il suo sogno.

Poco dopo, con un sospiro e un battito di palpebre, si rimise a correre verso casa, dove doña Hilda stava medicando un piede al figliolo, che, nell'alzarsi, si era ferito con un coccio di bottiglia.

Giunta davanti a casa, madida di sudore dopo la lunga corsa, Catalina vide Vanessa e Ximena scendere da un'enorme auto con i vetri fumé che subito ripartì con una sgommata. Le ragazze erano ancora piuttosto sbronze, e sui loro volti si leggeva la stanchezza di una lunga notte trascorsa a ritmo di musica, alcol e insaziabili richieste erotiche da parte di El Titi e di Clavijo.

«Ehi, Catalina! Cosa ci fai sveglia a quest'ora?» domandò

Vanessa. E lei, svelta, dando le spalle alla porta di casa, mentì: «Sto andando a comprare la colazione».

«Tieni, compra una bella pagnotta per Bayron» disse Ximena con aria di superiorità, srotolando un fascio di banconote e scegliendone una da diecimila. Poi, prima di varcare il cancello di casa traballando sui tacchi dei suoi stivali di vera pelle, aggiunse: «Diglielo, a tuo fratello, che gliela mando io e che gli voglio sempre tanto bene».

«Glielo dirò» le assicurò Catalina, pensando già di tenersi la colazione e la banconota.

Con una vuota risata, Vanessa e Ximena, che solo pochi mesi prima sedevano in classe con lei alla scuola media Porfirio Díaz, sparirono lasciandosi dietro una scia che sapeva di alcol e tristezza. Catalina si rivide ballare insieme a loro sulle note di una canzone che parlava di cavalli al galoppo, le gonnelline dell'uniforme che svolazzavano qua e là. Ebbe una stretta al cuore e si domandò che cosa le riservasse il futuro. Poi si ricordò della banconota da diecimila pesos che stringeva in mano, guardò il proprio seno minuscolo e capì che lo sapeva perfettamente. Spinse la porta di casa, ed entrò nel frastuono della musica hard-rock preferita da Bayron.

«Ma che pagnotta e pagnotta! Di' a quella puttana che non ho bisogno di pane, e dammi subito i soldi!» Non appena la vide, Bayron le strappò di mano i diecimila pesos.

«Nossignore!» gridò Catalina, lanciandosi a recuperarli. «Ximena ha detto che erano per il pane e li useremo per il pane. Il resto me lo tengo io.»

«Ma guarda che razza di stronza sei diventata!» replicò il fratello, arraffando per la seconda volta la banconota e infilandosela nelle mutande. «Se ti piacciono tanto i soldi, pensa a trovarti un ricco ciccione disposto a mantenerci tutti quanti...»

Dalla cucina si fece sentire la voce di doña Hilda: «Bayron! Che cosa le metti in testa, a quella ragazzina, si può sapere?».

«Non vorrai che vada sprecata con un poveraccio qualunque, che quando rimane incinta mi tocca spaccargli la faccia a quel bastardo!»

Catalina lo guardò con odio, ripromettendosi di conservare quel monito in uno dei disordinati cassetti della sua memoria.

Quattro settimane dopo, quando ormai Catalina aveva le gambe sode come gomme di bicicletta, la pancia piatta come una tavola, il fondoschiena tondo come un pallone da football e i fianchi animati da moto ondulatorio continuo, Albeiro andò ad aspettarla davanti all'istituto Porfirio Díaz, dove Catalina frequentava la terza media insieme ad altre quindici ragazze e diciotto ragazzi. Vedendola in forma così smagliante, il ragazzo non riuscì a trattenere l'entusiasmo, e abbandonò la sua corazza di timidezza adolescenziale per avventurarsi nelle insidiose acque dell'adulazione. «Come sei bella, amore mio!» le sussurrò socchiudendo gli occhi, pazzo di gioia all'idea che la sua ragazza stesse facendo tutti quegli sforzi per lui.

«Dici davvero?» rispose Catalina, gettando i capelli oltre la spalla con un abile movimento della testa.

«Sei molto sexy» confermò Albeiro. Ma poi rovinò tutto con una frase della quale si sarebbe pentito per il resto dei suoi giorni: «Amore mio, se non fosse per il seno piccolo, saresti la più bella di tutta Pereira». Catalina lo guardò come se la avesse schiaffeggiata. L'inconsapevole crudeltà di quel complimento a doppio taglio fu un colpo così forte per la sua autostima che non riuscì a trattenere il pianto. Ferita a morte, e senza dire una parola, Catalina scappò di corsa dalla scuola.

Quando, col cuore sul punto di scoppiare e la gola secca, Albeiro la raggiunse, Catalina aveva il viso inondato di lacrime. Il povero ragazzo non avrebbe mai immaginato di poter offendere in quel modo il suo amore, la

Luce dei suoi Occhi. L'amava al punto di vivere per lei, respirare con lei, cantare soltanto le canzoni che piacevano a lei, ballare con lei in sogno e fantasticare dei due splendidi bambini che desiderava avere da lei. Per realizzare il suo sogno e per assicurare a Catalina un futuro decente, Albeiro lavorava come un matto dalla mattina alla sera, senza pensare ad altro, stampando bandierine e berrettini del Deportivo Pereira e di altre squadre di calcio. La domenica andava di persona davanti allo stadio a vendere la merce con la madre e i fratelli, sfidando la polizia e l'aggressività dei tifosi che spesso non volevano pagare.

Non potendo ringoiare le proprie incaute parole di poco prima, Albeiro fece di tutto per calmare la sua fidanzata, ma il compito si rivelò assai arduo, e la discussione si prolungò per tutto il tragitto fino a casa.

Ai giardinetti, Yésica, Paola, Ximena e Vanessa stavano ridendo a crepapelle, reggendo a stento il peso delle tette rifatte. Come sempre, si raccontavano le loro storie, ma, quando videro arrivare la coppia di fidanzatini, ammutolirono per seguire meglio la loro lite. Inutile dire che cosa pensassero di Albeiro: lo ritenevano uno sciocco, un imbranato e un morto di fame.

Catalina lo copriva di insulti, respingendo i disperati tentativi del ragazzo di minimizzare la propria gaffe. Intanto, la ragazza sbirciava il gruppo delle amiche, impaziente di raggiungerle per ascoltare i loro discorsi. Catalina apprezzava in particolare i racconti di Yésica, che malgrado i suoi quindici anni conosceva il mondo, ed era così esperta di adulti e di sesso che nemmeno dieci uomini messi insieme la sapevano lunga quanto lei.

Yésica diceva, per esempio, che la fantasia erotica di ogni uomo era stare con due donne contemporaneamente; che gli uomini avevano paura di mostrare il loro pene ad altri uomini, per questo preferivano evitare le orge; che andavano matti per le ragazze col pube tinto di biondo, e che erano così stupidi da credere che quello fosse il loro colore naturale. Diceva anche che tutti gli uomini, senza eccezione, e i narcos specialmente, ma anche i politici, gli artisti e gli sportivi, senza escludere preti, insegnanti, psicologi e vecchi decrepiti, erano dei gran figli di puttana, bugiardi, lussuriosi, cinici e spilorci; nessuno di loro era capace di rimanere fedele a una sola donna, semplicemente perché una sola vagina finiva sempre per annoiarli. Quella, secondo Yésica, era la loro natura, e tanto peggio per le povere ingenue che non accettavano di condividere il proprio uomo.

Yésica spiegava poi che gli uomini si vergognavano a uscire con le ragazze brutte, e che per questo nessun ricco si faceva vedere in giro con una donna che non fosse rifatta dai polpacci fino agli occhi, passando per il sedere, la pancia, le tette e le labbra. Aggiungeva che a letto gli uomini diventavano degli animali quando le donne chiedevano di più o erano disposte a mostrare il loro piacere, e si commuovevano come bambini vedendole camminare nude, di spalle, con la loro camicia addosso, o piangere per il più stupido capriccio. E sosteneva che il modo più sicuro per mettere in fuga un uomo era chiedergli di sposarsi o di fare un figlio, a meno che non fosse lui a desiderarlo. Yésica non si stancava, inoltre, di ripetere la regola secondo cui gli uomini erano così maschilisti da avere sempre molte donne, ma da non tollerare che una donna facesse altrettanto. Quella che stava con molti uomini era una puttana, e a nessun uomo piacevano le puttane, anche se ne erano completamente circondati.

Così come non si rendeva pienamente conto che lei e le sue amiche stavano diventando a tutti gli effetti delle puttane, Yésica non sospettava che i suoi giudizi, per quanto calzanti, si riferivano alla sola categoria di uomini che la vita le avesse concesso di conoscere: i narcotrafficanti. Esseri rozzi, primitivi, estremamente ambiziosi, avidi, prepotenti, egoisti e suscettibili, infedeli, donnaioli, ingenui e bugiardi. Semidei di un Olimpo immaginario, viziosi e corrotti, malvagi, vanitosi e sprezzanti, incapaci di tollerare la solitudine, fanfaroni insicuri perennemente bisognosi di dimostrare qualcosa al mondo. In definitiva, erano una banda di traumatizzati, braccati dal segreto terrore di finire ammanettati su un aereo americano in partenza da Bogotá, tipi che, in caso di necessità, non avrebbero esitato a vendere la propria madre.

Catalina, ancora infuriata per l'innocente allusione di Albeiro alle dimensioni dei suoi seni, fingeva di ascoltarlo, ma in realtà guardava le amiche, le cui risate, da lontano, le solleticavano l'orecchio.

Delle cinque, lei era la più giovane. Vanessa aveva quindici anni come Yésica, mentre Ximena e Paola, già sedicenni, ai suoi occhi erano delle donne fatte. Tutte, inutile dirlo, erano molto più esperte di lei. Vanessa aveva perso la verginità per mano del patrigno a soli dieci anni. Sua madre non l'aveva nemmeno ascoltata quando la ragazzina aveva tentato di raccontarle che il suo nuovo marito, un uomo grande e grosso con baffi e basette, la accarezzava sotto il grembiulino quando la moglie era al lavoro.

Yésica, invece, aveva avuto il primo rapporto sessuale con un cuginetto di Manizales, venuto in vacanza per qualche giorno a casa sua. Sua madre, ritenendolo troppo piccolo per certe cose, l'aveva messo a dormire nel letto di Yésica. La donna ignorava che alla figlioletta, sviluppata da pochi mesi, già ribolliva il sangue, e che l'imberbe nipotino da tempo sperimentava erezioni automatiche al risveglio.

Ximena, dal canto suo, era stata violentata da una banda di ragazzi del quartiere El Dorado la sera in cui la sua irresponsabile nonna, che si occupava di lei da quando la madre se ne era andata di casa, aveva insistito perché andasse a comprare le sigarette costeggiando un campetto di calcio del tutto privo di illuminazione.

Paola, la più fortunata di tutte, aveva ceduto il fiore

della sua innocenza al primo fidanzatino, nel cortile di casa, con la paura di chi sa che genitori e fratelli sono fuori ma potrebbero tornare da un momento all'altro. Eppure Paola era riuscita a far credere ai fidanzati successivi di essere ancora vergine. Un'amica le aveva insegnato un vecchio trucco: bastava aspettare le mestruazioni, accettare con riluttanza le avances del partner fingendo di avere paura, strappare al malcapitato un paio di promesse per l'eternità, e poi gridare, graffiarlo, versare qualche lacrima e infine mostrare con vergogna la macchia sul lenzuolo. Gli uomini erano talmente sciocchi che qualche goccia di sangue bastava a cancellare ogni dubbio circa la purezza della fidanzata. Del resto l'imene non era altro che un sigillo di garanzia ricostruibile in ambulatorio per soli duecentomila pesos.

Ormai, a sedici anni, Paola non poteva più far finta di essere vergine, ma riusciva a convincere tutti i suoi uomini che quella era appena la seconda volta che faceva l'amore. La prima non era stata che un tragico errore, una violenza subita senza alcun piacere. Ximena e Vanessa non si tenevano dal ridere pensando all'astuzia di quello stratagemma.

I racconti di Yésica e delle sue amiche erano esposti in tono così pragmatico e divertente che tutte le ragazze del quartiere, perfino quelle più grandi, restavano ad ascoltarle per ore. Finché, verso la mezzanotte, la piccola maîtresse le spediva tutte a nanna.

Scambiandosi baci sulle guance, le ragazze si salutavano e se ne andavano a casa, in attesa del giorno seguente, quando avrebbero potuto imparare nuovi eccitanti segreti. Non sapevano che mentre loro si preparavano ad andare a letto da brave bambine, Yésica correva all'angolo della strada da altre amiche, saltava su un taxi e si allontanava verso una destinazione sconosciuta.

Erano ormai sei ore che Albeiro implorava invano il perdono della sua irremovibile fidanzata.

«Tu vorresti che fossi come loro, non è vero?» diceva Catalina indicando le ragazze ormai in procinto di rientrare a casa. Era decisa a non cedere, almeno fino a quando non avesse ottenuto qualcosa in cambio della riconciliazione: un pupazzo di peluche, per esempio, o almeno una barretta di cioccolato alle arachidi. «Loro sì che ce le hanno grosse. Tutti uguali, voi maschi, pensate solo a quello. Loro sì che si vestono bene, loro vanno dal parrucchiere, loro fanno il bagno nel profumo. Ma sta' tranquillo, caro mio, che fra poco sarò anch'io così.»

«Così come, Catalina?» chiese Albeiro atterrito.

«Vedrai che li trovo anch'io, i soldi per farmi una bella operazione. Li trovo eccome! Tanto con le tette piccole non mi vuole nessuno...»

A questo punto Catalina corse in casa, e Albeiro, nella sua ingenuità, concluse che il comportamento della sua ragazza era solo la puerile vendetta di una bambina che teme di essere abbandonata.

La mattina seguente, pentito e avvilito, si recò a casa di Catalina con un orsacchiotto di peluche, il settimo che le regalava da quando stavano insieme, uno per ogni litigio. Era un regalo un po' esoso per le sue tasche, gli era costato ben 8500 pesos e la rinuncia al pranzo per quel giorno. Col suo pegno d'amore ben avvolto in un sacchetto di carta a fiorellini rosa, Albeiro si fermò davanti alla porta col batticuore, sistemandosi i capelli prima di bussare.

La madre di Catalina gli aprì con un gran sorriso.

«Oh, ciao, Albeiro... Entra...»

«Buongiorno, doña Hilda... C'è Catalina?»

«No, caro» rispose la donna affacciandosi in strada. «È uscita un attimo fa, non so dove sia andata...»

«Peccato!» fece Albeiro deluso, guardandosi intorno nella vana speranza di vederla arrivare.

«Puoi aspettarla dentro, se vuoi. Lo sai che sei sempre il benvenuto in casa mia» propose allora doña Hilda, socchiudendo gli occhi con involontaria civetteria femminile.

«Grazie, solo un minuto. Poi devo correre al lavoro.» Albeiro, rassegnato, la seguì senza poter fare a meno di notare, per la prima volta in vita sua, le cosce ben tornite della signora visibili sotto i pantaloni semitrasparenti del pigiama.

Intanto, ai giardinetti dietro l'angolo, fra risate e colpi di clacson dei tassisti, Catalina e le sue amiche si abbandonavano a uno dei loro deliziosi dibattiti presieduti da Yésica. Questa volta l'argomento era l'orgasmo. Ne parlavano con una competenza così insolita per ragazze della loro età, con una sfacciataggine così ingenua e una tale ricchezza lessicale da suonare, loro malgrado, comiche, aggressive e patetiche allo stesso tempo. Anche un adulto con notevoli esperienze erotiche alle spalle avrebbe rinunciato a controbattere, imbarazzato, dinanzi alla solidità delle loro tesi. «Non c'è niente da fare, gli uomini, quando scopano, pensano solo a se stessi» diceva Ximena. «Venire, per loro, è facile e insignificante come andare in bagno» sosteneva Paola. «Eiaculano prima se la donna dimostra il suo piacere gridando e gemendo, per questo io preferisco star zitta quando faccio l'amore» affermava Vanessa. A queste teorie filosofiche Yésica aggiungeva una raffica di consigli pratici, spesso molto sensati: «Devi essere sempre tu a condurre il gioco, gli uomini sono come macchine senza freno: se li lasci andare come vogliono, si schiantano in due minuti».

Tutte ridevano a crepapelle, ma Yésica riprendeva subito la sua lezione: «Alcuni vanno dritti al traguardo, e poi... tanti saluti, cara mia, si girano dall'altra parte e tu non esisti più. Per questo vi dico che bisogna tenerli a freno, far la faccia di quella che soffre e toglierseli di dosso con qualunque scusa. Provate ad alzarvi e andare in bagno. Scalpitano e gridano, ma in certe situazioni è l'unico modo per prolungare il gioco». Se mai avesse avuto una pistola Yésica ne avrebbe già ammazzati almeno una dozzina, di quei bastardi egoisti che l'avevano lasciata morire dalla voglia un momento prima dell'orgasmo. «Roba da scannarli, ve lo giuro» concluse, ricordando con rabbia qualche deludente episodio della sua breve ma intensa carriera.

Catalina raccoglieva informazioni con la massima diligenza, mentre Albeiro la aspettava seduto in casa sua, sforzandosi di bere il caffè offerto da sua madre, con l'occhio rivolto all'orologio e il cuore roso dai sospetti, e quell'orsacchiotto che gli era costato un occhio della testa.

«E tu come stai, Albeiro? Mia figlia mi ha detto che ieri sera avete bisticciato...» doña Hilda provò ad avviare una conversazione.

«Sì, signora...»

E mentre il ragazzo, pur di sottrarsi ad altre domande imbarazzanti, chiedeva il permesso di andare in bagno, Catalina proseguiva nel suo apprendistato. Adesso Yésica stava illustrando gli strani gusti di certi uomini in materia di sesso. Diceva che El Titi non smetteva di scopare nemmeno quando riceveva le telefonate di Cardona, il suo capo, perché in realtà la cosa lo eccitava. A Cardona, invece, piaceva essere sculacciato; e Morón, che essendo a capo di tutta l'organizzazione era al di sopra perfino di Cardona, ogni volta che faceva sesso con una delle sue innumerevoli donne aveva l'abitudine di coprire con un sacchetto di plastica la statuetta di Gesù Bambino che teneva accanto al letto. Diceva che non era il caso di disturbare Gesù, e quando era in compagnia della moglie arrivava a mettergli le cuffie dello stereo sulla testa, perché non sentisse le grida e i gemiti della sua legittima sposa, che aveva fama di tirar giù la casa quando raggiungeva l'orgasmo.

Ingenuamente, Catalina domandò a Yésica come facesse a sapere tante cose. «Perché io faccio parte del giro, tesoro. Questa è la vita che mi tocca fare.» Yésica lo disse quasi con tristezza, mentre le altre, spiazzate, si nascondevano dietro sorrisi imbarazzati.

Intanto Albeiro, sempre chiuso nel bagno, si era imbattuto nella biancheria di doña Hilda stesa ad asciugare. Pieno di paura e di eccitazione, si ritrovò ad annusare un paio di slip, con gli occhi chiusi e il batticuore. Sapeva che erano di doña Hilda per via delle dimensioni e dell'aspetto, più classico rispetto ai minuscoli tanga di Catalina, eppure quelle mutandine gli trasmettevano una corrente di desiderio allo stato puro, più forte persino della vergogna. E pur avendo deciso di rimetterle a posto, affannandosi nello sforzo di ricordarne l'esatta collocazione, provò per un attimo il folle impulso di infilarsele nella tasca dei jeans.

Alla fine Yésica, rimasta sola con Catalina, la accompagnò fino a casa, dove Albeiro stava facendo di tutto per non posare lo sguardo sul sedere di doña Hilda, che in quel momento, di spalle, cucinava, ben visibile dalla porta del minuscolo bagno.

«Hai mal di pancia, figlio mio?» gli domandò doña Hilda preoccupata per la sua lunga permanenza in bagno. Il ragazzo arrossì e annuì, sbirciandole di nascosto le mutandine attraverso il tessuto trasparente del pigiama.

Lungo la strada, Catalina prese coraggio ed espose a Yésica i suoi timori circa la perdita della verginità. Ma con qualche buon consiglio l'amica la tranquillizzò, esortandola a non commettere la sciocchezza di concedersi a Albeiro, perché fra certi narcos che presto sarebbero arrivati dal Messico ce n'era uno disposto a pagare molto bene la prima notte di sesso di una ragazza.

«Sta' tranquilla, cara, che appena arriva Mariño ti porto a trovarlo. Quello va pazzo per le verginelle.»

Animata dalla segreta speranza di poter rappresentare qualcosa di più di un giocattolo, Catalina indagò sulle possibilità di diventare la fidanzata di questo fantomatico Mariño, ma Yésica, come sempre, la riportò coi piedi per terra con una delle sue lapidarie sentenze. «Loro non si accontentano mai, né di una, né di due, né di tre donne» disse. Alcuni, con tutti i soldi che avevano, potevano permettersene una diversa per ogni giorno del mese, e di ciascuna si occupavano secondo la disponibilità di tempo, di denaro, e di vigore sessuale. Ma di regola tra tutte le donne con cui andavano a letto ce n'era una, una sola, alla quale – oltre ad appartamento, auto, operazioni al seno, ai glutei, agli zigomi, alle labbra e al naso, liposuzione, liposcultura, abiti firmati, fiori, profumi francesi, gioielli, scarpe, occhiali da sole, orologi – regalavano anche il loro cuore. A quella e soltanto a quella. E alla povera ingenua, che si credeva fortunata, toccava la parte di donna ufficiale.

Da quel momento, gli obiettivi per Catalina divennero due. Farsi riempire di silicone per ottenere un paio di tette strepitose e diventare la vera e unica donna di un narcotrafficante.

2

L'organizzazione

Il fumo di sigaretta inondava il locale avvolgendo ogni cosa: le luci stroboscopiche, i corpi di donne bellissime che si agitavano al ritmo dei bassi, i rigonfiamenti delle armi infilate nei pantaloni e nelle giacche degli uomini, le figure delle cubiste fasciate di tessuti elasticizzati bianchi e imprigionate in gabbie di legno, le cameriere che circolavano rapidissime reggendo a stento vassoi carichi di cocktail multicolori. La musica assordante faceva sobbalzare il cuore di chi passava accanto alle enormi casse acustiche.

I tavoli della discoteca erano distribuiti intorno a una pista rotonda disseminata di luci: alcuni, seminascosti, erano riservati a misteriosi personaggi di cui si intravedeva a malapena l'ombra circonfusa di fumo. Nelle serate di minore affluenza, i tavoli più vicini alla pista, di solito richiestissimi, rimanevano vuoti, mentre quelli in fondo, dove si godeva di maggiore riservatezza, erano invariabilmente occupati. I narcos sedevano sempre in disparte, dove si sentivano meno esposti e potevano avvistare con sufficiente anticipo l'arrivo di un eventuale «nemico», tenendo al tempo stesso sotto controllo il comportamento delle loro donne.

Quella sera El Titi e Clavijo erano in compagnia delle rispettive fidanzate ufficiali, le sorelle Ahumada: Marcela e Catherine. Le Ahumada, senza alcun dubbio, erano le più belle femmine di Pereira, e forse dell'intero pianeta e dintorni. Con i loro volti perfetti e i loro corpi da competizione non avevano nulla da invidiare alle modelle e alle miss più celebri di un Paese noto per la bellezza delle sue donne. Marcela sarebbe potuta passare per la reincarnazione della Madonna se non avesse avuto i capelli molto più lunghi, più lisci e più biondi: una cascata di seta scintillante come il riflesso del sole su un'autostrada in piena estate. Sua sorella Catherine, dai capelli nerissimi, era ancora più bella di lei. Bisognava vederle muoversi per liberarsi dall'impressione di avere di fronte due statue, tanto ogni singolo particolare era perfetto e la loro pelle immacolata. I loro occhi di miele dallo sguardo profondo erano laghi paradisiaci dai quali difficilmente un uomo sarebbe potuto riemergere col cuore illeso. Le loro ciglia ricurve, lunghe e folte, erano fronde di palma su una spiaggia senza vento. Le loro labbra erano fragole, ma più soffici, e i denti si allineavano bianchi come perle in un astuccio. Non erano molto alte, ma i loro corpi parevano scolpiti nel marmo di Carrara. Mai sarebbero potuti esistere seni più grandi su una vita più sottile e flessuosa, né fianchi più rotondi e svelti al tempo stesso, né gambe più lunghe, né un sedere più alto e sodo del loro.

Vedendo le sorelle Ahumada sedute sulle ginocchia di El Titi e di Clavijo, qualunque giudice imparziale o agente della DEA sarebbe giunto alla conclusione che il vero problema del narcotraffico non era la disperazione delle famiglie di centinaia di migliaia di tossicodipendenti, né la fuoriuscita inarrestabile di valuta dalle casse degli Stati Uniti, né l'assassinio di centinaia di giudici e poliziotti e giornalisti in Messico e in Colombia, né la corruzione a suon di denaro sporco di migliaia di funzionari pubblici, né la violazione di ogni legge doganale, né il finanziamento di campagne politiche con fondi illeciti, né la connivenza di militari e governanti, né la follia dei ragazzi che picchiavano la propria madre e rubavano in casa per comprarsi la dose, né il collasso morale delle istituzioni, né la nascita di una nuova élite violenta e avida di potere, né l'incessante massacro dovuto alle lotte fra i diversi cartelli della droga, né la partecipazione di gruppi paramilitari alla coltivazione e alla vendita di stupefacenti per finanziare una guerra costante, né la distruzione di tanti cervelli a causa delle sostanze chimiche. Chiunque avrebbe pensato che il vero problema del narcotraffico era un fatto di pura invidia fisica.

«Il punto è, caro mio, che quei bastardi» diceva El Titi riferendosi ai politici onesti, ai funzionari dell'ambasciata americana, ai sacerdoti che si ostinavano a non accettare il loro denaro, ai militari incorruttibili e ai cittadini indignati «crepano tutti d'invidia, perché solo noi possiamo permetterci le donne più belle, andarcene in giro con le macchine più lussuose e corrompere chi ci pare.»

«Hai ragione.» Clavijo assentì, già mezzo sbronzo, e aggiunse: «Ci criticano e ci perseguitano perché i soldi che abbiamo noi, loro non li hanno mai visti. Non se li sognano nemmeno». E buttò giù un altro sorso di whisky. «Ma basta ungerli un po' perché ci portino in palmo di mano. La vera rottura di coglioni è che poi cercano di rubarci il mestiere.»

Le ragazze annuivano, mostrandosi d'accordo su tutto anche quando non capivano. Quelle come loro, del resto, dedicavano tutta la vita a coltivare il corpo, il viso e i capelli, ma non l'intelletto, che ritenevano una gran seccatura.

Marcela e Catherine erano state allevate dalla nonna, doña Clotilde. Un bel giorno, quando non avevano ancora due anni, la loro giovane mamma, Lucy Ahumada, era scappata con il padre del suo terzo figlio, il loro fratellastro Manuel, la cui bellezza, quasi pari alla loro, non sarebbe bastata a salvarlo dal carcere di Bella Vista di Medellín. Lì Manuel stava scontando una condanna a quarantadue anni per aver barbaramente assassinato un ambulante che gli aveva venduto un paio di Reebok false. Non appena si era reso conto, confrontandole con quelle di un amico, che le sue scarpe erano taroccate, Manuel era corso a protestare, ma il venditore gli aveva risposto che se per quindicimila pesos di merda uno si illudeva di avere roba di marca, allora era un vero cretino. Manuel si era infuriato al punto di perdere il controllo. Raccolta una pietra del peso di almeno quattro chili, gliel'aveva scagliata sulla testa. Quando il pover'uomo era caduto a terra tramortito, l'aveva preso a calci per finirlo, e poi l'aveva lasciato a morire sul marciapiede, non senza sottrargli quindicimila pesos dalla tasca e buttargli in faccia per spregio le scarpe incriminate. Questo era successo cinque anni prima che le Ahumada cominciassero a uscire con El Titi e Clavijo, e in tutto quel tempo Manuel non aveva ricevuto una sola visita in carcere dalle sorelle, e nemmeno da sua madre. Le Ahumada si vergognavano del fratellastro, e nel frattempo doña Lucy aveva messo al mondo un quarto figlio con un camionista gelosissimo che non la lasciava uscire di casa. Marcela e Catherine non vedevano la madre da anni, mentre il padre non l'avevano mai conosciuto. Fin da bambine avevano approfittato di quella duplice assenza per fare sempre e solo quel che pareva loro. Per esempio abbandonare gli studi.

A scuola, infatti, c'erano andate pochissimo, quando erano ancora troppo piccole per riuscire a manipolare la nonna. Si erano ritirate intorno ai tredici anni, convinte dalle lusinghe di un giovanotto che lavorava per un'agenzia di «casting». Naturalmente, la promessa di una carriera da modelle era solo un'esca per reclutare le ragazze più carine da avviare alla prostituzione d'alto bordo.

Ben presto le fotografie delle sorelle, infilate in un album insieme a quelle di altre ventitré bambine in costume da bagno, erano finite fra le mani di El Titi e di Clavijo. Colpiti dalla bellezza delle due, i narcos se le erano fatte portare in una villa dove avevano goduto delle loro fresche grazie per tre giorni e tre notti. La settimana dopo le avevano sistemate in un appartamento tanto lussuoso che ragazze come loro non avrebbero potuto nemmeno immaginarlo. In effetti la nuova casa delle Ahumada non aveva nulla da invidiare alla residenza di un magistrato, di un senatore o di un impresario disonesto. Era dotata di tutti i comfort: in ognuna delle due stanze da letto c'erano un tapis-roulant, una vasca Jacuzzi e un lavabo di marmo con miscelatori automatici, un impianto di aria condizionata, trapunte di piumino della migliore qualità, asciugamani morbidissimi e ricamati, un armadio straripante di abiti delle firme più costose e un mobile progettato per contenere settantacinque paia di scarpe. Per non parlare dei quadri d'autore e delle sculture in bronzo che ornavano il soggiorno e la sala da pranzo per dodici persone. Dappertutto c'erano elettrodomestici e apparecchi elettronici d'ogni genere, quasi tutti mai usati. Per questo Yésica sosteneva che le ragazze non avevano alcun bisogno di studiare. Le ragioni erano evidenti: una bella fanciulla senza scrupoli né inibizioni poteva avere in un istante quello che un avvocato, un medico o un dirigente d'azienda otteneva solo grazie a vent'anni di studio disciplinato e altri venti di carriera.

Alle prime note di un pezzo elettronico le Ahumada scattarono in piedi come due molle tirando per le braccia i fidanzati. Questi, come sempre, si rifiutarono di lasciarsi coinvolgere e alla fine le ragazze si accontentarono di ballare sole, in mezzo alla pista, senza che nessuno, sapendo a chi appartenevano, osasse neppure guardarle. Era già capitato che qualche incauto playboy, di sicuro venuto da fuori in visita turistica o per affari, tentasse di avvicinarle per ottenere da loro se non altro il numero di telefono. Regolarmente il poveretto era finito a mangiare terra nel parcheggio della discoteca, o era sparito per sempre nelle fredde acque del fiume Otún, senza testa e con i polpastrelli bruciati.

El Titi era un uomo prepotente e chiacchierone, di stazza imponente, con un pessimo gusto nel vestire. Amava gli abiti firmati solo per il loro prezzo, ma non sapeva cosa fosse lo stile, e aveva l'abitudine di inondarsi di dopobarba, profumo e deodorante di tre marche diverse. Una cicatrice sullo zigomo sinistro gli ricordava, ogni volta che si guardava allo specchio, un passato pieno di storie tragiche e di violenze. Era nato in una famiglia povera. Suo padre non si faceva quasi mai vedere e sua madre era portata, più che altro per necessità, a confondere l'amore con il tornaconto. El Titi, per parte sua, la picchiava selvaggiamente per convincerla a sganciare i soldi della spesa, che andava poi a giocarsi alla bisca del quartiere.

Fin da piccolo El Titi era ossessionato dal denaro. A sei anni svolgeva abitualmente commissioni per conto dei vicini, e investiva i suoi guadagni nel gioco d'azzardo, ricavandone cifre impensabili per un bambino. Era abilissimo a poker, a ventuno, al domino, alle biglie, alla dama e agli scacchi, a bowling, a ping-pong e perfino allo yòyò, e questa sua naturale propensione per il gioco gli aveva guadagnato il soprannome di Mago. Spesso, quando faceva la spesa, teneva per sé il resto, ricorrendo a scuse complicate, come il morso di un cane all'uscita del negozio o un autobus che l'aveva quasi investito mentre attraversava la strada. Di certo senza soldi in tasca non rimaneva mai, e grazie a questo suo innato talento in pochi anni era diventato un trafficante di terzo livello. Ma i grandi quantitativi di droga esportati negli ultimi tempi e la freddezza con cui sapeva liquidare i nemici, e all'occorrenza perfino gli amici, erano sul punto di meritargli un ulteriore avanzamento di carriera.

Al narcotraffico era approdato con l'aiuto di Martín detto il Negro, un amico d'infanzia sparito a quindici anni in un giorno piovoso, e ricomparso undici anni dopo durante un altro acquazzone, questa volta a bordo di una 4×4 nera ultimo modello, con cristalli polarizzati e interminabili antenne. La gente del quartiere era rimasta a bocca aperta di fronte alla metamorfosi del Negro e subito si era lanciata in ogni genere di congetture sul suo conto. Ma la verità era fin troppo semplice: il Negro era entrato nel giro.

La ricomparsa del Negro aveva prodotto un duplice effetto nel misero quartiere dov'era nato: le ragazze avevano ritrovato la fede nel principe azzurro, e i ragazzi avevano capito che per conquistarle dovevano procurarsi un cavallo bianco. E il solo modo per riuscirci senza andare all'università, o ereditare da inesistenti parenti ricchi, o inventare un sistema infallibile per vincere alla lotteria, era imparare alla svelta i segreti del narcotraffico. Per questo El Titi si era avvicinato subito al Negro, e lo aveva salutato con grande riguardo, pentito di averlo pestato nel cortile della scuola tanti anni prima, quando lui aveva insinuato che sua madre era una puttana.

«Come vedi, sono tornato, amico...» gli rispose con sufficienza il vecchio compagno, lasciando che la sua ricchezza parlasse da sé.

El Titi tornò immediatamente a casa, ficcò in una borsa i pochi vestiti senza strappi né macchie che riuscì a trovare, e fece per uscire. Non avrebbe neppure salutato la madre, ma vedendola in cucina le lanciò un bacio al volo. Lei, pulendosi le mani sul grembiule, gli chiese gridando dove andasse. El Titi, che allora non aveva ancora questo soprannome, si limitò a risponderle con un sorriso. L'ultimo argomento che sua madre usò per cercare di trattenerlo e allontanarlo così da un nero destino, fu: «Aspetta... ti ho preparato il succo di guayaba col latte!».

La tentazione fu forte per Aurelio, che solo una volta alla settimana poteva bere il suo succo preferito mescolato col latte e non annacquato. Ma più forte ancora era la voglia di tornare un giorno a casa a bordo di una macchina più bella di quella di Martín. E così non si voltò, uscì di casa e si mise a correre.

Corse come un matto per le vie del quartiere, diretto a casa del Negro, che lo aspettava in auto con il motore acceso e intanto riceveva dalla fessura del finestrino i bigliettini d'amore meticolosamente ripiegati delle ragazze più timide, sui quali era scritto: «Quando torni?», «Non tirartela tanto», «Quand'è che mi fai fare un giro su quel macchinone?», «Ce l'hai la fidanzata?», «Non fare il prezioso solo perché adesso hai i soldi», e tante altre sciocchezze innocenti, tipiche dei tempi in cui i narcos destavano più ammirazione che odio, perché non avevano ancora rovinato un'intera generazione di donne.

Quando Aurelio arrivò davanti a casa di Martín, l'auto si stava già muovendo, lentamente, come se volesse dargli ancora una possibilità, e fargli capire che se non si fosse affrettato sarebbe rimasto lì per sempre.

Da quel giorno erano passati cinque anni senza che nessuno avesse più notizie di Aurelio. Naturalmente la gente del quartiere aveva avanzato diverse ipotesi. Qualcuno sosteneva che era stato assassinato da una banda di Cali per aver rubato un orologio d'oro. Altri dicevano che stava combattendo come guerrigliero sulla frontiera col Venezuela. Altri ancora affermavano con sicurezza che combatteva sì, ma dall'altra parte, in un gruppo paramilitare finanziato dal narcotraffico. Un funzionario del governo dichiarò che il giovane era detenuto in un carcere spagnolo, con l'accusa di aver ceduto in affitto il suo stomaco per contrabbandare eroina. Aurelio Jaramillo, spiegò il funzionario, faceva il «mulo» di professione, e attualmente stava scontando una condanna a dodici anni insieme ad altri 3562 colombiani partiti dagli aeroporti del Paese con l'illusione di poter tornare alle loro case carichi di dollari. Altri raccontavano che il ragazzo, affermatosi ormai col nome di El Titi, era riuscito a mettere a segno una mezza dozzina di viaggi con lo stomaco pieno di cocaina, e che questo gli aveva permesso di guadagnare abbastanza da mettersi in proprio.

Quasi tutti, in realtà, concordavano sul fatto che fosse entrato nel giro, ma dissentivano sulla sua sorte. Alcuni amici d'infanzia credevano che Aurelio, sorpreso dalla polizia a bordo di una nave per le Bahamas carica di droga, fosse stato estradato negli Stati Uniti. Molti giuravano di averlo visto alla televisione, pur non ricordando di preciso in quali circostanze, e pochissimi, come sua madre, conservavano nel cuore la speranza di vederlo tornare un giorno vestito come un signore, con una valigia piena zeppa di dollari. E alla fine fu proprio così che andò. El Titi tornò. Più grasso, con indosso abiti più costosi, anche se non più eleganti, carico di catene e anelli d'oro, con una Beretta sotto l'ascella e un macchinone più grosso e potente di quello del Negro Martín. Ma oltre a una valigetta piena di dollari, portava con sé una smisurata fame di sesso.

Non appena la madre seppe dell'arrivo del figlio, corse a preparare il succo di guayaba col latte che tanto gli piaceva. Lui, intanto, a bordo della sua 4×4 dai vetri fumé, percorreva a passo d'uomo le vie del quartiere per valutare di persona i mutamenti fisici subiti dalle bambine che aveva perso di vista cinque anni prima. Liliana, quindici anni appena compiuti, era ferma all'incrocio in attesa di attraversare la strada. Stava andando a far la spesa al negozio di fronte. A causa di un problema ormonale era cresciuta a dismisura, e superava in statura tutti gli abitanti del quartiere. Passandole vicino, El Titi riuscì a vederla solo dal collo in giù. «Che cavallona!» esclamò, e poi, dopo averla guardata meglio nello specchietto retrovisore, scoppiò in una risata: «Questa sì... Questa devo proprio farmela!».

Due case più avanti, esaminò Marcelita e Paola, che chiacchieravano sedute sul gradino di casa. La prima aveva un viso molto grazioso, ma era malvestita e un po' cicciotta; l'altra, invece, era così snella e provocante che per poco non lo fece schiantare contro un muro. Portava i capelli raccolti in due rosette laterali e l'uniforme della scuola in perfetto ordine, con la gonna un po' più corta di quanto fosse consentito. Nello scorgere le sue gambe dorate Aurelio dimenticò di essere al volante. Solo quando i pneumatici finirono contro il marciapiede, tornò alla realtà, fra le risate delle ragazze e gli urli di un tassista che inveiva con la testa fuori dal finestrino, ignorando di decretare, in quel modo, la propria condanna a morte. El Titi frenò, annotò il numero di targa del taxi su un foglietto, e posò di nuovo lo sguardo sul corpo esplosivo di Paola che, spaventata, corse via con lo zaino dei libri.

Dieci minuti dopo, mentre seduto a tavola con sua madre assaporava il suo secondo bicchiere di succo di guayaba col latte, Aurelio contava i venti milioni di pesos in contanti necessari a dotare la casa di fondamenta in cemento armato, costruire due nuove stanze e un bagno, e ricavare una celletta blindata al primo piano dove immagazzinare droga e dollari all'insaputa della famiglia.

Dopo aver chiesto un terzo bicchiere di succo, El Titi domandò notizie di Luz Helena, la sua prima ragazza, l'amore della sua vita. Quando seppe che ora la sua fidanzatina viveva con un tale di Dos Quebradas e aveva messo al mondo due figli, si infuriò tanto che scaraventò il bicchiere contro il muro e uscì di casa gridando come un pazzo.

Luz Helena gli aprì la porta con gli occhi spalancati. Era magrissima e malvestita, con una bimba di tre mesi al seno e l'aria persa. Lo guardò appena, senza tradire alcuna emozione, mentre ascoltava il bel discorso su quel che può succedere a una donna quando perde fiducia nel suo uomo e non attende il suo ritorno.

«Ma io credevo che tu fossi morto, Aurelio» fu tutto quel che riuscì a rispondere la poveretta, mentre con un sospiro cambiava di seno la piccola.

Per fortuna proprio in quel momento a El Titi passò la voglia di prenderla a botte perché, dalla finestra, vide Paola uscire di casa con la sua uniforme a quadretti. Ormai deciso a fare di lei la sua prossima preda, uscì in strada come un razzo per lanciarsi alla conquista. Un autobus, però, gli portò via la ragazza prima che potesse rivolgerle la parola. Luz Helena aveva seguito la scena dalla finestra e in nome di un'antica solidarietà col suo ex, gli fornì un'informazione preziosissima: «È amica di Ferney».

Con un sorriso di ringraziamento, e di rivalsa, El Titi attraversò la strada e corse a bussare alla porta del suo vecchio amico Ferney, che abitava proprio di fronte. Ma Ferney non c'era. Venne ad aprirgli la sorellina. Il suo nome era Yésica e il suo corpo pareva incantevole quanto quello di Paola. Per qualche istante nella mente di El Titi all'immagine della ragazza si sovrappose quella di una bimbetta che correva dietro un cane, con i calzoncini rotti e la faccia sporca. Ora, cinque anni dopo, Yésica era una donna. Lo dicevano i suoi seni sodi, le sue labbra lucenti di rossetto fucsia intente a masticare ritmicamente una gomma e i suoi sguardi maliziosi.

«Ferney non c'è, ma ci sono io...» annunciò la ragazza. El Titi le rispose con lo sguardo incollato alla scanalatura fra i seni: «Solo che Ferney mi serve e tu no, piccola».

«Sei proprio sicuro?» replicò Yésica insinuante, mentre Luz Helena continuava a seguire la scena dalla finestra.

El Titi, capita l'antifona, passò rapidamente all'azione. Di lì a qualche giorno, dopo aver fatto l'amore con lei in diversi motel, automobili, ville e appartamenti, la fece accompagnare da uno dei suoi guardaspalle in un grande centro commerciale, le fece comprare tutti i vestiti, gli accessori e i cosmetici che desiderava, le firmò un assegno per la plastica al naso e le fece fare un impianto di silicone al seno. Già che c'era, regalò un cavallo da corsa al chirurgo, poiché questi, dando prova di grande onestà professionale, l'aveva avvertito dei rischi di operare una ragazza così giovane. La crescita, infatti, avrebbe comportato tali cambiamenti della sua struttura fisica, che col tempo Yésica rischiava di andare incontro a una vera tragedia estetica. Ma l'interessata era decisa a procedere a ogni costo, tanto più che El Titi l'aveva tranquillizzata: se a diciott'anni avesse voluto farsi operare di nuovo, ci avrebbe pensato lui a pagare il conto. Stando così le cose, il medico mise da parte i suoi scrupoli e accettò il cavallo.

Due mesi e una mezza dozzina di interventi estetici dopo, Yésica era straordinariamente appariscente. Tanto che le ragazze del quartiere cominciarono a morire dall'invidia e a concepire i più inverosimili progetti per diventare belle quanto lei. A soffrirne di più fu Paola, che un giorno, al colmo della frustrazione, si presentò a casa di Yésica col pretesto di domandarle perché non fosse più venuta a scuola. Quando gli riferirono l'episodio, El Titi capì che la sua strategia stava funzionando.

Yésica spiegò all'amica che non aveva più intenzione di studiare, di sprecare gli anni migliori chiusa in aule soffocanti, biblioteche polverose e bagni puzzolenti, per di più con indosso una ridicola uniforme a quadretti. Omero, Cervantes e García Márquez per lei non valevano una cicca, per non parlare degli esperimenti con rane e fagioli, delle estenuanti partite di pallacanestro e delle ore di danza. Nulla di tutto questo le sarebbe servito, dal momento che in casa sua non c'erano i soldi per mandarla all'università.

Paola non era del tutto d'accordo, ma ascoltava con pazienza e interesse. Yésica non era più disposta a subire gli sproloqui di professori che si davano arie da intellettuali e intanto minacciavano di bocciarti se non facevi il giro del cortile in nove secondi o una ruota perfetta sul materassino di gommapiuma rattoppato.

La scuola era solo una perdita di tempo, perché non aveva senso obbligare gli studenti a mandar giù materie noiose e per le quali non erano minimamente portati. Yésica non aveva voglia di stressarsi se non riusciva a risolvere cento espressioni algebriche per il giorno dopo; se non sapeva indicare a occhi chiusi, su un mappamondo il punto esatto in cui si trovavano le Isole Cayman o il Madagascar; se non conosceva a menadito decine di verbi irregolari inglesi; se non raccoglieva tutte le possibili specie di foglie, fiori e farfalle per incollarle su uno stupido album di cartoncino nero; se non recitava il *Cantico dei Cantici*; se non sommava il quadrato dei cateti per ottenere il quadrato dell'ipotenusa; o se, per evitare tutto questo, non accettava di andare a letto con un cretino occhialuto in cambio di un voto che le tirasse su la media.

Non aveva senso rovinarsi la vita solo per ottenere un diploma da appendere in camera, un pezzo di carta che non sarebbe servito ad altro che a far contenta sua madre. Perché di sicuro dopo tutta quella fatica sarebbe finita anche lei a lavare piatti in un ristorante o a tirar su i bambini degli altri per uno stipendio da fame, come faceva sua sorella che, lei sì, il liceo l'aveva finito.

Paola, ormai convinta da quella tirata, voleva saperne di più, scoprire come aveva fatto Yésica a ottenere i soldi per le operazioni e per tutti quei vestiti. Ma non aveva il coraggio di affrontare l'argomento direttamente. Disse perciò che lei invece doveva studiare per forza: sua madre l'avrebbe ammazzata se avesse lasciato la scuola, il suo fidanzato era geloso, e più tirchio di suo padre, e anche se era disperata per la vita che l'aspettava, non aveva idea di come cambiare la sua situazione.

Ma poiché Yésica si limitava ad ascoltarla senza dir nulla, si buttò e le chiese tutto d'un fiato: «Ma scusa, non mi potresti portare da quella gente che conosci? Io sono disposta a fare di tutto, pur di tirarmi fuori da questo schifo!».

Yésica, sapendo che El Titi moriva dalla voglia di stare con due donne insieme, colse la palla al balzo e propose a Paola di partecipare.

«Ma come ti viene in mente!» fu la risposta indignata dell'amica, e la discussione per quel giorno finì lì.

Eppure, meno di una settimana dopo, forse per curiosità, forse per debolezza, Paola e Yésica si presentarono alla villa di Cartago dove El Titi, pieno di impazienza e di whisky, le aspettava con una ricca provvista di cibo, di musica, di cocaina purissima, e perfino di video porno con i quali illustrare alla nuova venuta che cosa si aspettava da lei. Un mese dopo, Paola aveva già le sue tette di silicone e poteva pavoneggiarsi orgogliosa per tutto il quartiere suscitando l'invidia delle amiche.

Paola, ovviamente, si riteneva la fidanzata ufficiale di El Titi. Ma si sbagliava di grosso. Il giorno in cui – senza mezzi termini e con una gran risata – lui le chiarì il concetto, alla ragazza crollò il mondo addosso. El Titi stava con Marcela Ahumada, la donna più bella del pianeta, la sola padrona del suo cuore, la sola destinataria delle sue carezze sincere, unica legittima proprietaria del suo amore e del suo denaro. E non aveva intenzione di cambiarla con nessuna.

Anche Yésica, del resto, aspirava al trono, pur essendo solo una delle venti o trenta ragazze che uscivano con El Titi in cambio di qualche regaluccio. Questa era la realtà dei fatti, e se a qualcuna non bastava, poteva alzare i tacchi e andarsene, El Titi non l'avrebbe certo trattenuta.

Ma Yésica, piena di dispetto, aveva deciso di sfruttare l'inesauribile voracità sessuale di El Titi per vendicarsi di Marcela. Per questo intimò a Ximena di piantarla di far la sciocca e aprire gli occhi. La scuola non serviva a niente e la vita era troppo breve per non godersela il più possibile: c'erano in giro uomini che bisognava conoscere, e bastava esser carine con loro per ricevere qualcosa in cambio, perché si trattava di veri signori che sapevano mostrarsi generosi.

Era inutile, disse a Vanessa, che continuasse a recitare la parte della suorina, perché si vedeva lontano un chilometro che non ne poteva più della vita da pezzente che faceva. Era ora che piantasse quel fidanzato idiota che le riempiva la testa di sogni da due soldi. Che mandasse al diavolo tutta la sua famiglia, e senza rimorsi, perché quella bugiarda di sua madre sapeva benissimo cosa le aveva fatto il patrigno.

A Catalina ordinò di buttare via i vecchi pantaloni di flanella e certe magliette che sembravano prese dall'armadio di sua nonna, per mettersi finalmente qualcosa di decente. Con un fidanzato come Albeiro non sarebbe certo andata lontano, quello sapeva solo sbavare davanti alla porta di casa sua e regalarle stupidi orsacchiotti rosa, manco avesse tre anni. E di sua madre non era certo il caso di preoccuparsi, magari si sarebbe agitata, le prime volte, vedendola sparire il fine settimana, ma poi, col frigo pieno, un paio di vestiti nuovi e qualche seduta dal parrucchiere, si sarebbe consolata in fretta.

Con Paola non ebbe bisogno di insistere, perché le delizie del successo lei le conosceva già. El Titi, il giorno del triangolo con Yésica, le aveva sussurrato all'orecchio che in realtà, al suo ritorno nel quartiere, aveva notato lei per prima, e questo le sarebbe bastato a sentirsi orgogliosa per il resto della vita.

La famosa sera della discoteca, mentre El Titi, dal suo tavolo appartato, osservava l'ingresso di sei poliziotti, Yésica, nei soliti giardinetti vicino a casa, proponeva a Vanessa, Ximena e Catalina di passare un fine settimana con lui. La proposta venne accolta con un'esplosione di felicità. Delle tre, la più entusiasta era Catalina, anche se sapeva di partire svantaggiata sia per il seno che per la sua imbarazzante ingenuità.

Al club, intanto, Clavijo era già alla porticina segreta usata dai clienti in caso di emergenza, quando El Titi riconobbe l'ufficiale al comando della pattuglia.

«Tranquillo, Clavi» lo richiamò «quello io lo conosco. È il tenente Arnedo, un amico.»

Marcela e Catherine se la ridevano: ecco un uomo che

si vantava di poter ammazzare chiunque senza battere ciglio pronto a scappare come un bambino alla vista di un'uniforme.

Il tenente Arnedo apparteneva alla vasta schiera di militari corrotti, e si trovava nel locale per un appuntamento «d'affari» con il grande boss Cardona.

Non appena El Titi seppe che Cardona stava per arrivare, pregò Marcela di lasciarlo solo. Ma lei, che da tempo sognava di conquistare il cuore di un boss più potente, non intendeva perdersi quell'occasione per nulla al mondo. Quindi gli rispose chiaro e tondo che non si sognasse di mandarla via, visto che solo adesso cominciava a divertirsi. El Titi non era tipo da lasciarsi contraddire e non amava le discussioni. La prese per un braccio e la trascinò attraverso la sala, urlante e scalciante, sotto gli occhi di tutti. Non gli importava nulla delle sue grida, non gli importava di dare spettacolo, la sola cosa che voleva era allontanarla di lì. Sapeva che se Cardona le avesse messo gli occhi addosso, l'avrebbe immediatamente voluta per la sua collezione personale. E non solo lei, anche la sorella. Un fedelissimo come El Titi non poteva negare un favore a Cardona, neanche se c'era di mezzo il suo onore. Quindi le Ahumada dovevano sparire.

Non pochi rimasero a bocca aperta nel vedere quelle due meraviglie della natura portate via di peso dal locale, e più di un curioso si affacciò di nascosto sul parcheggio per assistere al gran finale di quella scena violenta ed eccitante. A schiaffi e spintoni le ragazze furono fatte salire su due auto di gran lusso. Due minuti più tardi, quando Cardona arrivò, El Titi, Clavijo e le fanciulle del loro cuore erano ormai lontani.

Il giorno dopo, fedele al principio della poligamia, El Titi comparve nel quartiere e fermò la macchina di fronte a casa di Yésica. Lei gli corse incontro dandogli la buona notizia, senza lasciargli neppure il tempo di salutare: «Ehi, Titi! Ti ho trovato tre bocconcini che non te li immagini neanche!».

El Titi sorrise compiaciuto, le rivolse una serie di domande e fu così soddisfatto delle risposte che volle darle subito dei soldi perché le ragazze si comprassero qualche vestito nuovo.

Naturalmente il denaro lo tenne Yésica, visto che Ximena, Vanessa e Catalina potevano benissimo usare i vestiti che lei non metteva più. Le invitò quindi a casa sua per una prova generale degli abiti e diede l'annuncio: «Tenetevi pronte per stasera, ragazze!».

Si alzarono grida di gioia.

Poi Yésica corse ad avvertire anche Paola, che non fu altrettanto entusiasta della novità. Non sopportava che le altre le contendessero El Titi, o anche solo che pensassero a lui. In fondo, provava per quel mascalzone sentimenti che nessun altro uomo le aveva mai suscitato.

Al calar della sera le quattro ragazze, vestite al meglio delle loro possibilità, truccate e pettinate, sedevano nel cortiletto davanti a casa di Yésica in attesa del famoso cliente. Erano ansiose e impazienti, e alle occhiate verso il cancello dove sarebbe presto comparsa l'auto di El Titi, ne alternavano altre più insistenti alle amiche, per misurare la loro bellezza. Dalla finestra, doña Hilda osservava la scena con sospetto.

Yésica intanto cercava di chiamare El Titi al cellulare. Ma alla fine fu lui a farsi vivo. Annunciò che i suoi piani erano cambiati. Non avrebbe potuto passare l'intero fine settimana con le ragazze. Ne voleva solo una e voleva sceglierla di persona tra le due candidate più appetitose. Sarebbe passato nel giro di un paio d'ore.

Yésica chiuse la comunicazione e le amiche la fissarono speranzose. Per trarsi d'impaccio Yésica disse che El

Titi aveva cancellato l'appuntamento. Non se ne faceva più niente. Fine della festa.

Mortalmente deluse, le quattro fanciulle si avviarono ciascuna verso casa. Un'ora dopo, quando ormai erano già in pigiama, Yésica andò a bussare di nascosto alle finestre di Paola e Catalina per informarle del nuovo piano.

«Sentitemi bene. Lui ha detto che per stavolta vuole soltanto una ragazza. Solo una. E sceglierà fra voi due. Ma mi raccomando, non fate sapere niente alle altre.»

Naturalmente, Yésica sapeva già chi avrebbe preferito El Titi. Così, anche questa volta, era lei a condurre il gioco.

Quando il trafficante arrivò, squadrò Paola e Catalina senza neppure abbassare il finestrino e come previsto la scelta cadde su Paola.

«Lo sai che quella mocciosa mi tira da morire» disse a Yésica, prima di emettere la sentenza definitiva: «Anche l'altra non è male, per la verità. Solo che di tette ne ha pochine. Anzi, non ne ha per niente».

Autista e guardaspalle risero a quel commento. Yésica, infastidita, replicò: «Guarda, caro, che la ragazza è vergine».

«Peggio ancora!» rispose El Titi. E aggiunse: «Più sono inesperte più si fa fatica. Figuriamoci se con la polizia, la finanza e la DEA alle calcagna, per non parlare della mia fidanzata, ho il tempo di mettermi a insegnare alle novelline».

Dentro la macchina ci fu un nuovo scoppio di ilarità. Poi l'autista chiosò: «Chi lascia la figa vecchia per la nuova, sa quel che lascia ma non sa quel che trova, capo».

Con un sogghigno, El Titi puntò il dito su Paola, e a Yésica non restò che comunicare il verdetto alle ragazze, rimaste in attesa a pochi metri di distanza.

«Vuole di nuovo te, Paola!»

La vincitrice sorrise, struggendosi d'amore per El Titi e la sua generosità, e il volto di Catalina divenne del tutto inespressivo.

Fu allora che Yésica si sentì in dovere di rivelare all'amica l'amara verità. E da quel momento Catalina ebbe come obiettivo irrinunciabile l'operazione al seno che le avrebbe dischiuso le porte del dorato mondo dei narcos.

Mentre Paola si intratteneva con El Titi in una villa di ventiquattro stanze e altrettanti bagni; mentre Catalina, inghiottendo l'amarezza, tracciava i suoi nuovi piani di vita; e Yésica continuava a darsi da fare per accrescere l'harem del suo amante, il piccolo boss Mariño atterrava all'aeroporto di Bogotá con un volo proveniente da Città del Messico. Viaggiava con tre colleghi, tutti trafficanti di professione, fisicamente molto diversi dai divi delle telenovelas che facevano impazzire le ragazzine di tutto il Paese, ma sicuramente altrettanto ricchi. L'aspetto volgare, la bassa statura, i tratti da indios, i denti d'oro, tradivano tutto ciò che gli abiti costosissimi e firmati cercavano di nascondere.

Mariño era il braccio destro di El Titi. Malavitoso di sesto livello, in un passato ancora molto recente si era distinto per aver ucciso a pagamento almeno venti personalità di spicco del Paese. Era stato mandato a Città del Messico in viaggio premio per aver assassinato il Negro Martín, maestro e amico di El Titi, e per la prima volta aveva avuto occasione di cimentarsi in qualcosa di diverso dal colpire un bersaglio mobile sparando da una moto in corsa.

Con la morte del Negro, El Titi poteva salire di un gradino nella gerarchia; per questo, a malincuore, aveva messo da parte lealtà e amicizia nei confronti del suo vecchio mentore. Ma per portare a termine il piano gli serviva un sicario e la scelta era caduta su Mariño.

A missione compiuta l'aveva inviato a Città del Messico ad attendere l'arrivo dei voli su cui viaggiavano i «muli». Nel caso specifico si trattava di sessantacinque persone, provenienti dalla Colombia, dal Venezuela e da Panama con lo stomaco pieno di ovuli contenenti droga. Tutto si era svolto come previsto. Dei sessantacinque «muli», sessanta avevano passato felicemente i controlli. Due erano morti avvelenati, e tre erano caduti in mano alla polizia. Gli arrestati, una donna e due uomini, erano stati pizzicati grazie a una soffiata partita direttamente dall'organizzazione, in modo da dare alle forze dell'ordine un contentino che le distraesse dal grosso della partita.

Tutti i partecipanti all'operazione, mai più di cinque per ciascun volo, erano stati adeguatamente istruiti. Innanzitutto, per adattare l'esofago alle dimensioni degli ovuli di droga (realizzati con dita di guanti chirurgici) si erano dovuti allenare inghiottendo acini d'uva interi, e successivamente würstel delle dimensioni di un pollice. Inoltre, prima dell'ingestione del carico (dai cento ai centocinquanta ovuli) si erano completamente astenuti dal deglutire cibi solidi. Dopo, non avevano più mangiato né bevuto nulla. Anche inghiottire la saliva poteva essere pericoloso, perché un'eccessiva secrezione di succhi gastrici rischiava di corrodere l'involucro degli ovuli, con risultati mortali. Tuttavia, ciascuno di loro doveva fingere di accettare e consumare il rinfresco offerto dalle hostess durante il volo, perché un rifiuto poteva destare sospetti. Le istruzioni erano le seguenti: servirsi come tutti gli altri, introdurre gli alimenti in bocca, masticarli, e poi sputarli di nascosto in un apposito sacchetto da vuotare nella tazza della toilette di bordo.

Ovviamente, non tutto era andato liscio, perché Blanca Perdomo e Euclides Ibáñes, madre di due figli la prima, padre di quattro il secondo, erano morti in seguito alla rottura degli ovuli. Blanca, che sognava di saldare tutti i suoi debiti e garantire un futuro alle sue bambine senza padre, era morta durante il volo fra atroci sofferenze, dopo che una hostess, ignara, l'aveva costretta a bere un bicchier d'acqua e inghiottire una pastiglia per la gastrite.

Euclides, invece, aveva perso la vita nel tragitto fra l'aeroporto di Città del Messico e l'appartamento dove Mariño lo stava aspettando con l'attrezzatura necessaria per estrarre la merce. Come avveniva di solito in casi analoghi, il corpo di Euclides, aperto per recuperare il prezioso carico, era stato fatto a pezzi e disseminato nei condotti fognari della città, mentre i suoi quattro bambini aspettavano trepidanti di vederlo tornare a casa carico di regali come l'anno precedente, quando era andato a Madrid.

L'appartamento usato da Mariño per il lavoro si trovava nell'esclusiva Zona Rosa di Città del Messico, nascosto dietro la facciata di un ristorante caraibico. Concluso il penoso lavoro di digestione ed evacuazione degli ovuli, Mariño aveva versato a ciascun «mulo» fra i cinque e i diecimila dollari in contanti, a seconda del quantitativo e del tipo di droga trasportata. Subito dopo si era occupato del taglio della merce con polvere di talco. Infine l'aveva distribuita ai piccoli spacciatori, camuffati da venditori di dolciumi e sigarette, che lavoravano al soldo di Fernando Rey, padrone e signore delle strade di Città del Messico. Il minicartello creato da Rey si era reso indipendente dopo la morte di Amado Carrilo, il cosiddetto «Signore dei Cieli», così come aveva fatto in Colombia il minicartello di Morón, che operava con base a Cartago e Pereira, dopo la caduta in disgrazia dei boss di Cali e Medellín.

Al minicartello di Cartago, che si stava avvicinando a passi da gigante al potere di corruzione e manipolazione politica del cartello di Cali, nonché alla forza militare e alla violenza del celebre cartello di Medellín, appartenevano, nell'ordine: Morón, Cardona e El Titi. Tutti gli altri, come Mariño, erano solo pesci piccoli, cui era affidato il compito di mediare con le autorità e risolvere gli aspetti pratici del narcotraffico: il rifornimento, la fabbricazione, l'imballaggio, il trasporto, la distribuzione della merce e la riscossione dei pagamenti.

I nuovi narcos non erano meno aggressivi di quelli del passato, ma erano certamente più cauti, meno portati all'esibizionismo, forse più intelligenti e imprevedibili. Non si concedevano, per esempio, exploit come quello del trafficante di Cali che, buttato fuori da un night esclusivo, se ne era fatto costruire uno identico tutto per sé in una delle sue proprietà. E neppure coltivavano le manie di grandezza di quell'altro boss, che aveva fatto erigere a Caquetá, in piena foresta subtropicale, un'arena per le corride in tutto uguale a quella celeberrima di Las Ventas di Madrid; o di quello che aveva voluto, come propria residenza, una riproduzione in scala ridotta, ma fedelissima in ogni dettaglio, della Casa Bianca di Washington. Gli esempi di delirante ostentazione si contavano a decine. Il mafioso che aveva fatto mettere l'aria condizionata e appendere un'opera di Picasso in una delle sue scuderie. Quello che aveva decorato l'ingresso al parco della sua villa con il glorioso aereo bimotore utilizzato per trasportare il suo primo carico e poi, non pago, aveva allestito all'interno del parco stesso uno zoo da fare invidia a qualunque capitale al mondo. Il suo collega che aveva tentato di acquistare due milioni di ettari di terreno per costruirvi una strada privata che collegasse Pacho, nel centro del Paese, con la costa, a quasi mille chilometri di distanza. E ancora quello che, dopo aver comprato diversi giubbotti antiproiettile, aveva pensato di testarne l'efficacia a spese del suo maggiordomo: l'aveva ucciso a colpi di fucile d'assalto Galil per poi correre a lamentarsi dal venditore.

«L'avevo avvertita che resistevano solo ai colpi di pistola» gli aveva risposto l'onesto rappresentante.

No, i nuovi trafficanti erano fatti di un'altra pasta. Non si spostavano in aereo privato su e giù per il Paese. Non installavano rubinetti d'oro nei bagni né si facevano costruire piscine olimpioniche e discoteche in casa. Non possedevano squadre di calcio per accrescere il proprio prestigio e rifornirsi di campioni da invitare alle feste o da rivendere all'estero per la metà del prezzo dichiarato. Non mantenevano interi quartieri, né debuttavano in politica regalando motoscafi, motociclette e denaro in contanti agli elettori.

Spietati quanto i loro predecessori, i nuovi trafficanti seminavano la morte, ma non ambivano al possesso del territorio come i vecchi capi di Cali e Medellín. Erano attratti dal gioco in Borsa, dalla capitalizzazione ad alto rischio, dall'acquisto di grandi società. Amavano la vita mondana, gli orologi costosi, le modelle e le attrici, le proprietà all'estero e i conti riservati in Svizzera, alle Isole Cayman o a Panama. Non compravano automobili da centomila dollari pagandole in contanti trasportati in sacchi di plastica. Preferivano auto lussuose ma accessibili, e le pagavano a rate per non destare sospetti tra le autorità.

Appartenevano a una generazione più preparata, in grado di organizzarsi per il riciclaggio dei capitali e di conferire una parvenza di legalità ai loro astronomici guadagni. A questo scopo disponevano di esperti di finanza formatisi presso le migliori università del mondo, e di strateghi militari importati dall'ex Unione Sovietica.

La corruzione, di conseguenza, si era fatta più selettiva, mentre la sorveglianza dei laboratori e delle coltivazioni veniva affidata, a seconda delle zone geografiche, a gruppi di guerriglieri o a formazioni paramilitari che con questa attività illecita si procuravano i capitali necessari per l'acquisto di armi. E così la guerra insensata che dagli anni Sessanta aveva fatto milioni di vittime continuava a dissanguare il Paese.

3

La fine del fiore

Albeiro e Catalina litigarono furiosamente il pomeriggio in cui Yésica, pallida di emozione, comparve fuori dalla finestra della ragazza gesticolando che la raggiungesse. Albeiro non voleva lasciarla uscire, ma come sempre Catalina non gli diede retta e si precipitò in strada.

«È arrivato Mariño! È tornato dal Messico!» annunciò l'amica.

Subito le fantasie di Catalina presero il volo. Si vide stesa sul tavolo operatorio pronta per l'intervento al seno; si vide dondolare appesa a un reggiseno immenso, come su un'altalena; si vide ballare fra le luci di una discoteca, coperta solo da un top ridottissimo che rubava gli sguardi di tutti gli uomini intorno a lei. Tornata alla realtà, fra salti di gioia che nascondevano una punta di tristezza in fondo all'anima, investì Yésica con una raffica di domande. Voleva sapere tutto, nei particolari. Quand'era arrivato Mariño, dov'era adesso, che aspetto aveva, se era bello, se era simpatico; ma, soprattutto, se grazie a lui sarebbe riuscita a ottenere i cinque milioni di pesos necessari per l'operazione. Yésica rispose con altrettanta irruenza. Mariño non era certo un bel tipo, su questo Catalina non doveva farsi illusioni. Forse non era così brutto, ma simpatico proprio no. Aveva chiesto a Yésica un paio di ragazze carine per la sera del giorno dopo. Doveva passare l'intera giornata a parlare d'affari con i capi, ma poi intendeva concedersi un po' di meritato relax. Catalina non doveva preoccuparsi, quello scemo di Albeiro sarebbe rimasto all'oscuro di tutto.

Come avrebbe potuto scoprirlo? Di certo lei non sarebbe andata a dirglielo.

Ma Albeiro non aveva bisogno di soffiate per accorgersi che la sua amata o, almeno, la mente della sua amata, stava prendendo una nuova strada. Dalla finestra della camera di Catalina, nascosto dietro il lenzuolo che faceva da tenda, assisteva sospettoso all'incontro con Yésica, purtroppo senza riuscire a sentire una parola di quel che si dicevano.

Quando la fidanzata rientrò in casa in stato di perfetta felicità, Albeiro era già tornato al suo posto sul divano. Faceva finta di niente, ma la sola idea che Catalina potesse tramare qualcosa alle sue spalle lo riempiva di agitazione. Non sapeva se metterla subito alle strette o se lavorare d'astuzia e arrivarci da solo a poco a poco. Temeva di peggiorare le cose, aggredendola, e quindi scelse la seconda strategia.

«Come mi piace vederti così contenta, amore mio» le disse, ricorrendo alle sue migliori doti d'attore.

«Sai, forse Yésica mi ha trovato un posto... Presto lavorerò anch'io!» rispose Catalina, dandogli un bacio che più falso non si poteva.

Di fronte a quella bugia, Albeiro non si trattenne e protestò: «Ma che posto e posto! Sei ancora troppo piccola per queste cose. Scommetto che ha trovato qualcuno che vuole approfittare di te». Non gli era difficile immaginare un avvocato o un dentista pervertito disposto a prenderla come segretaria per mangiarsela in un sol boccone prima ancora di averle pagato il primo stipendio. Una ragazzina come lei faceva bene ad andare a scuola, le disse. Lì sarebbe stata al sicuro. Ci avrebbe pensato lui a concederle qualche sfizio.

Il problema era che Albeiro, per sfizio, non intendeva altro che una gazzosa, una pizzetta, qualche maglietta in saldo, un fermacapelli o il poster di un cantante neanche troppo famoso. Al massimo un braccialetto del mercato e i soldi per l'autobus. Catalina, ormai, puntava a ben altro, cose molto più costose, belle ed esclusive: profumi francesi, gioielli, grandi acquisti nei supermercati, magari un'automobile tutta per sé, o un appartamento come quello delle sorelle Ahumada, di cui tanto si favoleggiava. Tutto questo avrebbe potuto essere suo se fosse riuscita a diventare la fidanzata di Mariño.

Ma restavano due ostacoli da superare. Il primo era che provava per Albeiro un amore tenerissimo; e il secondo, non meno spinoso, era che di sicuro doña Hilda non le avrebbe consentito di passare fuori casa l'intero fine settimana senza una valida scusa.

Quanto al primo problema, sentiva un tale rimorso nei confronti del fidanzato che per qualche giorno perdonò tutte le sue prediche, accolse con calore i pochi spiccioli e i gingilli che lui con grandi sforzi le regalava, e gli promise solennemente di anticipare al 18 giugno, giorno del suo quindicesimo compleanno, il momento in cui gli avrebbe concesso la sua verginità.

Albeiro, all'idea che appena pochi mesi lo separassero dalla felicità, credette di toccare il cielo con un dito e accettò tutte le condizioni poste da Catalina. Le accordò perfino il permesso di trascorrere quel fine settimana con le compagne di scuola. Fu lui stesso a intercedere presso doña Hilda: «Mi scusi, signora, ma lei crede che se non mi fidassi ciecamente di Catalina le darei il permesso di andare in gita?» le disse, con sicurezza da adulto. «Crede che Catalina sarebbe capace di deludere proprio noi, che le vogliamo tanto bene? E non pensa di aver dato a sua figlia la migliore educazione? La considera forse così sciocca da non sapere cos'è il bene e cos'è il male? Dunque, perché non la lascia andare? E poi, le amiche di Catalina sono tutte brave ragazze. Guardi che tenerla al guinzaglio potrebbe essere peggio! Mia sorella, tanto per dirne una, non aveva neppure il permesso di affacciarsi alla porta di casa, e alla fine, chissà come, è rimasta incinta lo stesso!»

Doña Hilda rifletté sugli argomenti esposti dal futuro genero e decise di accondiscendere: «Va bene, vada pure dove vuole. Ma poi non venitevi a lamentare con me!».

Però si pentì subito di quella concessione, e prese a snocciolare una lunga serie di timori, che la portarono a cercare una soluzione intermedia.

«Non potrebbe accompagnarla suo fratello? Pensa se le succede qualcosa. Se, per esempio, le altre ragazze si ubriacano? E le insegnano qualcosa di indecente, magari, Dio non voglia, persino a fumare? Sì, è meglio che ci vada anche Bayron. Se c'è anche suo fratello, d'accordo, altrimenti non se ne parla.»

Piangendo, Catalina si impuntò. Disse che se doveva portarsi dietro Bayron allora tanto valeva rinunciare. Quella sfiducia la offendeva, tanto più che doveva dare la colpa solo a se stessa, perché chiedeva sempre il permesso come una stupida, invece di fare di testa sua e uscire senza dir niente come facevano le altre. Che sua madre non si stupisse se un mattino non l'avesse trovata nel letto, perché di sicuro non si sarebbe mai più sognata di comportarsi bene come aveva fatto finora... Sfinita, doña Hilda interruppe quel profluvio di parole: «E va bene, vai, ma mi raccomando, sta' attenta». E aggiunse: «Comportati bene, figlia mia, non fare sciocchezze, sii giudiziosa. Se poi succede qualcosa, non dire che non ti avevo avvertita».

Per ringraziare Albeiro dell'aiuto, Catalina lo lasciò entrare nel suo letto la mattina dopo, mentre doña Hilda era a fare la spesa e Bayron a scuola, o forse a giocare a biliardo chissà dove. Quella mattina di pioggia, al suono delle gocce che picchiavano allegramente sul tetto, Catalina diede all'amato un assaggio di quel che avrebbe gustato di lì a qualche mese, allo scadere del suo quindicesimo anno.

Albeiro, sopraffatto dai suoi baci, le chiese di sposarlo. Catalina accettò subito, ma gli spiegò che in ogni caso avrebbero dovuto aspettare. Nessun prete avrebbe celebrato il matrimonio di una ragazza della sua età. Secondo lui, questo non cambiava nulla. Per amarsi non c'era bisogno di alcuna benedizione, avrebbero potuto vivere insieme comunque. Le giurò amore eterno, le giurò fedeltà assoluta. Le assicurò che i suoi risparmi sarebbero bastati per prendere una stanza in affitto e comprare un materasso matrimoniale, completo di cuscini e lenzuola. Lui non era ricco, lei lo sapeva, ma avrebbe lavorato sodo per non farle mancare nulla, per darle due bei bambini e tirarli su con sani principi e tanto amore. E se la squadra di calcio di Pereira si fosse classificata in finale, avrebbero potuto concedersi una gita alle terme di Santa Rosa, alla Feria di Manizales e, chissà, forse anche al famoso Parco Nazionale del Caffè, la Disneyland della Colombia. Catalina, che sognava viaggi a Miami, a Parigi, in Argentina, o quanto meno vacanze nelle località frequentate dai VIP colombiani, come San Andrés o Cartagena, gli disse che ci avrebbe pensato e lo ringraziò con baci appassionati e sinceri.

Le parole di Albeiro l'avevano davvero commossa, tanto che fu costretta a nascondersi in bagno a piangere per l'ingenuità del fidanzato e per ciò che avrebbe fatto quella sera nella villa di Mariño. Si sentì così falsa e così triste che fu sul punto di chiedere perdono a Dio. Non era bello tradire un ragazzo che meritava solo amore e devozione.

Da parte sua, Albeiro fece di tutto, con le preghiere e con le carezze, per persuaderla a concedersi quella stessa mattina. Ma non la spuntò, perché Catalina, pur desiderandolo molto, sapeva che perdere la verginità con lui avrebbe significato distruggere per sempre il proprio sogno.

Deluso per non averla posseduta, ma entusiasta all'idea di sposarla e di vivere un giorno con lei, Albeiro tornò al lavoro, dove la sua produttività raggiunse livelli sorprendenti. Era deciso a dimostrare alla Luce dei suoi Occhi, non appena fosse tornata da quel fine settimana, che una gita alle terme di Santa Rosa non era più una fantasia.

Quella sera, col cuore in pezzi, Catalina raggiunse le sue amiche ai giardinetti. Tutte e quattro furono prelevate, a tre isolati di distanza, da un fuoristrada targato Cali.

A mezzanotte varcarono i cancelli della villa presa in affitto da Mariño per l'occasione. Un gruppo di anatre passeggiava con sussiego intorno a un grande lago artificiale dove, ormeggiati a un piccolo molo, dondolavano due motoscafi e una barca a vela. I guardaspalle di Mariño erano impegnati a contendersi il compito di sorvegliare il laghetto, perché sapevano che, a un certo punto della notte, il loro capo e i suoi amici, ormai ubriachi marci, avrebbero gettato le ragazze nude nell'acqua. In passato i gorilla avevano avuto occasione di vedere attrici famose, vallette televisive, miss e modelle in atteggiamenti scandalosi che avrebbero fatto la fortuna di qualsiasi paparazzo. Più d'uno, in realtà, aveva scelto quel lavoro spinto dalla propria morbosa curiosità di voyeur. E così, poiché nessuno voleva perdersi lo spettacolo dei capi che amoreggiavano con le nuove ragazze, avevano deciso di disputarsi le postazioni migliori a testa o croce.

Catalina moriva di paura, perché sapeva di essere a un soffio dalla sua prima volta. Era tormentata dal pensiero di Albeiro e di sua madre, di come li stava ingannando. Non appena vide Mariño, un brivido freddo le percorse la schiena all'idea del suo corpo nudo, della sua pancia flaccida da nuovo ricco. Passandosi le mani sudate sui pantaloni, disse sottovoce a Yésica che se non avesse bevuto subito qualcosa di forte sarebbe svenuta.

«Calma, piccola, vedrai che qui l'alcol non manca. Te lo faranno bere con l'imbuto, quelli là» le rispose l'amica, con l'unico risultato di allarmarla ancora di più. «Ti ci faranno fare il bagno. Non sai quanto gli piace bere rum fra le cosce di una bella bambina.»

Raggiunto il fuoristrada, Mariño, malgrado l'impazienza che sentiva crescere dentro, volle mostrarsi signore e offrì la mano a Catalina e alle tre amiche per aiutarle a scendere dall'auto. Poi, per impressionarle, cercò di far credere che la villa fosse sua, e le invitò a seguirlo fino al laghetto, dando ordini a destra e a sinistra per tutto il tragitto. Che mettessero un po' di musica, che servissero da bere, che lo lasciassero solo con le ragazze, che andassero a prendere qualcosa da mangiare, che tirassero giù la luna, se necessario, stando ben attenti a non dare nell'occhio, s'intende, perché «lo sapete che ho tutta la DEA alle calcagna». Tutto questo solo per sentirsi un vero capo, e fare colpo sulle ragazze che, a dire il vero, erano mortalmente deluse dal suo aspetto.

Quando arrivarono al lago, Mariño prese da pare Yésica per illustrarle il programma della serata. Catalina, rigidissima, si sforzò di sorridere quando Mariño la scrutò dalla testa ai piedi con più serietà del previsto. Sembrava già annoiato, scontento, ma le ragazze non riuscivano a immaginare il perché. Cercando di allungare l'orecchio, si guardavano intorno nervosamente.

«Sai una cosa, bellezza? A me quella sbarba non dice granché. Sarà anche vergine finché vuoi...» Mariño stava parlando di Catalina.

Yésica storse il naso mentre lui, accendendosi una sigaretta, passava a esaminare Ximena con un sopracciglio alzato, a imitazione dell'uomo Marlboro delle pubblicità. Yésica cercò di riportare la sua attenzione su Catalina, che inarcava la schiena cercando di sporgere il petto.

«Ma perché non ti piace? Guarda che non è mica facile trovare una vergine di questi tempi!» esclamò.

«Non saprei. È carina, ma è ancora troppo piccola per i miei gusti» spiegò lui, e aggiunse: «E poi è piatta!».

«Ma è vergine, e questo non può non piacerti, Mariño.» Yésica era contrariata. «Io porto sempre quel che mi si chiede!»

«Sì, d'accordo, ma lasciamola crescere ancora un po'... Scommetto che non ha nemmeno quattordici anni.»

«Quindici» mentì Yésica.

«Ah, no, non potrei mai! La stessa età di mia figlia. No, guarda, mi prendo quella con la magliettina bianca» decise Mariño, indicando Ximena. «L'altra può aspettare, la faccio chiamare più tardi.»

Quando Yésica riferì la decisione di Mariño, Catalina scoppiò in lacrime. Le amiche tentarono inutilmente di consolarla. Ma lei, più triste che mai, non voleva sentire ragioni. Le sue illusioni sfumavano come acqua sull'asfalto in un giorno di sole, la sua autostima era a terra, i singhiozzi la scuotevano tutta. Annunciò che si sarebbe ammazzata. Ma subito si pentì e si corresse: sarebbe andata a rubare, se necessario, pur di trovare i soldi per l'operazione, perché di umiliazioni di quel genere non era disposta a sopportarne altre.

Intanto un guardaspalle di nome Javier, soprannominato Cavallo, si era avvicinato, dietro ordine di Mariño, per accompagnare Ximena nella sua stanza. Svolta quest'incombenza, tornò dalle ragazze e chiese a Catalina che cos'avesse da disperarsi.

Catalina si schermì, lo pregò di lasciarla in pace, ma Cavallo seppe trovare parole e modi così gentili che la ragazza finì per confidarsi. Gli spiegò che era stata rifiutata, che nessuno la voleva per colpa dei suoi seni troppo piccoli, e gli domandò se gli uomini fossero davvero tutti così rozzi e volgari. Cavallo fu svelto nel risponderle di sì, perché l'uomo è posseduto dal demone del sesso, e contro un diavoletto così delizioso non c'è proprio niente da fare. Catalina trovò buffa quella risposta, e si mise a ridere. Poi, più tranquilla, gli raccontò che aveva un fidanzato, un bravo ragazzo, che però guadagnava molto poco e non poteva comprarle tutto quel che desiderava.

Dal laghetto, intanto, giungevano gli strilli di Ximena, che si dibatteva nell'acqua dove Mariño l'aveva gettata completamente nuda sotto gli sguardi avidi dei guardaspalle. Nel buio, gli uomini le osservavano le tette cercando di capire se fossero vere o di silicone. Catalina, invece, le lanciò un'occhiata piena d'invidia, mentre Cavallo la blandiva dicendole che non aveva motivo di piangere, perché se il suo problema erano i soldi, lui glieli avrebbe trovati. Dichiarò di essersi innamorato di lei nell'attimo in cui l'aveva vista scendere dall'auto, perché una ragazza come lei era quel che chiedeva a Dio ogni sera nelle sue preghiere.

Catalina, che si stava abituando ad andare subito al sodo, ignorò la dichiarazione d'amore e domandò piuttosto a Cavallo come pensasse di procurarsi i cinque milioni necessari per l'intervento. Il guardaspalle le spiegò che niente era più facile per uno nella sua posizione. Spesso, infatti, il capo lo mandava a raccogliere i sacchi di dollari lanciati in mare dagli aerei dell'organizzazione. Toccava a lui metterli sulle bilance per pesarli. Bisognava fare così, per calcolarne il valore, dato che contare i biglietti uno per uno sarebbe stato un lavoro lunghissimo, quasi impossibile. A quelle parole Catalina cominciò a rianimarsi. E si sentì ancora meglio quando lui le confidò che, proprio grazie alla facilità con cui poteva procurarsi denaro, era riuscito a comprare un taxi a suo fratello.

Non appena Ximena ricomparve, tutta sorridente, stretta in un asciugamano bianco che le copriva appena le natiche e i seni, si udirono le grida di Mariño, impaziente di ricevere Vanessa. E Catalina approfittò di quel momento di confusione per scapparsene con Cavallo.

«Andiamo nella stalla. Lì potremo stare più tranquilli» disse lui prendendola per mano. All'interno dormivano una dozzina di cavalli, ciascuno nel suo box dotato di aria condizionata, pavimento in legno e pareti perfettamente intonacate.

Cercando di non fare alcun rumore che potesse svegliare le bestie e dunque mettere in allarme i suoi colleghi, Cavallo mise la sicura al suo mitragliatore AK47. Catalina si sentiva tremendamente in colpa per Albeiro, poiché sapeva che cosa la aspettava. E pensava con terrore al dolore della penetrazione, di cui le avevano parlato tutte le sue amiche. Quando Cavallo cominciò a baciarla dappertutto e a spogliarla con movimenti bruschi, le parve di entrare in uno stato di letargo. Nella sua mente sfilavano le raccomandazioni di sua madre e le promesse fatte e ricevute da Albeiro. Ma ormai, con mani impacciate dall'eccitazione, l'uomo chiamato Cavallo si stava slacciando i pantaloni. Catalina seppe che il momento irrimediabile era venuto, e le dispiacque immensamente di doverlo vivere con uno sconosciuto, per di più in un luogo così poco romantico. Però non aveva scelta: tutta la sua ricchezza stava lì, nella sua verginità, e se l'avesse concessa a Albeiro, come il suo cuore le chiedeva, avrebbe perso ogni possibilità di trovare i soldi per le protesi di silicone. Decise di rilassarsi, di non pensare a nulla. Si fece sorda al proprio cuore.

E quando Cavallo, in piena erezione, la fece scivolare su una balla di fieno, Catalina chiuse gli occhi per trattenere le lacrime. Cavallo spingeva senza pietà fra le sue cosce, mentre lei si mordeva le labbra per non urlare. Nel frattempo altri due gorilla, insospettiti dall'assenza del collega, si erano fatti sulla porta e osservavano eccitati la scena. A un tratto Cavallo, non riuscendo nel suo intento, si infuriò e la scostò bruscamente.

«Ma perché cazzo non entra?» volle sapere, mentre i colleghi trattenevano a stento le risate.

«Non sarebbe meglio sul pavimento?» azzardò Catalina, in tono dolce e remissivo, temendo la violenza di quel bruto. Senza rispondere – posseduto com'era dal demone del sesso, che forse non era poi tanto delizioso – Cavallo la prese per le spalle come una bambola di pezza. La buttò sul pavimento e le montò sopra, deciso a saziare i suoi istinti prima che le urla di Mariño lo richiamassero all'ordine.

Catalina ebbe un sussulto quando l'uomo la penetrò. La fitta di dolore fu acutissima. Trattenendo un grido, affondò le unghie nella schiena di Cavallo. Le lacrime proruppero e le scivolarono lungo le tempie, mentre lui, trovato il ritmo, si muoveva dentro di lei.

Catalina, piena di paura e di sgomento com'era, si stupì che le sue amiche potessero godere di un atto del genere. Poi Cavallo si rimise in piedi, soddisfatto anche se un po' imbarazzato per la brutalità dimostrata. Si accorse che Catalina stava piangendo e si chiese il perché senza trovare risposta. Ma nemmeno lei sapeva con certezza se la ragione fosse il dolore fisico sofferto, o la fine della sua infanzia, o il torto fatto a Albeiro. Era così confusa che, mentre il senso di colpa le strappava una lacrima, la soddisfazione di sapersi ormai donna e più vicina a uno dei suoi obiettivi, la costrinse quasi a sorridere.

Ma vedendo il sangue fra le sue cosce, Cavallo capì che fino a un momento prima Catalina era vergine e fu preso dal panico. Temeva soprattutto che fosse rimasta incinta. La rimproverò aspramente per non averlo avvertito: mai avrebbe pensato che una ragazza come lei, venuta alla villa per incontrare il suo capo, potesse essere inesperta al punto da non pensare a proteggersi. Perplessa, Catalina gli domandò se lo facesse sempre senza preservativo, e Cavallo mentì. Le disse che gli era capitato solo quella volta, perché non poteva certo sapere in anticipo che Dio gli avrebbe mandato una ragazza così carina durante l'orario di lavoro.

Poi sorrise e, per chiudere l'incidente, la abbracciò. Ma mentre Catalina, su un piede solo, stava per rimettersi il tanga, gli altri due guardaspalle si fecero avanti. Con vergogna, Catalina cercò di coprirsi, mentre Cavallo provò ad allontanare i colleghi. Ma i due erano decisi: era ingiusto che Cavallo tenesse la ragazza tutta per sé; anche loro avevano diritto a qualche soddisfazione. Terrorizzata Catalina scoppiò in un pianto isterico, ma a nulla valsero le sue lacrime. Cavallo sapeva che la richiesta dei colleghi era un ricatto al quale doveva cedere. Le ricordò che solo lui poteva darle i soldi di cui aveva bisogno per l'operazione e le raccomandò di comportarsi bene, perché se gli altri due l'avessero denunciato, lui avrebbe perso il posto e lei avrebbe perso tutto.

Incredula, a occhi sbarrati, Catalina dovette aprire le gambe a beneficio dei due sconosciuti, mentre Cavallo la incoraggiava da lontano.

Catalina pianse ancora per il dolore e per i ricordi che la tormentavano. Pensò a Albeiro e ai suoi orsacchiotti di peluche, pensò a El Titi che sgommava via con Paola, pensò alla gallina della sveglia che becchettava il nulla, pensò agli aerei che decollavano senza di lei dall'aeroporto di Pereira, mentre quegli uomini si accanivano a cercare il loro piacere senza nessun riguardo per lei. Per non soccombere alla disperazione, decise di immaginare Cavallo che le consegnava un pacco di biglietti da diecimila pesos sotto la statua di Bolívar, nel centro di Pereira.

Quando fu tutto finito, i tre uomini uscirono nel giardino ridendo e scambiandosi pacche sulle spalle. Lei rimase sola a rivestirsi. Piangendo sempre più forte, si rimise in piedi con difficoltà. Raccolse a uno a uno i suoi indumenti, se li infilò lentamente e si sistemò i capelli con le dita. Un cavallo la osservò paziente, mentre raggiungeva la porta barcollando e si voltava un attimo sulla soglia, per imprimersi bene nella memoria lo strano luogo che aveva fatto da sfondo alla sua caduta.

I tre guardaspalle, intanto, dopo aver relegato Albeiro al quarto posto nella lista degli amanti di Catalina, riprendevano i loro posti come dopo un normale giro di ispezione. Quando Catalina ricomparve e si avvicinò a Cavallo contando di prendere accordi per la consegna della ricompensa, lui si agitò moltissimo e cominciò a tirar fuori ogni genere di scuse. Ne avrebbero riparlato un altro giorno, quello non era né il luogo né il momento, ma avrebbe provveduto. Cavallo era un uomo come si deve, per nulla al mondo sarebbe venuto meno ai patti. Non era certo disposto a perderla per così poco, tanto più che, dopo l'operazione, sarebbe spettato a lui l'onore di inaugurare le sue tette, proprio come facevano i capi con le loro ragazze.

Così si sarebbe rifatto di tante umiliazioni, perché lui non era da meno dei boss, che tenevano sempre per loro le donne più belle. Rendendosi conto, dall'espressione di Catalina, di aver detto qualcosa di sbagliato, Cavallo cercò di rimediare sottolineando che lei gli era piaciuta proprio perché non era come le altre, le donne tutte uguali che uscivano con i capi, tutte anoressiche, tutte bionde, tutte siliconate. Ragazze che, tolte le lenti a contatto blu, le scarpe col tacco di dodici centimetri, tolti i pantaloni pieni di paillettes, il vestito firmato, l'orologio di Cartier, la borsa di Vuitton, gli occhiali da sole di Chanel, non valevano la metà di Catalina.

Alla fine si salutarono dandosi appuntamento al parco Bolívar per il giorno dopo, alle quattro del pomeriggio.

E mentre i tre guardaspalle si facevano belli davanti ai colleghi, vantandosi di aver sverginato una delle donne del capo come se fosse la più gloriosa impresa della loro vita, Catalina dovette affrontare Yésica, che non la smetteva di rimproverarla per la sua fuga con Cavallo.

«Quello non è altro che un contapalle, sappilo» le disse. «Non avrete fatto l'amore, spero?»

«Figurati, per chi mi hai preso?» rispose Catalina con voce rotta, sentendosi morire al pensiero di aver dato via inutilmente il suo bene più prezioso.

Il giorno dopo, mentre cercava di ripararsi dalla pioggia sotto il monumento equestre di Bolívar, Catalina sentì le campane della cattedrale suonare le cinque, e capì definitivamente di essersi venduta in cambio di nulla. Affranta, rimase comunque ad aspettare fino a mezzanotte. Ma Cavallo non venne, né col denaro né a mani vuote, e alla fine Catalina dovette tornarsene a casa a piedi, piangendo per tutta la strada e maledicendo gli ubriachi che, vedendola in giro sola a quell'ora, la abbordavano chiedendole il prezzo.

Arrivò a casa che era quasi l'alba. In lontananza splendevano e rimbombavano i fuochi artificiali di un festeggiamento del quale non conosceva il motivo. Catalina si mise a letto e vi rimase, sempre piangendo, per due giorni filati, senza che doña Hilda o suo fratello riuscissero a cavarle di bocca una sola parola. Da Albeiro non si fece neppure vedere. Il terzo giorno Catalina parlò, per chiedere un bicchier d'acqua, e poi rimase zitta fino al giovedì, quando Yésica si presentò convinta di avere la ricetta giusta per riportarla in vita.

«Ragazza!» le disse, raggiante di felicità. «Mariño ha detto che vuole vederti! Non ti ha dimenticata. Vuole la tua verginità, tesoro!»

Catalina non rispondeva, mentre Yésica snocciolava tutta affannata il suo racconto senza sapere di ferirla ancor più profondamente.

«Su col morale! Sono già d'accordo con lui perché ti paghi l'operazione, fino all'ultimo soldo. Guarda qua!» E le mostrò tre mazzette di banconote.

A Catalina parve che lo specchio del comò andasse in mille pezzi. Si sentì morire, ma decise di non dire niente all'amica. Poi rimase a piangere altri tre giorni.

Quando ormai non aveva più lacrime, andò a cercare Yésica e le raccontò tutta la verità. Yésica, indignata, decise che bisognava spifferare tutto a Mariño. Avrebbe pensato lui ad ammazzare Cavallo e gli altri due. Poi capì che non era possibile. Lei stessa aveva detto a Mariño che quella settimana Catalina non l'avrebbe raggiunto perché aveva le sue cose.

«Non potremmo fregarlo come ha fatto Paola col suo secondo fidanzato?» propose Catalina senza rendersi conto della sua ingenuità. Ma Yésica fu irremovibile.

«No. Se si accorge dell'inganno ci massacra. Lo sai cosa

mi ha detto? Che ha già sverginato ventisei ragazze, e ci tiene ad arrivare a cinquanta per battere i suoi capi almeno su questo fronte.» Certo, a Yésica rincresceva perdere i due milioni di pesos di commissione che Mariño le aveva promesso, ma non voleva correre rischi.

Cercò allora di tirare su il morale dell'amica con una nuova proposta: «Senti, lasciamo perdere. Meglio che ti presenti a Margot, che magari nel frattempo ti fa lavorare come modella».

Ma Catalina non voleva fare la modella né l'attrice, e glielo disse. Voleva solo farsi operare e diventare la donna di un trafficante.

Armandosi di santa pazienza, Yésica le spiegò che valeva la pena di tentare altre strade. Non si poteva mai sapere, magari uno dei boss si sarebbe innamorato di lei vedendola in televisione. Bisognava trovare il modo di renderla più appetibile, perché la concorrenza era tanta e agguerrita. C'erano un mucchio di ragazze in altri quartieri della città disposte a svendere la loro verginità per quattro pesos, nonostante avessero le tette più grosse.

4

Ragazze Prepagate

«Scusa se te lo dico, mia cara, ma sei un po' scarsina di tette!» dichiarò Margot, la direttrice dell'agenzia di modelle. Non se la sentiva di illuderla, prospettandole una assai improbabile carriera da top model.

«Ma io di modelle ne ho viste tante in televisione, e la maggioranza non ha molto seno. Qualcuna ne ha addirittura meno di me...»

«Sì, però quelle sono europee. Non dimenticarti, mia cara, che siamo in Colombia, e qui una bella ragazza porta la quarta di reggiseno.»

Naturalmente Margot, donna bellissima e dotata di uno spiccato spirito pratico, non si limitava a fare da intermediaria fra le agenzie di pubblicità e le modelle, ma anche fra queste ultime e i narcos. Tuttavia non lo disse a Catalina, limitandosi a consigliarle di ripresentarsi quando avesse compiuto quindici anni. E possibilmente con il seno rifatto. Prima di quell'età non le avrebbe fatto alcun contratto, per non rischiare guai con la giustizia.

Nuovamente delusa, Catalina se ne tornò a casa decisa, nell'attesa che arrivasse il tanto sospirato compleanno, a dedicarsi al legittimo fidanzato. Negli ultimi tempi, con sua grande invidia, le case di Paola, Ximena e Vanessa erano diventate sempre più lustre, colorate e piene di accessori, come del resto le sue tre amiche, che dalla sera alla mattina si erano trasformate in altrettante veneri bionde, con labbra turgide e occhi azzurri. Margot, infatti, aveva accettato di reclutarle, non per calcare le passerelle, né per comparire nelle pubblicità o sui calendari, ma per andare a letto con i soliti boss. Paola, Ximena e Vanessa, insomma, erano diventate «ragazze Prepagate», così chiamate perché le loro prestazioni venivano pagate con regali costosi e denaro elargiti anticipatamente.

Non tutte potevano aspirare a quella condizione. Occorreva essere alte, possedere un corpo perfetto, capelli lunghi e curati, lenti a contatto colorate, abiti costosissimi, e modi più sofisticati rispetto a quelli delle volgari prostitute. Non era difficile riconoscere una Prepagata per le strade della città e nei centri commerciali, o mentre sfrecciava a bordo di un'auto di lusso, perché tutto poteva sembrare tranne che una moglie o una madre di famiglia.

Le ragazze Prepagate, come Yésica, Paola, Ximena e Vanessa, spendevano soldi a un ritmo indiavolato. Tutto quel che guadagnavano era immediatamente reinvestito in interventi di chirurgia estetica, trattamenti ai denti per migliorare il sorriso, parrucchieri, vestiti, scarpe, profumi, occhiali, cosmetici e generi alimentari di lusso. Senza contare i ritratti che commissionavano a noti fotografi, per vedere il proprio volto inserito, tramite fotomontaggio, su manifesti e copertine di riviste famose.

Per questo, pur guadagnando moltissimo, le Prepagate erano sempre senza un soldo, sempre in attesa di una chiamata di Margot, oppure di qualche parrucchiere o dentista compiacente disposto a metterle in contatto con nuovi clienti.

Un bel giorno Yésica, vedendo che Margot faceva soldi a palate con la sua agenzia, decise di alzare il tiro e ventilò ai suoi amici trafficanti la possibilità di fornire loro ragazze selezionatissime a prezzi competitivi. El Titi fu sincero: la cosa non gli interessava. Lui non era un tipo troppo esigente, e poi stava con la donna più bella della città. Ma il giro d'affari di Yésica avrebbe potuto crescere molto se lei fosse riuscita a lavorare per i suoi capi. Loro erano sempre pronti a portarsi a letto le vincitrici dei concorsi di bellezza, le modelle delle riviste, le attrici e le starlette della televisione. Certo, entrare in quel mondo sarebbe stato difficile per Yésica, ma valeva la pena tentare. La ragazza pregò allora El Titi di aiutarla a incontrare i grandi capi dell'organizzazione: Cardona e Morón. Non per andarci a letto, come aveva fatto agli inizi, appena qualche mese prima, ma per far loro una proposta.

L'incontro fu organizzato nella villa di Morón, dove Yésica e El Titi si recarono a bordo di un'automobile sportiva rossa, bellissima, acquistata grazie alla missione di Mariño a Città del Messico.

Cardona accolse con simpatia la proposta di una bella ragazza così giovane e determinata, e volle offrirle la possibilità di diventare la sua fornitrice di piacere ufficiale. Era disposto a metterla alla prova. Le chiese di fargli avere, per quel fine settimana, una conduttrice televisiva che lo faceva impazzire da mesi e per la quale sarebbe stato disposto a pagare anche cinquanta milioni di pesos. Lo stesso Morón aveva già tentato di ottenere i favori della diva, offrendo, a più riprese, dieci milioni di pesos, e poi venti, e poi trenta, ma non era mai riuscito a farle girare la testa, anche perché la ragazza guadagnava molto bene con il suo lavoro. Per questo, disse Cardona, quella donna era diventata per lui una specie di fissazione. Riuscire a conquistarla era una questione di orgoglio. Yésica era autorizzata a offrire qualunque cifra, purché gliela facesse trovare quel sabato mattina all'aeroporto di Cali, dove Cardona avrebbe mandato uno dei suoi aerei privati a prelevarla.

Nell'esperienza di Cardona anche la più rigida delle donne, la più castigata, la più onesta aveva un prezzo, e lui era deciso a scoprire quale fosse quello della conduttrice. Il boss promise a Yésica che, in caso di successo, l'avrebbe presentata agli altri membri del cartello, così nessuno di loro avrebbe più avuto bisogno di rivolgersi a parrucchieri, dentisti, istruttori di palestre e agenzie di modelle per rifornirsi di donne.

Yésica accettò la sfida, e tornò all'ufficio di Margot decisa a carpirle tutte le informazioni possibili.

Margot fu generosa: il suo mestiere non aveva segreti. Sostanzialmente alle donne piaceva il denaro, e bisognava offrirglielo con tutta la sfacciataggine del mondo. Prendere o lasciare. In fondo, potevano dire soltanto di sì o di no, e in genere accettavano.

Facendo tesoro di quel consiglio, Yésica prese un aereo per Bogotá. Lì si mise sulle tracce della famosa conduttrice. Passò ore ai cancelli dell'emittente televisiva, finché la meravigliosa preda non fece la sua apparizione. Yésica riuscì a farle abbassare il finestrino dell'auto e partì all'attacco.

«Vede, signora, ci sarebbe una persona che la vuole conoscere. Questa persona ci tiene tanto a invitarla nella sua villa per il fine settimana.»

La conduttrice disse di no, grazie tante, non era interessata e desiderava essere lasciata in pace. Quando già il cristallo del finestrino cominciava a salire, Yésica si giocò il tutto per tutto, sapendo che non avrebbe mai avuto un'altra opportunità come quella. Disse che avrebbe trovato ad aspettarla cento milioni di pesos. Il cristallo continuò a salire. Un centimetro prima che si richiudesse del tutto, Yésica le offrì altri cinquanta milioni. Il cristallo si fermò. Poi ridiscese di un palmo.

«Quanto?» si sentì domandare dall'interno dell'auto.

Yésica ripeté la cifra. Centocinquanta milioni di pesos. E aggiunse che sarebbero stati consegnati in contanti, divisi in pacchetti da cinque milioni ciascuno.

La conduttrice, che nell'ambiente godeva fama di persona integerrima, fece un rapido calcolo. E sentendo ancora qualche rimorso della coscienza, rilanciò.

«Duecento. E che mi faccia trovare i biglietti per il volo sabato mattina.»

Yésica si allarmò. Non immaginava che Cardona fosse disposto a spendere tanto. Volle tenere duro: centottanta.

«Allora è un no» disse la donna, e il finestrino ricominciò a salire inesorabile. A quel punto Yésica le propose di chiudere a centonovanta. Ma l'auto era già partita. Le corse dietro, gridando che andava bene, come voleva lei, d'accordo per i duecento.

Dopo un'accesa contrattazione, l'accordo era finalmente raggiunto. La conduttrice si sarebbe fatta trovare pronta il sabato pomeriggio, dietro pagamento di un anticipo pari alla metà del compenso. Chiedeva di essere riaccompagnata a casa la domenica sera, non oltre la mezzanotte, con il saldo in contanti, perché il lunedì mattina aveva delle riprese in studio.

Trionfante e preoccupata insieme, Yésica tornò da Cardona. Quando, dopo mille esitazioni e giri di parole, gli disse il prezzo, il boss scoppiò in una risata. Cardona aveva denaro a sufficienza per ricostruire cinque o sei volte le Torri Gemelle. Per lui nulla era troppo caro.

«Ma con la mia commissione fanno duecentoventi milioni!» Yésica voleva esser certa che avesse capito.

Lui rispose che non era sordo e la licenziò soddisfatto.

Quel fine settimana la famosa conduttrice si presentò all'appuntamento; Cardona se la spassò e pagò duecentoventi milioni senza battere ciglio. Da quel momento Yésica divenne la cocca di Cardona. Di lì a poco la ragazza riuscì anche a conquistarsi la fiducia di Morón, al quale fece avere una modella famosissima per duecentocinquanta milioni, quasi un affare considerato il disgusto di andare a letto con un ciccione, cafone e maleodorante come lui.

Ma non tutte le bellissime erano disposte a vendersi.

C'era una modella, comparsa sulle copertine di tutte le riviste, che ossessionava Morón. Da settimane impazziva per lei. Ma aveva collezionato un rifiuto dopo l'altro. Proprio lui, il capo dei capi, le aveva mandato a dire, tramite il suo parrucchiere di fiducia, che voleva invitarla a Città del Messico. La modella, vantandosi di essere la sola nel suo ambiente a non avere prezzo, si era trattenuta a stento dallo sputare in faccia al parrucchiere, tanto era indignata.

Ma Morón la voleva ed era deciso ad averla. Le propose di portarla con sé in Europa. Niente. Poi si offrì di aiutarla a ottenere un visto per gli Stati Uniti, privilegio che ogni modella, miss, attrice e bella ragazza colombiana poteva soltanto sognare. Nemmeno questo funzionò. Le promise gioielli, orologi tempestati di pietre preziose, la raccomandazione decisiva per la vittoria in un importante concorso di bellezza, e perfino un camion pieno di vestiti esclusivi. Eroica, la ragazza non cedeva. Morón, ormai, era così perso di lei che, tramite la direttrice di un'agenzia di modelle, le fece pervenire un nuovo messaggio: trecento milioni di pesos per una notte nella sua villa. Ma la biondissima modella continuava a negarsi con sempre maggiore ostinazione, giungendo a minacciarlo di rendere pubbliche le sue proposte.

Proprio come El Titi, come Cardona, come tutti gli altri duecentocinquanta trafficanti che in quel periodo spadroneggiavano nel Paese, Morón non era disposto ad arrendersi di fronte a niente. Quella sfida gli faceva ribollire il sangue, lo feriva nell'orgoglio, lo riempiva di rabbia. Una ragazza senza prezzo. Impossibile, dal momento che tutti avevano un prezzo: giudici, avvocati, giornalisti, politici, poliziotti, funzionari doganali, militari e preti. Era intollerabile che qualcuno, e tanto più una giovane donna, potesse sfuggire ai suoi tentacoli. Fu allora che decise di mettercela tutta. Diede incarico a El Titi di acquistare una BMW appena uscita dalla fabbrica, color rosso ciliegia, il cui prezzo si avvicinava ai cinquecento milioni di pesos. Era un modello le cui portiere non si aprivano verso l'esterno come quelle degli altri due miliardi di auto in circolazione nel mondo, ma scivolavano silenziosamente all'interno del tettuccio al tocco di un sensore.

Morón fece avvolgere quella meravigliosa automobile

in un gigantesco fiocco scintillante e ordinò che gliela recapitassero a casa.

Di fronte al rosso di quella carrozzeria perfetta e allo sfavillio del nastro tempestato di paillettes, di fronte all'odore di nuovo che emanava dai meravigliosi interni in pelle, l'integerrima modella avrebbe finito per cedere.

Fu Yésica, quella mattina, a suonare alla porta di casa sua per pregarla di affacciarsi alla finestra.

La ragazza, rimasta senza fiato, non poté fare a meno di immaginare il momento in cui sarebbe giunta al suo paese natale a bordo di un simile veicolo. Le vennero le lacrime agli occhi e, nell'accettare il regalo, accettò naturalmente anche il prezzo da pagare.

Morón la possedette per tre fine settimana consecutivi, e giunse ad accarezzare l'idea di farne la sua donna ufficiale, magari di sposarla. Ma a partire dalla quarta settimana, la bellissima cominciò a infastidirlo. Voleva sapere dove andava, perché tornava sempre tardi, che cosa faceva con questa o quella persona, perché non rispondeva al cellulare. Tutti segni di un'invadenza che Morón non aveva nessuna intenzione di tollerare.

Tre mesi furono più che sufficienti perché il boss si stancasse della sua dea dell'Olimpo. E così commissionò a due dei suoi uomini, grazie al doppione della chiave che si era tenuto al momento dell'acquisto, il furto della splendida auto. La ragazza si disperò, sporse denuncia, e in una notte di pioggia si precipitò piangendo a casa di Morón per riferirgli l'accaduto. Era sicura che lui gliene avrebbe comprata subito una nuova, ancora più bella. Ma si sbagliava. Morón la coprì di accuse. Le diede della sventata e dell'irresponsabile, la prese perfino a schiaffi, e finì per cacciarla fuori di casa dicendo che solo un'oca poteva farsi rubare un'auto così costosa. Da allora non volle rivederla mai più, sordo ai suoi ripetuti tentativi di avvicinarlo e ottenere il suo perdono. Alla fine la ragazza si vide costretta a tornare sulle passerelle, dove ben difficilmente sarebbe riuscita a guadagnare tanto da mantenere il favoloso livello di vita a cui si era abituata.

Grazie all'efficienza di Yésica, per settimane le ville di Morón, di Cardona e di El Titi brulicarono di modelle, attrici e reginette di bellezza. I capi erano tronfi d'orgoglio ora che alle loro feste partecipavano le più celebri bellezze del Paese.

Molte ragazze venivano filmate in segreto durante i rapporti sessuali, e poi i video venivano scambiati come figurine, in modo che anche gli amici potessero goderne. Nessuna sfuggiva ai pettegolezzi: tutti sapevano che la tale era una lesbica viziosa, che la talaltra si faceva fare certe cose; che una era bruttissima senza trucco e che l'altra rubava, mentre un'altra ancora era ignorante come una capra e quasi non sapeva leggere.

Carica di denaro, Yésica tornò nel suo quartiere e riunì le amiche. Chiese loro di lasciare Margot e affidare a lei tutti i contatti e le trattative con i clienti. Le ragazze accettarono. Nessuna di loro era soddisfatta. In fondo si sentivano prostitute alla giornata, mentre ciò che sognavano era una vita serena e piena di lussi al fianco di un mafioso che le amasse veramente. Si aggrappavano a questa remota speranza, ben sapendo quanto fosse difficile far breccia nel cuore di uomini del genere.

5

Il figlio di Cavallo

Catalina provava una punta d'invidia per i grandi progressi compiuti da Yésica, e tuttavia il successo dell'amica ebbe il potere di ridarle coraggio. Non passò molto tempo prima che Yésica piombasse a casa sua per annunciarle che quel sabato sera era in programma una festa faraonica per la quale le erano state richieste ben dieci ragazze. Catalina sarebbe stata fra quelle.

Ma ancora una volta la sorte fu crudele con la ragazza. Il giorno prima della festa, sul punto di provare il completo costosissimo, carico di fronzoli e paillettes, che Yésica le aveva comprato, Catalina scoprì di essere incinta.

Portava nel ventre il figlio di Cavallo o di uno dei suoi compari, e la rabbia che la invase fu più forte della tristezza.

Subito si mise alla ricerca del guardaspalle, decisa se non altro a farsi dare il denaro necessario per abortire. Andò alla villa dove l'aveva conosciuto, e scoprì che la proprietà non era di Mariño, come le era stato fatto credere, ma di una famiglia di coltivatori di caffè in disgrazia, che non potendo pagare le spese di manutenzione, la cedeva in affitto ai narcos nei fine settimana.

Naturalmente, di Cavallo non c'era traccia, e così Catalina decise di risolvere il problema da sola.

Per lunghe notti passò in rassegna decine di piani, uno più assurdo e irrealizzabile dell'altro. Ipotizzò di tenere il bambino, ma inorridì all'idea che in quel modo avrebbe perso Albeiro. Per di più, con il fisico ormai irrimediabilmente rovinato, le sue speranze di diventare la donna di un trafficante si sarebbero ridotte a zero. Pensò di mentire a Albeiro, di concedersi a lui il prima possibile e poi dirgli che il bambino era suo, ma si scoprì incapace di una simile bassezza. Il povero Albeiro non meritava certo di allevare per vent'anni un figlio non suo.

Scartando a una a una tutte le possibilità che le venivano in mente (compresa quella di sparire per nove mesi, e poi dare in adozione o vendere il bambino), Catalina si rassegnò a cercare il modo per abortire. Per settimane mise da parte i soldi che le regalava Albeiro per i suoi piccoli sfizi quotidiani. Rinunciò perfino a prendere l'autobus, quando Yésica le fece sapere che l'intervento sarebbe costato duecentomila pesos.

Il giorno stabilito, a digiuno, come le aveva raccomandato il finto medico dell'ambulatorio clandestino a cui si era rivolta, Catalina scappò da scuola, con l'uniforme addosso e i libri in spalla. Il sedicente dottore fu sorpreso di ritrovarsi sul lettino una ragazzetta non ancora uscita dalla pubertà. Ma non si soffermò troppo a pensarci e mise in azione l'aspiratore. L'operazione, eseguita senza anestesia, durò quindici lunghissimi minuti.

Yésica, che era rimasta ad attenderla fuori dall'ambulatorio, la portò a casa sua in taxi. Pallida e debole, Catalina non aveva rimorsi né sensi di colpa, non provava nulla.

Alla madre di Yésica le due ragazze spiegarono che Catalina si era sentita male nella palestra della scuola e aveva bisogno di riposare. Yésica la fece sdraiare nel suo letto e la nutrì con brodo di pollo, uova di quaglia e cattivi consigli, finché verso sera non ritenne giunto il momento di riaccompagnarla a casa.

Albeiro, che la aspettava con aria truce, vedendo lo stato in cui si trovava non ebbe cuore di sgridarla. Era impaziente di mostrarle la fattura per l'acquisto di un materasso nuovo, e il contratto d'affitto di una stanza che sperava di firmare se lei fosse stata d'accordo. Ma quella sera Catalina stava troppo male per dargli ascolto, e la discussione fu rimandata a un altro giorno.

Doña Hilda, preoccupatissima, giunse a sospettare l'accaduto, ma poi si rimproverò di pensare male di quella che in fondo era ancora una bambina. Così, quando Catalina chiese di poter riposare, si limitò a portarsi Albeiro in cucina.

«Fammi compagnia mentre preparo la cena, caro» gli disse. Lui, desideroso di posare un bacio sulle labbra della sua ragazza, ne colse solo un angolino mentre si affrettava a girare la faccia.

In cucina, Albeiro non poté fare a meno di compiacersi dell'avvenenza di doña Hilda, che all'epoca aveva appena trentott'anni. Quella sera la donna indossava un paio di pantaloni bianchi molto aderenti, che le fasciavano il sedere. Albeiro si accorse di non riuscire a smettere di guardarla, tanto che per un attimo dubitò del suo amore per Catalina. Ma poi si giustificò, pensando che il suo sentimento verso la fidanzata era così smisurato da estendersi necessariamente alla donna che l'aveva generata.

Terminata la settimana di riposo che il «dottore» le aveva raccomandato, Catalina fece ritorno a scuola, decisa a ritrovare la convinzione di poter diventare qualcuno grazie allo studio. In fondo, tutti i tentativi di Yésica di trovarle una nuova strada erano miseramente falliti.

Ma bastò poco per riaccendere le sue illusioni. La prima volta che incontrò l'amica, questa le annunciò di aver finalmente trovato l'occasione che faceva al caso suo. Proprio quel fine settimana si festeggiava il cinquantesimo compleanno di Morón. Era in programma una festa memorabile, tanto che a Yésica era stato affidato il compito di procurare sessanta ragazze, due per ognuno degli invitati. Le pareva francamente impossibile che tutti e trenta quei bastardi potessero rifiutarla.

Catalina pensò all'addome ancora un po' gonfio e indolenzito, ai capelli spenti, ai glutei già meno sodi per la mancanza di esercizio, e sentì che questa volta il suo amor proprio non ce l'avrebbe fatta a sorreggerla. Non voleva più illudersi. Ma Yésica insisteva. Le disse che era l'opportunità della sua vita e che non poteva rinunciare proprio adesso. Doveva tirarsi su, farsi coraggio, e fare un altro tentativo.

Pessimista, ma senza alternative, Catalina accettò di competere, in condizioni di netto svantaggio, con altre cinquantanove ragazze che certamente sarebbero state in forma smagliante per la serata. Così, il sabato successivo, si rimise in sesto alla bell'e meglio, e si preparò ad affrontare quello che si sarebbe rivelato un nuovo, decisivo capitolo nella sua vita.

6

«Tu non ne hai bisogno»

La svolta nella vita di Catalina avvenne in una sontuosa villa di proprietà di Morón, nei pressi di Zarzal. Quella sera nel cielo sopra la vasta tenuta comparve un elicottero che, dopo un ampio giro, atterrò nel campo di calcio per lasciar scendere il padrone di casa. La villa rivaleggiava con un villaggio olimpico, tanti erano gli impianti che ospitava: campi da tennis, da beach-volley, da squash, maneggio, piscina olimpionica, sauna, bagno turco e attrezzature per molti altri sport che il proprietario di sicuro non praticava né conosceva, ma per i quali i guardaspalle inventavano nuove regole ogni volta che avevano del tempo a disposizione. Decine di statue osservavano senza pregiudizi i trenta capi e capetti dell'organizzazione invitati a festeggiare per tre giorni e tre notti i cinquant'anni del grande boss.

La lealtà di ciascuno sarebbe stata premiata con due donne bellissime e con mezza dozzina di bottiglie di whisky invecchiato per diciotto anni nelle botti di qualche cantina scozzese. All'intrattenimento musicale avrebbero provveduto a turno un gruppo folkloristico di *mariachis*, un'orchestra jazz e un celebre DJ.

Quando le ragazze, giunte a destinazione a bordo di due autobus, fecero il loro ingresso alla festa, tutti i capi, i figli dei capi e perfino gli apprendisti capi, come Mariño, si affrettarono ad accaparrarsi le più belle. El Titi, fedele alle abitudini, scelse Paola e Ximena. Vanessa se ne andò con Morón malgrado la sua enorme pancia la disgustasse, e Yésica restò accanto a Cardona.

Inspiegabilmente, Catalina sembrava scomparsa. Volatilizzata. E rimase introvabile per esattamente sei minuti e mezzo. Intanto, a bordo piscina, il celebre DJ si dava da fare con destrezza alla consolle.

Cinquantanove delle sessanta ragazze si erano ormai distribuite, a coppie, accanto al trafficante grande o piccolo che le aveva scelte. E Yésica, appesa al braccio destro di Cardona, attendeva impaziente che Catalina si facesse vedere.

Quando finalmente sbucò da chissà dove, e Yésica la indicò a Cardona, questi ne soppesò le gambe, i fianchi e il busto. Tracciando un circoletto nell'aria col dito, le diede ordine di voltarsi. Le osservò il sedere e, quando lei concluse la piroetta, fu catturato dalla luminosità del suo sguardo. Cardona non poteva certo immaginare che lo splendore esultante di quella ragazza non si doveva al sublime incontro con la sua persona, ma a un affaruccio da lei risolto a pochi metri da lì, nei sei minuti e mezzo in cui era rimasta nascosta alla vista di tutti. A ogni modo, l'esito dell'esame non fu del tutto positivo. Cardona prese a confabulare a bassa voce con Yésica, e a sogghignare additando il petto della ragazza. Catalina moriva dall'imbarazzo in mezzo a quelle cinquantanove ragazze, tutte povere quanto lei, stupide quanto lei e ingenue quanto lei, ma certamente dotate di tette più grosse.

Fu allora che Yésica la salvò, intercedendo disperatamente in suo favore. Raccontò tante di quelle bugie che Cardona non poté rifiutarsi di provarla. Yésica gli assicurò che quella ragazzina esile e piatta era l'amante più esperta e spregiudicata fra quelle presenti alla festa. Che nessuna come lei conosceva i segreti del sesso orale, e che se non si era ancora fatta impiantare il silicone nelle tette era perché molti pervertiti adoravano far l'amore con le collegiali. Di sicuro, scegliendola, Cardona avrebbe fatto un ottimo affare, tanto che gliel'avrebbe chiesta di nuovo fra meno di una settimana, Yésica ne era certa.

Dubbioso ma incuriosito, Cardona accettò, e Yésica corse a informare Catalina di tutte le frottole che le era toccato raccontare per aiutarla.

«Senti, bella» le disse «hai dieci secondi per trasformarti nella donna più sexy di Pereira, nella puttana più puttana del pianeta. Il numero due di tutti i narcos della festa aspetta solo che tu glielo dimostri. Cerca di non deluderlo.»

Rossa in viso e col cuore sul punto di scoppiare, Catalina accettò la sfida. Si sarebbe tramutata all'istante in una maestra di erotismo. Non poteva fare brutta figura con Yésica, e sapeva bene che quella era la sua ultima occasione di ottenere i cinque milioni per l'intervento.

Yésica le diede tutte le istruzioni possibili per facilitarle l'impresa, e così, armata soltanto di quella infarinatura teorica, Catalina si dispose a compiere la sua missione. Cardona era talmente intrigato da quanto gli era stato riferito che non aspettò nemmeno il coro dell'«Happy Birthday to You» per spingerla in camera da letto. Morta di paura, Catalina si impegnò al massimo, mettendo in pratica tutto quel che aveva appreso attraverso i racconti delle amiche.

A cose fatte, Cardona, apparentemente soddisfatto, si assopì senza accorgersene mentre guardava Catalina che si rivestiva. Dal bagno, lei lo sentì russare, e si affacciò sulla porta per constatare, finalmente tranquilla, quanto il corpo di quell'uomo le ripugnasse. Provò perfino l'impulso di afferrare la valigetta appoggiata su una sedia e di filarsela di corsa, sperando che dentro vi fosse denaro a sufficienza per la sua operazione. Ma il timore di incappare nei guardaspalle di Cardona e il vociare eccitato degli ospiti in giardino la intimorirono. Non era abbastanza scaltra per farla franca, e preferì aspettare di guadagnarsi la benevolenza dell'uomo che l'aveva posseduta più volte quella notte, facendo scivolare Albeiro al quinto posto nella lista dei suoi amanti.

Per questo Cardona, al risveglio, trovò la testa di Catalina sul suo petto e una mano delicata che gli accarezzava i capelli con sottomissione da schiava. In realtà, come molti uomini, il boss non amava mescolare sesso e amore, tanto da essersi dato come regola quella di lasciare immediatamente qualunque donna risvegliasse in lui il benché minimo affetto. Stranamente, quella volta, dimenticò le proprie leggi e si lasciò andare fra le braccia di quella bambina, al punto da intenerirsi come un ragazzo.

«Dormi pure, veglio io su di te» disse lei con dolcezza. Da anni il boss Cardona non provava una sensazione di abbandono così completa con una ragazza che non fosse Lina María, la sua amante ufficiale, o Lucy, la quarta moglie, con cui viveva da sei mesi.

Quando si svegliò nuovamente, le labbra della fanciulla, abbassatesi all'altezza del suo ventre, gli regalavano ondate di piacere in grado di fargli dimenticare l'esiguità del suo seno. Quella ragazza, conosciuta solo poche ore prima, minacciava già di diventare indispensabile nella vita di un uomo come lui, un duro che le aveva dato un'immensa prova di fiducia affidandole il proprio sonno senza preoccuparsi neppure di mettere al sicuro la preziosa valigetta. Quando l'orchestra, di sotto, intonò una melodia romantica, Cardona le prese la testa fra le mani e la baciò. La ringraziò, e annunciò che era ora di scendere e di unirsi ai festeggiamenti. Catalina a quel punto prese il coraggio a due mani e lo pregò di ascoltarla, aveva bisogno di parlargli di una cosa importante. Ma Cardona si stava già rivestendo.

«Solo cinque minuti» insistette lei, e lui tagliò corto: «Quanto ti serve?».

«Come fai a sapere che voglio parlarti di soldi?»

«Ma cosa credi, bambina? Io quelle come te le conosco come il palmo della mia mano» le rispose con sufficienza il boss, mentre si abbottonava la camicia.

«Cinque milioni» disse lei, strappandogli un sorriso.

«Cinque milioni?» domandò lui incredulo, e poi ripeté, in tono canzonatorio: «Cinque milioni, carina, è quello che pago per una modella. Per voi ragazze ho stabilito una tariffa di cinquecentomila pesos. Mettiti d'accordo con Yésica» aggiunse «e se non ti va, arrangiati. Io adesso scendo. Il capo mi starà cercando».

Catalina si mise a piangere, perché con cinquecentomila pesos non ci avrebbe fatto un bel niente. Lo scongiurò di ascoltarla, lei era disposta a fare qualunque cosa ma, per l'amor di Dio, aveva bisogno di quei cinque milioni, anche in prestito, sarebbe morta di dolore se non fosse riuscita a farsi operare al seno.

«Ma perché vuoi farti rifare le tette?» ribatté Cardona. «Catalina, per l'amor di Dio, tu non ne hai bisogno! Lo fai così bene che non ne hai nessun bisogno!» concluse, gettandola nella più completa costernazione. Com'era possibile che dopo tante difficoltà e umiliazioni, dopo aver dato la verginità a tre sconosciuti, dopo essersi vista costretta ad abortire il figlio di uno dei tre, com'era possibile che di colpo uno come Cardona venisse a dirle che le tette grandi erano un optional?

Più che mai sconcertata, Catalina si arrabbiò, si intestardì, supplicò, ricorrendo a tutti gli espedienti di cui era capace. Ma Cardona non aveva nessuna intenzione di spendere tanto per una sola notte con una ragazza qualunque.

«Cerca di ragionare» le disse. «Se io ti presto questi soldi, tu, poi, come me li ripaghi, eh?»

«In qualunque modo tu voglia, però prestameli, per favore» lo scongiurò Catalina. Alla fine, sfinito da tanta ostinazione, Cardona sentenziò: «E va bene, te li presto. Ma a una condizione: che le tette nuove le inauguri con me».

Catalina gli gettò le braccia al collo estasiata, e, dopo avergli promesso un'altra sessione erotica di lì a qualche ora, scese con lui alla festa.

Nel vasto patio dietro la casa, gli invitati, accompagnati dalle ragazze, erano riuniti ad ascoltare vecchi bolero interpretati dal trio di messicani. Era evidente il grande sforzo che i musicisti facevano per non sbagliare neppure una nota, temendo le ire del padrone di casa. La voce del cantante era così tesa che sembrava sul punto di spezzarsi. Era come se cantasse con una ghigliottina al collo, perché si diceva, anche se forse con una punta di esagerazione, che Morón fosse capace di sfoderare la pistola e sparare alla minima stecca. Di certo aveva un orecchio molto sensibile, e una mira perfetta. Per questo l'intero gruppo si esibiva come mai aveva fatto, strappando fragorosi applausi al pubblico.

Nemmeno le ragazze si sentivano troppo a loro agio. Era quasi mattina, ormai, e nella luce livida dell'alba cominciavano confusamente ad avvertire la propria miseria e inutilità. In quel momento, più d'una lottava disperatamente contro il sonno, chiudendo gli occhi per pochi secondi col terrore di essere scoperta. Di tanto in tanto qualcuna si ridestava di soprassalto grazie alle gomitate delle compagne. Di certo, se un cliente avesse sorpreso una ragazza a dormire, avrebbe potuto irritarsi e pretendere uno sconto su quei cinquecentomila pesos che ciascuna aveva già finito di spendere: cinquantamila per Yésica, ottantamila per la madre, ottantamila per il parrucchiere, trentamila per le unghie, centoquarantamila per un paio di pantaloni, sessantamila per una camicetta, diecimila per qualche regaluccio al fratellino, trentamila per una cena fuori col fidanzato, e ventimila per l'autobus.

Gli invitati, del resto, non versavano in uno stato molto migliore. A differenza delle ragazze, si abbandonavano al sonno senza ritegno, perché non erano capaci di provare vergogna. Per loro, tutto quello che facevano era ben fatto. Addirittura, si consideravano dei benefattori: mantenevano le famiglie dei membri dell'organizzazione finiti in carcere, tra attività lecite e illecite davano lavoro a un gran numero di persone, regalavano perfino ai poveri delle borgate i soldi per comprarsi i medicinali. Questo bastava a far tacere le loro coscienze.

Verso le cinque e mezzo del mattino, piena di speranza per la promessa di Cardona, Catalina risalì in camera con lui e gli si dedicò con rinnovato vigore. A mezzogiorno, Yésica venne a bussare alla porta per svegliarla e avvertirla che il pullman delle ragazze stava per partire.

«Vieni o rimani?» le chiese.

Cardona rispose per lei: «Rimane. Più tardi la faccio accompagnare io».

Yésica, soddisfatta per la fortuna della sua piccola amica, ghignò: «Lo vedi che quando ti parlo bene delle mie ragazze ti devi fidare?».

Qualche minuto più tardi il telefono squillò. Cardona alzò stancamente il ricevitore. Qualcuno, con voce concitata, lo informava che uno dei guardaspalle di Mariño, un certo Javier Benítez, conosciuto col soprannome di Cavallo, era stato trovato morto nel parco della villa.

7

La vendetta del fiore

Ci aveva messo sei minuti e mezzo, Catalina, a organizzare la sua vendetta. Poco dopo essere scesa dall'autobus che l'aveva condotta alla villa di Morón insieme alle sue cinquantanove compagne, aveva scorto, fra i numerosi guardaspalle disseminati nel parco e in mezzo agli invitati, uno degli uomini che aveva abusato di lei la sera in cui aveva perso la verginità. Questi, con assoluta sfacciataggine, le si era avvicinato domandandole se si ricordasse di lui. Con astuzia, Catalina aveva risposto di no. L'uomo si era presentato con il nome di Orlando Correa, e per rinfrescarle la memoria non aveva trovato di meglio che rievocare gli eventi di quella notte nella stalla. Intanto guardava Catalina come se la vedesse per la prima volta, ammirandone i capelli neri e lisci come seta, il nasino fine e diritto, le labbra carnose, gli occhi scintillanti, il giovane corpo sodo e flessuoso. Catalina, sorridendo, gli aveva detto che adesso sì, si ricordava, e gli aveva chiesto notizie di Cavallo e del suo amico. Orlando l'aveva informata che in quel momento i due erano in servizio in un'altra zona del parco e aveva approfittato della loro assenza per giurarle che da quando l'aveva incontrata non aveva fatto che pensare a lei.

Tramando la sua vendetta, Catalina era stata al gioco: anche a lei era capitato spesso di ripensare a Orlando e da tempo desiderava rivederlo. Ma, proprio per questo, Cavallo le aveva proibito anche solo di rivolgergli la parola. Più di una volta Catalina aveva provato a carpirgli il suo numero di telefono, ma, per pura gelosia, Cavallo gliel'aveva negato, adducendo scuse sempre più ingiuriose.

«Insomma, Cavallo va in giro a raccontare che tu sei frocio. Che con le donne ci vai solo per salvare le apparenze» concluse la ragazza.

Come previsto, Orlando si infuriò. La rabbia e la vergogna gli misero addosso un feroce desiderio di uccidere.

Catalina perfezionò l'effetto invitandolo a non prendersela. Ora che il destino l'aveva messo sulla sua strada, lei era decisa a non perderlo. Tanto più che non aveva mai creduto alle calunnie di Cavallo, dettate soltanto dall'invidia.

Ma Orlando ormai era fuori controllo. Dichiarò che Cavallo meritava la morte. Per tacitare la propria coscienza, Catalina lo pregò di riflettere, gli disse che certamente era giusto che Cavallo pagasse, ma non con la vita.

Orlando fu irremovibile e giurò che all'alba, quando tutti si fossero ritirati nelle loro stanze, avrebbe giustiziato Cavallo.

E così Orlando Correa, quasi innamorato e infuriato per le calunnie subite, alle prime luci dell'alba si avvicinò a Cavallo e lo invitò a fumare uno spinello. Cavallo accettò, ma temendo che l'odore della marijuana raggiungesse i padroni, gli propose di allontanarsi verso un angolo appartato del giardino. Mentre Cavallo accendeva lo spinello, Orlando lo colpì alle spalle con due pugnalate che gli trafissero i polmoni e il cuore. La vittima cadde senza il tempo di capire cosa era successo: chiese aiuto al suo assassino, ma per tutta risposta questi gli appoggiò la suola della scarpa sulla bocca come per spegnere una sigaretta, e in pochi secondi la vita di Cavallo ebbe fine.

«Frocio sarai tu» ruggì Orlando con disprezzo, e partì di corsa verso i garage, dove i colleghi stavano ancora giocando a carte.

Quando Cardona seppe di quel corpo ritrovato nel parco della villa, capì che sarebbe stato impossibile scoprire l'assassino in mezzo a una folla di sicari. Si limitò a dare ordine che il cadavere fosse subito bruciato e fatto a pezzi, e che i suoi resti venissero sparsi nei fiumi e nei canali della zona.

Come abbiamo visto, sei minuti e mezzo esatti dopo aver incontrato Orlando, Catalina era comparsa dinanzi ai trenta invitati che si disputavano le ragazze di Yésica.

Quando, il mattino dopo, seppe che la vendetta era compiuta, non provò alcun rimorso. Quasi si spaventò della propria calma, mentre dalla finestra osservava l'andirivieni degli uomini che provvedevano a far sparire il cadavere. Catalina si stava trasformando in una donna dura, insensibile e senza scrupoli, e lo sapeva. Allarmata, chiese perdono a Dio, ma subito lo implorò di aiutarla a vendicarsi degli altri due violentatori.

Due giorni dopo, quando Catalina lasciò la villa, Cardona la affidò a un autista e a un guardaspalle. Gli ordini erano di portarla in un centro commerciale, dove avrebbe potuto comprare tutto ciò che desiderava. Il giorno successivo si sarebbe recata nello studio del chirurgo plastico Alberto Bermejo a farsi fare un preventivo per l'intervento e poi avrebbe raggiunto l'appartamento di Cardona per ritirare il denaro.

Il boss provò addirittura una fitta di nostalgia vedendo allontanarsi l'auto con a bordo la ragazza, ma ben presto il suo orgoglio di maschio abituato a comandare ebbe la meglio sui sentimenti. Tornò a letto e gridò che gli portassero la colazione.

Giunta al centro commerciale, Catalina eseguì alla lettera gli ordini di Cardona: comprò di tutto. Assorbenti per almeno sei mesi, una decina di top e camicette di diverse fogge e colori, mezza dozzina di pantaloni, quattro paia di scarpe, due cinture, due orologi, tre profumi di marca, un paio di giacche invernali (sebbene non fosse mai stata in un Paese freddo), un pupazzo di peluche a forma di dinosauro, e due CD di Darío Gómez per il povero Albeiro. A tutto questo aggiunse un berrettino e un CD dei Metallica per Bayron, un servizio di piatti e un paio di vestiti per sua madre, e addirittura un pensierino per Yésica, che tanto si era adoperata per trasformare il suo sogno in realtà.

I due uomini di Cardona trascorsero otto ore in giro per negozi e grandi magazzini al seguito di Catalina. Lei non faceva altro che comprare, verificando di tanto in tanto che ci fossero ancora soldi a disposizione. Loro erano costretti ad annuire, malgrado la stanchezza e la crescente irritazione, perché gli ordini erano ordini, e quando Cardona diceva che una ragazza poteva comprare quello che voleva, intendeva esattamente questo: *tutto* ciò che voleva.

Tornata a casa, Catalina trovò Albeiro in lacrime, doña Hilda in stato di completa prostrazione e suo fratello su tutte le furie. A quanto pareva, nei tre giorni in cui Catalina era sparita tutti si erano terribilmente angustiati per lei. I vicini, assetati di pettegolezzi, avevano invaso la casa con caffè, pietanze e tisane fumanti. Albeiro si era tormentato all'idea che la Luce dei suoi Occhi fosse stata sequestrata da uno di quei maniaci, spesso assassini, che insidiano le bambine davanti alle scuole. Doña Hilda, a sua volta, aveva covato il sinistro presentimento che la sua figliola fosse stata investita da un autobus o da un taxi. Altri si erano figurati scenari ancor meno benevoli.

La tensione era alta e, quando Catalina comparve sulla porta di casa tutta sorridente, carica di pacchi e pacchettini, si ritrovò puntati addosso gli sguardi affamati e increduli di tutti i presenti.

Poiché le spiegazioni che la ragazza si degnò di offrire erano molto vaghe (mentre la sua faccia dimostrava senza ombra di dubbio che era più in forma che mai), Albeiro non poté fare a meno di rifilarle due schiaffi. Doña Hilda la prese a cinghiate e suo fratello Bayron la insultò fino all'alba.

8

La fabbrica delle bambole

Due giorni dopo, piena di lividi e un po' rattristata dalla reazione di Albeiro, Catalina si recò in compagnia di Yésica allo studio di chirurgia estetica che le aveva consigliato Cardona. Chiesero del dottor Bermejo e rimasero ad attenderlo per ore. Finalmente, dopo mezzogiorno, il chirurgo uscì dalla sala operatoria scusandosi e spiegando che quella mattina aveva dovuto eseguire un delicato intervento di blefaroplastica. Di fronte a quella parola così esotica, e anche un po' spaventosa, le due ragazze si limitarono ad annuire intimidite. Poi Yésica passò al sodo: «Dottore, la mia amica avrebbe bisogno di rifarsi le tette» disse.

«Una mastoplastica additiva» corresse il medico, senza staccare gli occhi da Catalina, sbalordito dalla tenera età della ragazza.

Poiché non era completamente privo di scrupoli, si assunse il compito di persuaderla a rinviare quella decisione. Le domandò quanti anni avesse, e per poco non gli venne un colpo quando scoprì che ne aveva appena quattordici. Scuotendo la testa, cercò di spiegarle che alla sua età un intervento simile sarebbe stato un delitto. Ma fu inutile. Né gli avvertimenti, né i consigli, né le spiegazioni scientifiche riuscirono a smuovere Catalina.

Il dottor Bermejo, non del tutto rassegnato, annunciò che sarebbe stata necessaria innanzitutto un'ecografia, per verificare che il tessuto mammario presentasse una distribuzione e un'ecogenità normale e che la struttura fibroghiandolare non creasse rinforzo acustico, confermando l'assenza di fibrocisti, fibroadenomi o lesioni nel quadrante superiore esterno fino alla coda ascellare. Proprio dalla coda ascellare, infatti, sarebbe stato introdotto il gel di silicone racchiuso in un involucro testurizzato. In questo modo, evitando di intervenire sul tessuto sottomammario e nella regione periareolare, si sarebbe provveduto a una collocazione subghiandolare e subfasciale delle protesi.

Travolte da questo fiume di parole incomprensibili, Yésica e Catalina lo pregarono di essere più chiaro. Di sicuro il chirurgo era ricorso a tutta la terminologia medica a sua disposizione al solo scopo di confonderle, e c'era perfettamente riuscito.

«In altri termini, potrei impiantare le protesi di silicone dalla cavità ascellare, invece che attraverso la circonferenza areolare, ossia incidendo intorno al capezzolo» spiegò, rivolto a Catalina. «Il problema è che, alla tua età, nessuna di queste aree è completamente sviluppata. Potrebbero derivarne delle malformazioni nel corso della crescita. Quindi, se insisti nel voler essere operata, sarò costretto a lasciarti una piccola cicatrice a forma di T, piuttosto antiestetica, oppure una cicatrice verticale, in corrispondenza del solco submammario.»

Catalina continuava a non capire e gli rispose che il chirurgo era lui, e che si fidava ciecamente di ogni sua decisione. Che le infilasse il silicone da dove voleva, o poteva, purché glielo infilasse, per l'amor del cielo! Quanto alle cicatrici, pazienza. La sola cosa che contava per il suo fidanzato era che lei avesse un bel paio di tette, sia pure con qualche taglietto.

A quel punto il medico la informò a muso duro che la sua tariffa era cinque milioni di pesos in contanti. Catalina acconsentì di slancio.

Yésica volle allora informarsi sul costo di una plastica al mento. Il dottor Bermejo specificò che era possibile praticare la mentoplastica additiva, rendendolo più sporgente con un impianto di silicone; oppure la mentoplastica riduttiva, che consisteva nell'assottigliarlo, limando l'osso della mandibola inferiore. Le chiese quale tipo di intervento lei desiderasse, perché a dir la verità il suo mento non presentava difetti evidenti.

Yésica si guardò allo specchio, prima di fronte, poi di profilo, apparentemente indecisa. Alla fine preferì cambiare argomento, e domandò quanto le sarebbe costato farsi ingrandire i glutei, o magari ridurre le guance. Il medico la avvertì che il primo intervento implicava un decorso postoperatorio molto lungo e doloroso, ma Yésica, convinta, pretese di sapere i dettagli dell'operazione, che consisteva nell'inserire una protesi sotto il muscolo della natica, o nell'iniettarvi del grasso estratto dall'addome o da altre zone del corpo per mezzo di una liposuzione. L'altro intervento, conosciuto come riduzione della bolla di Bichat, consisteva nel risucchiare del grasso dal viso per incavare le guance. Yésica si impegnò a procurarsi il denaro per entrambe le modifiche.

Ispirata dagli ambiziosi progetti dell'amica, Catalina chiese il costo a forfait di tutte le operazioni: seno, glutei, mento, naso, guance e, già che c'era, anche un rimodellamento della bocca. Il chirurgo rispose: «Davvero tanti, tanti soldi. Più di quel che puoi sperare di guadagnare nei fine settimana di un anno intero. Ma quando troverai qualche gentiluomo disposto a finanziarti, qui sarai sempre bene accolta».

Un po' offesa da quell'insinuazione, ma anche incoraggiata, Catalina uscì dallo studio decisa a raccontare a Cardona che l'operazione sarebbe costata non cinque, ma sei milioni di pesos, così da potersi tenere un milione tondo tondo da regalare a sua madre per le spese di casa.

«Tranquilla. Una cifra così per quelli là non è niente, fidati» rise Yésica, e si offrì di accompagnarla a casa di Cardona il giorno dopo. Le spiegò che si trattava di un appartamento grandissimo, al quindicesimo piano di un condominio molto esclusivo, abitato da narcotrafficanti, politici, imprenditori, ex guerriglieri, militari a riposo, ex funzionari e perfino un ex Presidente della Repubblica che aveva finanziato la campagna elettorale con fondi provenienti dal traffico della droga.

Una volta a casa, Catalina fu sorpresa di trovare Albeiro ad aspettarla. Il ragazzo era pentito dei due schiaffi che le aveva dato, e lei fu lesta ad approfittare di quel senso di colpa.

Tanto per cominciare, gli disse, non si sarebbe mai dimenticata di quei due schiaffi, e pertanto non l'avrebbe mai sposato, né avrebbe accettato di convivere con un uomo violento, pronto a mettere le mani addosso alla propria donna. Da quel giorno in poi, Catalina avrebbe fatto quel che le pareva e piaceva, visto che ormai tutti la consideravano una poco di buono.

Albeiro, confuso, si lanciò in un discorso di scuse commosso e sincero. Le disse che non aveva mai picchiato una donna prima d'allora e che non l'avrebbe fatto mai più. Sapeva di aver sbagliato, di essersi lasciato trascinare dalla rabbia, ma giurava che quella era la prima e l'ultima volta. L'amava più di se stesso, e se lei non l'avesse perdonato e non fosse tornata con lui, di sicuro ne sarebbe morto. Le ripeté, come tante altre volte, che era la Luce dei suoi Occhi, che per lei cantava canzoni, scriveva poesie, e che in sogno ballava sempre con lei. Il suo volto angelico era impresso in ogni istante nella sua mente, pensava a lei in continuazione, la ricordava a ogni respiro, e non aveva mai perso fiducia nella sua innocenza. L'amava, e senza di lei la vita non aveva senso.

«Mi stai ricattando?» domandò Catalina, decisa a fargliela pagare.

Albeiro rispose, limpido come l'acqua: «No, amore mio, ma ti giuro che senza di te preferisco morire».

L'espressione di struggimento con cui accompagnò quelle parole colpì profondamente Catalina, che tuttavia non si piegò. Sapeva che se avesse ceduto, per tutta la vita lui l'avrebbe minacciata di scavalcare il parapetto di un viadotto ogni volta che litigavano.

Albeiro pianse fiumi di lacrime, e giunse a inginocchiarsi per implorare un'assoluzione, ma la Luce dei suoi Occhi, pur morendo dalla voglia di abbracciarlo e baciarlo, non voleva concedergli la minima soddisfazione prima di avergli strappato, perlomeno, il consenso a farsi operare.

Per questo lo lasciò sui carboni ardenti e andò a chiudersi in camera. Non bastarono a scalfire la sua ostinazione né il pianto di Albeiro, né i colpi di doña Hilda alla finestra, né i nuovi insulti di Bayron.

Il mattino dopo, quando Catalina riaprì la porta e trovò il povero Albeiro addormentato sul pavimento, pietosamente lo aiutò ad alzarsi e lo fece stendere sul suo letto. Poi gli portò un bicchiere d'acqua e lo perdonò, non senza presentargli una sfilza di rivendicazioni, quasi tutte ingiuste, e fargli giurare di non arrabbiarsi quando si fosse fatta operare al seno.

Le condizioni del trattato di pace redatto da Catalina comprendevano: completa libertà di uscire con le sue amiche, maggiore comprensione nei confronti della sua immaturità, meno sfiducia, meno proteste quando rientrava tardi a casa, e un più sostanzioso contributo economico per le sue spesucce. C'erano poi numerose clausole, tra cui una, fondamentale, che gli vietava di fare domande circa la provenienza del denaro che Catalina avrebbe speso per l'intervento. Albeiro, con incredibile remissività, accettò una per una le condizioni poste dalla machiavellica fidanzatina.

Felice del vantaggioso accordo raggiunto, Catalina lo congedò con un bacio. Poi, impaziente come un bambino la vigilia di Natale, attese il momento di correre a casa di Cardona per spillargli i famosi sei milioni.

Ma in tutta la città si respirava una strana aria. Il traffico era nervoso, come se d'un tratto nessuno fosse più sicuro di dove andare. I clacson laceravano l'aria. Il vento non muoveva foglia e il sole non comparve per tutto il giorno. I volti dei passanti parevano congelati da strani sospetti e le auto della polizia circolavano a sirene spente ma a tutta velocità.

9

Tette a rischio di estradizione

Catalina non aveva sentore di nulla, perché in casa sua il televisore era costantemente sintonizzato sulle telenovelas, ma quella sera, durante un servizio speciale del notiziario delle otto, l'ambasciatore degli Stati Uniti comparve in diretta per annunciare che la DEA, in collaborazione con gli organismi di sicurezza dello Stato colombiano, aveva portato a termine un'importante indagine sul traffico internazionale di droga. Erano finalmente emersi i nomi dei nuovi boss, responsabili ogni anno dell'invio di più di duecento tonnellate di cocaina in Europa e negli Stati Uniti.

Nella lista nera del narcotraffico comparivano, in ordine di importanza, i nomi di Morón, Cardona e El Titi.

La mattina dopo tutti i giornali riportavano in prima pagina nomi e cognomi dei successori di Pablo Escobar, il famigerato signore della droga degli anni Ottanta. E i commenti che accompagnavano le notizie sottolineavano come i nuovi capi appartenessero a una generazione più scaltra della precedente, dotata di un potere di corruzione ancora più efficace.

Naturalmente la notizia ebbe l'effetto di scatenare il fuggi-fuggi tra i membri del nuovo cartello.

Nessuno sapeva per certo dove fossero finiti. Secondo alcuni si erano rifugiati presso remoti accampamenti di guerriglieri. Altri sostenevano che stavano trattando con i paramilitari in lotta col governo, in modo da ottenere uno status politico che li sottraesse all'estradizione negli Stati Uniti. Altre fonti ancora, meglio informate, affermavano che erano stati visti salire in tutta fretta a bordo dei loro aerei privati. Probabili destinazioni: Venezuela, Panama e Cuba.

Solo Yésica e Catalina erano all'oscuro di tutto.

In ogni caso, quando, ansiose di riscuotere il denaro promesso, giunsero nei pressi del lussuoso condominio dove viveva Cardona, si imbatterono in una folla di agenti della polizia, della finanza e della DEA, dell'Interpol e di tutti gli organismi di sicurezza dello Stato, esercito compreso. Una dozzina di giornalisti armati di registratori e macchine fotografiche seguiva la scena.

Le due ragazze, a dire il vero, non si preoccuparono neppure troppo. Sapevano che nel palazzo abitavano molte importanti personalità, spesso fornite di scorta. Ma quando tentarono di varcarne la porta, furono fermate da un agente e dovettero allontanarsi senza ricevere spiegazioni.

Catalina cominciò a sospettare che la sorte le stesse giocando un brutto tiro quando Yésica avvicinò un poliziotto suo conoscente per informarsi sull'origine di quella confusione. L'agente, che faceva il doppio gioco lavorando anche per il cartello, si servì di espressioni in codice per farle capire che i suoi potenti amici avevano tagliato la corda prima che un aereo della DEA venisse a prenderli per portarli tutti negli Stati Uniti.

Quando intuì il possibile significato di quelle frasi sibilline, Catalina si sentì crollare il mondo addosso. Yésica, cercando di non perdersi d'animo, cominciò freneticamente a smanettare col cellulare, trovando immancabilmente che gli apparecchi dei trafficanti erano spenti.

«Tesoro, siamo fregate!» esclamò. Era spaventata anche lei, ora. Quella situazione rischiava di trascinarla di nuovo nel baratro della miseria.

«E adesso?» fu tutto quello che riuscì a dire Catalina, mentre l'amica camminava nervosa su e giù senza risponderle.

Alla fine Mariño rispose a una chiamata di Yésica. Ma

non appena lei, incautamente, gli chiese notizie di Cardona, quello dichiarò che non conosceva nessuno con quel nome, che doveva esserci un errore, e interruppe la comunicazione. Yésica rifece il numero, ma anche il cellulare di Mariño era ormai irrimediabilmente spento. Allora, senza indorare la pillola, com'era nel suo stile, dichiarò all'amica disperata: «È finita, bellezza. Quelli se ne sono andati e noi siamo rimaste a becco asciutto».

Per approfittare della rabbia che sentiva crescere dentro, Catalina telefonò subito a Orlando Correa e gli diede appuntamento per le quattro al parco centrale, proprio davanti alla statua equestre di Bolívar dove aveva inutilmente atteso Cavallo sotto la pioggia. Gli lasciò intendere, con mezze parole, che gli era molto grata per quel che aveva fatto, evitando ovviamente di menzionare esplicitamente l'omicidio di Cavallo, e lo implorò di essere puntuale perché moriva dalla voglia di fare l'amore con lui.

Pensando di vivere la favola della sua vita, il guardaspalle Orlando si presentò alle quattro in punto ai piedi della statua, tutto profumato e vestito a nuovo, in pantaloni beige e scarpe scamosciate chiare, con una camicia a righine verdi impeccabilmente stirata. Anche Catalina era in tiro, e faceva ogni possibile sforzo per non dare a vedere l'odio che provava e la grande angoscia in cui l'aveva gettata la fuga dei capi.

Orlando la riempì di complimenti, poi le propose di andare in un motel. Lei rispose che nulla le avrebbe fatto più piacere, ma che doveva chiedergli un favore. Ci teneva a portare con sé la sua amica prediletta. Sempre che per Orlando non fosse un problema stare con due donne contemporaneamente. Anche Yésica sentiva il bisogno di un vero uomo, e a Catalina si stringeva il cuore all'idea di lasciarla sola, poverina.

Orlando non riusciva a credere alle sue orecchie: per poco non svenne dall'emozione. Stava per andare a letto con una bella fanciulla e questa le offriva la possibilità di realizzare la più eccitante delle sue fantasie!

Così, senza perdere tempo, salirono in auto e andarono a prendere Yésica, già al corrente del piano di Catalina. Poi tutti e tre si infilarono in uno dei tanti motel a ore lungo una strada che portava fuori città.

Era uno di quei posti che mascherano lo squallore dietro colonne classiche mescolate a elementi architettonici di ogni epoca e stile. Una quantità di piante decorava le finestre e l'ingresso, a imitazione delle ville dei proprietari terrieri nelle piantagioni di caffè. Alla reception Orlando, che voleva fare bella figura, chiese la stanza più lussuosa, con un letto enorme.

Oltre al letto, con radio incorporata nella testiera, c'era un comodo divano cosparso di cuscini appoggiato contro una parete e un tavolo rotondo con un grosso vaso di vetro nel mezzo. Le tende alle finestre erano rosse, come la moquette della stanza. Su un televisore da parete, che trovarono già acceso quando entrarono, si agitavano le solite immagini pornografiche: una donna succhiava un pene di grandi dimensioni.

Ma le due ragazze non vi badarono: cominciarono subito a spogliarsi l'un l'altra, come per gioco, ma con una forte dose di premeditata sensualità, mentre l'incredulo guardaspalle riusciva a stento a sfilarsi goffamente i calzoni, senza poter staccare loro gli occhi di dosso.

All'improvviso, passando alla seconda fase del piano, Catalina interruppe lo show e suggerì a Orlando, con voce mielosa, di lasciarsi legare al letto per rendere più eccitante il gioco. Anche a questa richiesta il malcapitato cedette senza obiezioni. E così le ragazze, in men che non si dica, misero mano a due rotoli di corda che avevano portato con sé e lo legarono mani e piedi. Lui era così eccitato che non fu sfiorato dal minimo sospetto.

Con sua sorpresa però, non appena l'ebbero ridotto all'immobilità, invece di accarezzarlo e stimolarlo come aveva sperato, le due donne gli si gettarono addosso decise a fargli pagare non solo le sue malefatte, ma anche tutte le umiliazioni che avevano fino allora subito.

Furono spietate. Lo picchiarono selvaggiamente e gli spaccarono sulla testa il vaso che ornava il tavolo della stanza. Ma si accanirono soprattutto sui genitali, al preciso scopo di impedirgli, da allora in poi, di approfittare di altre sventurate. Le sue grida gareggiavano con i suoni provenienti dalla radio, che Yésica aveva acceso a tutto volume.

Il prigioniero implorava perdono piangendo, ma quelle due furie non intendevano fermarsi prima di aver reso inutilizzabile l'arma di cui l'uomo si era servito per violentare Catalina. Non portarono a termine l'obiettivo, ma Orlando perse un testicolo, la sensibilità del glande e la possibilità di procreare.

Prima di fuggire con la sua amica, Catalina volle estorcergli il nome del terzo uomo che aveva abusato di lei. Sotto la minaccia di una evirazione completa, il poveretto non poté fare altro che tradire il collega. Disse che si chiamava Jorge Molina e rivelò il suo numero di cellulare.

Qualche giorno dopo, anche Jorge Molina fu convocato sotto il monumento di Bolívar. Catalina, secondo un copione ormai collaudato, gli disse che soltanto lui, dei tre uomini che aveva conosciuto quella fatidica sera, le era piaciuto, e che avrebbe tanto voluto incontrarlo insieme a una sua amica, curiosa di conoscere un amante così straordinario.

Jorge Molina, nella sua vanità maschile, non si stupì di quella proposta, e si dichiarò impaziente di dare prova delle sue doti di maschio.

Era così entusiasta che prima di portare le due ragazze in motel fermò la macchina davanti a un sex shop, dove spese una fortuna in stimolatori cinesi, mutandine erotiche, pomate ritardanti, e perfino due grembiulini da cameriera che pensava di fare indossare alle nuove amichette per rendere ancora più piccante quel pomeriggio.

Mentre guidava in direzione del motel, si abbandonò alle più stravaganti fantasie. Avrebbe potuto prenderle entrambe a vivere con sé. D'altra parte lui non sarebbe rimasto per sempre un guardaspalle: aveva la stoffa per diventare un trafficante vero. Ormai sapeva tutto sul commercio della cocaina, conosceva le strade segrete che portavano alle piantagioni e tutti i trucchi per esportare e smerciare la preziosa polvere. Aveva buoni contatti, non solo a Città del Messico e Los Angeles, ma anche a New York, Chicago e Madrid; e fra poco, non appena si fosse deciso a denunciare i suoi capi alla DEA, avrebbe avuto soldi a palate, tanto da poter offrire a Catalina e Yésica la vita da regine che meritavano.

Per dar loro un assaggio di quello che le aspettava, Jorge decise che, subito dopo il sesso, le avrebbe portate al centro commerciale, dove avrebbe comprato a ciascuna un bel completino e un paio di scarpe. Le due ragazze, nell'udire la proposta, lo ringraziarono con un bacio simultaneo e lo pregarono di non disturbarsi, perché purtroppo erano di gusti molto esigenti e qualsiasi regaluccio gli sarebbe costato ben più di uno stipendio. Jorge, deciso a imitare in tutto e per tutto i ricchi trafficanti per cui lavorava, le invitò a non preoccuparsi: se Jorge Molina prometteva una cosa era perché poteva permettersela. Per uno come lui i soldi non erano un problema, aveva già avviato una modesta attività in proprio con i suoi due chiletti settimanali, quindi potevano stare tranquille. Cominciassero a spogliarsi, piuttosto, dato che stava morendo dalla voglia.

Catalina e Yésica non si fecero pregare, ma prima ancora di slacciarsi il reggiseno lo pregarono di lasciarsi legare per rendere più eccitante il loro spettacolino. E così, meno di dieci minuti dopo, il povero Molina, sul punto di perdere conoscenza, giaceva con il labbro spaccato e i genitali quasi spappolati. Ormai era pronto a rivelare il codice segreto della tessera bancomat che le due amichette gli avevano sfilato dai pantaloni insieme ai trecentomila pesos su cui fondava le sue fanfaronate. Poco dopo, presso uno sportello automatico del centro, Yésica e Catalina prelevarono gli ottocentosessantamila pesos che costituivano il suo intero patrimonio. Poi si ubriacarono due volte, una per festeggiare la vendetta contro i tre uomini che avevano violato la verginità di Catalina, l'altra per consolarsi della fuga dei loro amici trafficanti. Alla fine decisero che con il piccolissimo capitale di cui disponevano avrebbero comprato due biglietti aerei per Bogotá. Di sicuro nella capitale avrebbero avuto maggiore fortuna.

Naturalmente, nei giorni successivi, Orlando Correa e Jorge Molina si incontrarono, entrambi con la faccia spaccata e la virilità seriamente compromessa, ma sia l'uno sia l'altro, vergognandosi di essere stati picchiati da due donne, attribuirono a falsi incidenti il penoso stato in cui erano ridotti. Orlando disse di essere stato investito da un taxi mentre scendeva dall'auto del capo; mentre Jorge, più portato all'esagerazione, raccontò che uno sconosciuto aveva tentato di ucciderlo, forse scambiandolo per un personaggio importante, tratto in inganno dalle belle auto con cui andava in giro e dall'abbigliamento elegante.

Nessuno dei due credette alla storia dell'altro, ma si guardarono bene dallo smentirsi a vicenda, tanto più che agli occhi di amici e parenti quelle ammaccature e quelle ferite non facevano che accrescere il loro prestigio.

Intanto la fuga dei narcos si stava rivelando una vera catastrofe per l'intero gruppo di amiche. Ximena, Vanessa e Paola erano in difficoltà con le loro madri, ormai abituate a ricevere un importante sostegno economico grazie alle misteriose attività delle loro figliole.

Ben presto, esasperate dalla penuria di denaro e dal

malcontento delle famiglie, le tre ragazze finirono per prendere un'avvilente decisione: sarebbero andate a lavorare in una casa d'appuntamenti dove, in cambio di cifre irrisorie, avrebbero accontentato le voglie di almeno tre clienti per notte. Erano disposte a tutto, pur di non abbandonare il tenore di vita a cui si erano abituate. Ma di questo non fecero parola a Yésica e Catalina che, avendo qualche soldo in tasca, erano volate a Bogotá con la speranza di trovare una clinica disposta a operarle.

Il primo cliente della bella Paola fu un funzionario pubblico. Dopo aver concordato un prezzo di duecento pesos per un'ora d'amore, andò a chiudersi nel bagno dove ingollò una pastiglia di Viagra. Paola, nel frattempo, si chiedeva che cosa avrebbe pensato El Titi se avesse saputo che era finita lì, nella stanzuccia sporca e umida di un bordello di terz'ordine. Quando il cliente ricomparve, le chiese, con voce melensa e un sorriso idiota, un bacio sulla bocca. Lei disse che i baci erano solo per il fidanzato e si ritrasse bruscamente. Questo irritò terribilmente l'onesto funzionario, che per tutta risposta si tolse pantaloni e mutande e, dopo averli piegati e meticolosamente sistemati su una sedia, la penetrò in assoluto silenzio senza neppure togliersi i calzini. Per la durata dell'amplesso, Paola pianse di rabbia e umiliazione guardando il soffitto.

Ma il momento in cui la ragazza avvertì tutta la vergogna della sua caduta fu quando l'uomo, sempre in perfetto silenzio, tirò fuori dal portafogli due biglietti da cinquantamila pesos e cinque da ventimila e li gettò sul letto sfatto, per poi uscirsene senza salutare.

Quanto a Ximena, si trovò in una situazione ancora peggiore, perché fu costretta ad accettare gratis le attenzioni del direttore del bordello, un energumeno che si vantava di non aver mai pagato una donna in vita sua, anzi di aver sempre e solo ricevuto denaro dalle donne, visto che aveva sfruttato più di cinquecento prostitute.

Nemmeno a Vanessa andò meglio. Tanto per cominciare, le toccò un cliente che rifiutava il preservativo: diceva che altrimenti non avrebbe sentito assolutamente niente e che l'avrebbe pagata il doppio se si fosse lasciata penetrare senza quell'aggeggio scomodo e disgustoso. Vanessa, dato il grande bisogno di soldi, era quasi tentata di accettare, ma per fortuna si rese conto che se quel tipo faceva così con tutte le prostitute che incontrava, di sicuro era portatore di qualche brutta malattia. Per questo gli propose qualche giochino al posto della penetrazione.

L'uomo voleva andare a cercarsi un'altra ragazza, ma poi, brontolando, cominciò a svestirsi. Non fu un bello spettacolo. Magrissimo, con il volto incavato e gli occhi da pazzo dietro gli spessi occhiali, si sfilò il lugubre completo nero che faceva pensare a un lutto recente.

Vanessa si impegnò a dimostrargli di essere la più esperta e creativa delle amanti, e lo strano individuo rimase talmente soddisfatto della sua abilità, che decise di lasciarle la mancia.

Ma prima di congedarsi pretese che la ragazza ascoltasse la sua confessione. L'uomo, infatti, era sieropositivo. Bisessuale, era stato contagiato dal suo convivente, e ora che il suo compagno era morto aveva deciso di vendicarsi. Voleva contagiare del suo male chiunque accettasse di avere rapporti sessuali con lui, uomini o donne, per lui era lo stesso. Una dozzina di prostitute, e almeno una ventina di ragazzi della città erano ormai condannati, ma il suo obiettivo era arrivare a infettare cinquanta persone prima della fine.

Vanessa, che aveva rischiato di diventare la sua trentatreesima vittima, era sconvolta. Fece di tutto per accelerare la sua dipartita, e quando finalmente l'assassino se ne andò, si precipitò sotto la doccia e si lavò come una forsennata. Poi assillò chiunque conoscesse per sapere se l'AIDS potesse trasmettersi per via orale.

Certo, adesso le madri delle ragazze stavano molto meglio. Avevano ricominciato ad avere il frigorifero pieno e qualche vestito nuovo nell'armadio. Nessuna si faceva domande sulla provenienza di quei piccoli lussi, anzi, erano orgogliose delle loro figlie, e obbligavano il resto della famiglia a parlare sottovoce per lasciarle dormire di giorno.

Le ragazze del paese, abituate a campare della loro amicizia coi narcos, misero in campo strategie diverse per affrontare quel periodo di vacche magre. Molte, come Paola, Ximena e Vanessa, si diedero alla prostituzione; altre, come Catalina e Yésica, cercarono fortuna altrove; alcune si presentarono a concorsi di bellezza; e le più abili e fortunate tentarono la scalata nel mondo dello spettacolo e della televisione. Naturalmente, in cambio di una parte in qualche telenovela, accettavano di andare a letto con produttori, registi e sceneggiatori, scatenando la gelosia e l'indignazione delle attrici che avevano passato anni a studiare recitazione.

10

L'ospite è come il pesce

Yésica e Vanessa partirono per Bogotá con i loro migliori vestiti e un elenco di indirizzi di persone alle quali contavano di chiedere aiuto e ospitalità. Il primo della lista era un certo Oswaldo Ternera, ufficiale della guardia di finanza radiato dal servizio perché aveva lasciato scadere i termini legali per la condanna di un mafioso.

Da allora Ternera aveva approfittato dei suoi rapporti con gli ex colleghi per offrire informazioni ai trafficanti. Era in grado di rivelare in anticipo piani e decisioni delle autorità, consentendo ai malviventi di sottrarsi alla giustizia fuggendo o occultando le prove delle proprie attività, oppure corrompendo funzionari e giudici, o magari eliminando coloro che non si lasciavano comprare.

Yésica aveva conosciuto Ternera alla festa di compleanno di Morón, grazie all'improvvisa passione di Cardona per Catalina, che l'aveva tenuto occupato sottraendolo alla festa. Quella sera, mentre tutti ballavano e si ubriacavano al suono dell'orchestra, l'intraprendente Ternera le aveva lasciato il suo numero di cellulare nel caso le fosse capitato di passare da Bogotá. Per questo, quando lei lo chiamò dall'aeroporto dicendogli che si trovava lì con un'amica e gli chiese ospitalità per una notte, fu felicissimo di sentirla e accettò senza neanche lasciarla finire di parlare.

La sola possibilità di un triangolo con due ragazze come quelle, così belle da essere amiche dei narcos, mandava in sollucchero un ex funzionario come lui, risvegliando tutta la sua libidine. Tanto che Ternera corse immediatamente al supermercato a far provviste di alcolici, preservativi e prelibatezze.

Le ragazze arrivarono con un taxi verso le sette di sera, annunciando che sarebbero ripartite il giorno successivo. Giusto il tempo di fare qualche acquisto nella capitale. Per rassicurarlo gli mostrarono perfino il biglietto aereo di ritorno. Poi si sistemarono nella stanza degli ospiti, disfarono le valigie piene zeppe di vestiti eleganti e si misero comodamente a guardare la televisione mentre il padrone di casa, illuso e fremente di eccitazione, si dava da fare a preparare la cena cercando di escogitare il modo di trattenerle il più a lungo possibile. Ternera, infatti, temeva che una notte non fosse sufficiente ad approfittare a fondo di quei due fiori.

Purtroppo per lui, quella notte fu una delusione totale, visto che le ragazze, accampando ogni genere di scuse, riuscirono a sottrarsi alle sue grinfie e a chiudersi in camera. Fu Ternera stesso, commettendo uno dei più grossi errori della sua vita, a pregarle di rimanere un giorno di più.

«Ma perché non spostate il volo? Domani potremmo andare al cinema o a ballare, o magari a cena fuori in un bel posticino. Dovete approfittarne, in fondo non vi capita tutti i giorni di venire a Bogotá» propose tutto allegro.

Non sospettava che per convincerle non ci sarebbe stato neppure bisogno di aprire bocca. Prima ancora di entrare in casa sua, le ragazze erano ben decise a rimanere finché non avessero trovato una soluzione che permettesse a Catalina di tornare a Pereira con le tette rifatte e a Yésica di guadagnare un bel po' di soldi.

Ma erano furbe, e si fecero pregare. Dissero che purtroppo dovevano partire, avevano molte cose da fare a Pereira: era impossibile cambiare programma. Alla fine, quando le ragazze, dopo un lungo tira e molla, diedero il sospirato consenso, il sorriso di Oswaldo fu quello del piazzista che dopo un duro lavoro di persuasione è riuscito a vendere un'enciclopedia.

Il giorno dopo Yésica e Catalina si dedicarono a visitare con zelo tutte le cliniche e gli studi di chirurgia estetica che riuscirono a scovare. Vestite con gli abiti firmati retaggio di giorni migliori, non ebbero difficoltà a farsi accogliere anche negli studi più esclusivi.

Nella prima clinica risultò che l'operazione al seno costava quattro milioni di pesos, veniva eseguita in anestesia generale e durava appena una mezz'ora, ma imponeva un periodo di degenza postoperatoria di due settimane. Il problema era che gli esami preliminari costavano trecentomila pesos. Non disponendo neppure di questa somma, Catalina fu costretta a dire che ci avrebbe pensato su e a togliere il disturbo.

Tanto fecero e tanto camminarono che a un certo punto, stanche e confuse, si ripresentarono in uno studio dove erano già state diverse ore prima, trovandosi di fronte per la seconda volta lo stesso chirurgo, il dottor Mauricio Contento, che non poté fare a meno di scoppiare a ridere.

«Lo sapevo che sareste tornate» disse il medico «perché da nessun'altra parte si trovano i prezzi e le facilitazioni che noi siamo in grado di offrire.»

In effetti il suo studio consentiva di sottoporsi all'operazione versando un anticipo del cinquanta per cento, e di pagare il resto con due assegni postdatati a trenta e a sessanta giorni. Era un'offerta molto vantaggiosa, ma loro, che non possedevano né libretti di assegni né carte di credito, e neppure avevano a disposizione amici abbastanza ricchi da aiutarle, accamparono le solite scuse per trarsi d'impaccio. Il dottor Contento capì subito che erano quasi alla fame. Quando, per metterle alle strette, provò a chiedere loro ventimila pesos per il colloquio preliminare, Yésica, agitatissima, domandò dove potessero trovare un bancomat nelle vicinanze.

Il dottore, che aveva messo gli occhi addosso a Catalina e non voleva lasciarsi scappare una simile preda, rispose a sua volta con una frottola.

«Non preoccupatevi, mi pagherete poi» disse. «Ora vorrei visitare la paziente per farmi un'idea della situazione.» E la visitò, eccome se la visitò. La palpò, la auscultò, la scrutò centimetro per centimetro, davanti e dietro, incapricciandosi dei suoi fianchi e della sua schiena e del suo culetto sodo, e prefiggendosi l'obiettivo immediato di portarsela a letto. In cambio le avrebbe fatto un'operazione che Catalina avrebbe pagato quando i suoi amici trafficanti fossero usciti dalla clandestinità.

Ma il dottore sapeva che per trarre il massimo profitto da quella situazione doveva dosare le sue promesse con il contagocce. Si limitò a dire, quindi, che senza un congruo anticipo non l'avrebbe operata. Che poteva offrire gratis la sua prestazione professionale, l'uso della strumentazione e della sala operatoria, ma che la materia prima, vale a dire le protesi, andavano pagate. E un paio di buone protesi in silicone non costavano meno di due milioni di pesos. Tuttavia, sperando sempre in uno scambio in natura, le invitò a tornare il giorno successivo. Lui, nel frattempo, avrebbe pensato a come aiutarle.

L'indomani Catalina, come sempre accompagnata da Yésica, si ripresentò nello studio del dottor Contento. Ammise, con gli occhi gonfi dal pianto, che purtroppo avrebbe dovuto rinunciare all'operazione, perché non sapeva proprio dove trovarli, i due milioni di pesos necessari per l'anticipo. Mauricio Contento, che già si aspettava quella risposta, le disse di avere pazienza, che sul momento lui non poteva fare molto, visto che anche lui era stato danneggiato dalla scomparsa di certi personaggi che gli dovevano non meno di ottanta milioni per gli interventi che aveva eseguito su fidanzate, mogli e amanti.

Poi, osservando per bene le gambe di Catalina, ribadì la sua comprensione e la grande disponibilità ad aiutare le ragazze sprovviste di mezzi, soprattutto se dotate di un corpicino niente male. La invitò a non perdersi d'animo, perché di sicuro avrebbe trovato il modo di operarla a un prezzo di favore. Inoltre le raccomandò di fare molta attenzione, perché in giro c'erano tanti medici disonesti e senza scrupoli, capaci di promettere mari e monti solo per portarsi a letto le ragazze ingenue come lei. Catalina scoppiò di nuovo a piangere. Allora il dottore pregò Yésica di lasciarli soli.

Quando l'amica fu uscita, Contento guardò Catalina negli occhi, le prese la mano e le disse di non piangere, se non voleva diventare brutta. Poi la abbracciò e la palpò per bene, cercando di valutare quale altro tipo di sconto potesse farle. E ricavò un'impressione così positiva da quell'esame che decise di cedere all'istinto.

«Sai cosa ti dico, tesorino? Asciugati le lacrime e preparati, perché ti opero. Mi pagherai quando potrai» le sussurrò.

Catalina non riusciva a credere alle sue orecchie. Il dottore ribadì la promessa, abbracciandola e stringendosela al petto.

«Ti opero gratis e ti faccio credito sulle protesi, perché non posso vederti così. E poi ho paura che tu cada nelle mani di qualche disgraziato che approfitti di te. Saresti capace di fare una pazzia, con la voglia che hai di un bel paio di tette, e io non potrei sopportare che ti accadesse qualcosa di male, hai capito?» le disse.

Catalina rispose di sì tirando su col naso e asciugandosi le lacrime nel camice bianco del dottore. Lui cercò di farla ridere con qualche battuta modesta, ma sufficiente a strapparle un sorriso. Poi le stampò un bacio in fronte, premendosela forte contro le pelvi per cercare conferma dell'affare appena concluso. Catalina dondolò un poco le anche e lo baciò a sua volta, sigillando il patto.

Felici della notizia, le due ragazze tornarono a casa di Oswaldo Ternera, dove ormai soggiornavano da più di una settimana. Ma Oswaldo non volle saperne di aprire la porta. Quella mattina aveva lasciato le loro valigie in portineria, e aveva pregato il custode di non farle entrare e di non dare loro nessuna spiegazione. Non ne poteva più, di quelle due. Non rifacevano i letti, lasciavano le cose sparse ovunque, non avevano mai lavato un piatto, usavano il telefono a tutte le ore del giorno e della notte. Ma il peggio era che non ci stavano!

In effetti le due ragazze erano piuttosto selettive, e Oswaldo, che bello non era di certo, non era nemmeno ricco. Si sa che il denaro, in mancanza d'altro, è un potente afrodisiaco. Per questo l'avevano coperto di complimenti, gli avevano detto che era carino, simpatico e intelligente, ma a letto con lui non c'erano andate, né insieme né separatamente, infliggendogli il genere di umiliazione che alla lunga nessun maschio può sopportare.

Perciò, dopo esser stato respinto per l'ennesima volta quando aveva tentato di entrare nel loro letto con il pretesto che faceva freddo, l'ex funzionario Oswaldo Ternera aveva preso il coraggio a due mani, aveva raccolto tutta la roba delle sue ospiti e l'aveva ficcata alla bell'e meglio nelle valigie (in una delle quali aveva pure trovato un orologio che gli apparteneva e che le ragazze pensavano di portarsi via). Poi aveva spento il cellulare e si era messo alla finestra per non perdersi la scena del loro arrivo.

Quando le vide entrare nel portone, e uscirne subito dopo trascinando le valigie, stanche e traballanti sui tacchi alti, Oswaldo si sentì perfino dispiaciuto. Stava quasi per pentirsi e richiamarle indietro, ma poi ripensò alla notte prima e si pentì di essersi pentito.

Intorno alla mezzanotte, dopo aver girato mezza Bogotá a bordo di un taxi che rischiava di esaurire tutti i loro risparmi, le ragazze riuscirono a rintracciare al telefono un certo Benjamín Niño, che Yésica aveva conosciuto mesi prima in una discoteca di Pereira.

Gli chiesero di passare una notte in casa sua, una sola notte, perché avevano perso il volo di ritorno per Pereira. La partenza era già confermata sul volo del giorno successivo, alle dieci del mattino, quindi alle otto al più tardi sarebbero saltate su un taxi e sarebbero sparite.

Benjamín accettò, ma ci tenne a spiegare che poiché abitava in un delizioso miniappartamento di una sola stanza, sarebbero state costrette a dividere il letto con lui. Inoltre, il giorno dopo era il suo compleanno, e la sua fidanzata, verso mezzogiorno, sarebbe venuta a preparargli il pranzo. Catalina e Yésica si dissero molto dispiaciute di arrecargli tanto disturbo, ma gli assicurarono che dormire con lui non era affatto un problema. Quanto alla sua fidanzata, non c'era ragione di preoccuparsi. Loro per mezzogiorno sarebbero già state a Pereira.

Benjamín Niño non immaginava che quella ospitalità non sarebbe durata otto ore, ma milleottocento, e che gli sarebbe costata non solo la fidanzata, ma anche la fiducia nel prossimo, oltre a un'agenda elettronica, un bracciale d'oro e due milioni di pesos in bollette telefoniche.

Le ragazze, infatti, se ne sarebbero andate soltanto dopo più di un mese, e non certo spontaneamente. Il povero Benjamín fu costretto a inventare che sua madre, gravemente malata, sarebbe venuta nella capitale per sottoporsi a certi esami clinici, accompagnata da una delle sue sorelle e da suo nipote. L'appartamento era troppo piccolo per ospitare sei persone, quindi le pregava di fargli il santo favore di sloggiare. Che se ne andassero senza un ringraziamento, senza neppure restituire tutte le cose che nel frattempo erano sparite da casa sua, ma che per favore se ne andassero, una buona volta e per sempre.

Niente da fare.

E così la madre di Benjamín fu costretta a recarsi veramente a Bogotá, con la figlia, due grosse valigie e un copione imparato a memoria. Si lamentò di lancinanti dolori e occupò subito il territorio sdraiandosi sul letto dove dormivano le intruse, mentre la sorella di Benjamín, seduta al suo capezzale, le inumidiva la fronte col fazzoletto e le somministrava pastigliette di zucchero che faceva passare per antibiotici, antinfiammatori, antistaminici, ipotensivi e perfino antidepressivi. La povera signora recitò così bene la sua parte, che Catalina e Yésica si diedero ad accudirla premurosamente, ritenendo che non fosse giusto abbandonare un amico in un momento così difficile.

E non se ne andarono.

Il giorno dopo, come se Oswaldo Ternera gli avesse suggerito in sogno il da farsi, Benjamín approfittò dell'assenza delle ragazze, uscite a pranzo con Mauricio Contento, per far loro le valigie e lasciargliele in portineria, dando ordine tassativo al portinaio di non farle più entrare.

Al loro ritorno Yésica e Catalina ebbero un bel gridare e lanciare sassi alla finestra. Benjamín Niño non aprì. A differenza di Oswaldo, non provò neppure rimorso, soltanto una gran gioia, e l'impulso di gridarla ai quattro venti.

La rabbia fu più forte della vergogna per le due ragazze, che si trasferirono in un modesto albergo a due stelle pagato dal dottor Contento. Ormai, grazie alla promessa dell'operazione, lui e Catalina erano stati a letto almeno una dozzina di volte, relegando il povero Albeiro a un misero sesto posto nella lista degli amanti della ragazza.

Il medico aveva spiegato alle due amiche che se non le invitava a casa sua era perché viveva con l'anziana madre, una donna molto tradizionale. Catalina e Yésica, ben sapendo che era sposato, avevano fatto finta di niente e accettato il suo aiuto. Come sempre, avevano promesso che ne avrebbero approfittato per una sola notte e l'indomani sarebbero partite per Pereira. Mauricio, dopo averle registrate in albergo, le aveva invitate a tornare la settimana successiva per l'operazione che, a sentir lui, era ormai prenotata.

Ma così come per Oswaldo Ternera una sola notte si era trasformata in venti giorni, e per Benjamín Niño in un mese abbondante, la notte in albergo a spese di Mauricio Contento si concluse due settimane dopo, il 18 giugno, giorno del quindicesimo compleanno di Catalina, quando Albeiro comparve nella hall a pretendere ciò che Catalina gli aveva promesso tanto tempo prima.

Catalina non avrebbe potuto ricevere regalo più prezioso per i suoi quindici anni che la presenza del solo uomo che avesse amato veramente. Albeiro, non appena la vide, lasciò cadere l'orsacchiotto di peluche che le aveva portato e avanzò verso la Luce dei suoi Occhi brandendo un mazzo di quindici rose rosse acquistato all'ingresso di un cimitero.

Lei gli si lanciò fra le braccia, tremante per la gioia e lo sconforto di vederlo. Una volta in stanza, lo baciò, lo abbracciò e pianse sulla sua spalla, di sincera commozione e di dispetto, mentre Albeiro la tempestava di domande. Quando il telefono squillò, Yésica gettò uno sguardo di terrore a Catalina e balbettò nel ricevitore: «No, no, gli dica che ora scendo».

Mentre Yésica si precipitava nella hall, Catalina, sapendo che ad aspettarla c'era Mauricio Contento, cercava di tranquillizzare il sospettoso Albeiro.

Ma riuscì solo a peggiorare la situazione, tanto che Albeiro la minacciò di scendere a vedere cosa diavolo stesse succedendo. Catalina fu costretta a ricordargli le promesse fatte, le condizioni alle quali lei aveva accettato di rimanere con lui prima della partenza per Bogotá. Il contratto capestro che gli vietava di fare domande.

Gli disse che lei non aveva niente a che vedere con la vita privata di Yésica. Che se Yésica si incontrava con un amico non era colpa sua, e che non era disposta a tollerare alcuna diffidenza da parte del suo ragazzo. Se era venuto per criticarla, tanto valeva che tornasse subito a Pereira.

Come sempre, mentre Yésica allontanava il pericolo al piano di sotto, Albeiro finì per cedere e implorare Catalina di perdonarlo; cosa che la ragazza accettò di fare a patto che il poveretto sottoscrivesse nuove condizioni.

Solo dopo averle accettate tutte, una per una, l'ingenuo trovò il coraggio di ricordarle, con carezze e lusinghe, la promessa di fare l'amore con lui il giorno del suo quindicesimo compleanno.

In quel momento Catalina cominciò a sudare freddo. Sapeva che non poteva sottrarsi a quell'impegno, ma aveva bisogno di guadagnare tempo. Una soluzione l'avrebbe trovata, ma ora non poteva far altro che fingere. Gli sussurrò, abbassando gli occhi, che anche lei aveva atteso quel giorno con ansia, ma che preferiva aspettare ancora un poco e unirsi con lui a Pereira, nell'intimità della sua casa. Naturalmente Albeiro, pazzo di gioia all'idea di poter finalmente coronare il suo sogno, fu comprensivo.

Catalina sapeva che dopo essere stata con cinque uomini diversi e aver subito un aborto non le sarebbe stato facile passare per vergine. Ma doveva riuscirci.

Quando Yésica, agitatissima, rientrò in camera, Catalina cominciò a preparare la valigia, afflitta all'idea di aver perso per sempre la possibilità di essere operata gratis. Per poter parlare con la sua amica lontano dalle orecchie di Albeiro, le chiese di accompagnarla a ritirare la biancheria stesa ad asciugare nella lavanderia dell'albergo.

Una volta in corridoio, Yésica mostrò a Catalina il regalino di Mauricio Contento per il suo compleanno e le disse che il medico capiva benissimo le sue difficoltà per «l'arrivo improvviso della sua mammina». Lui, del resto, era in procinto di partire per una settimana, ma la esortava a non preoccuparsi. Al suo ritorno tutto sarebbe stato pronto per l'intervento.

11

La rinascita del fiore

Dopo un estenuante viaggio di sette ore in autobus, lungo strade che si inerpicavano sulle montagne, Catalina giunse finalmente a Pereira insieme a Albeiro e Yésica. Doña Hilda aveva addirittura preparato una festa a sorpresa in suo onore, con amici e parenti, e con una magnifica torta decorata di fragole. Il regalo, graziosamente avvolto in carta rosa e oro, era una sveglia, con l'immancabile gallina che becchettava il nulla, identica a quella ammaccata da Bayron il giorno fatidico in cui la festeggiata aveva intrapreso la sua folle corsa verso una nuova vita. La casa risuonò di canti e balli fino a notte inoltrata, per celebrare il suo ritorno e il suo quindicesimo compleanno.

Vanessa, Ximena e Paola rimasero molto deluse nel vedere che, malgrado la lunga permanenza a Bogotá, le tette dell'amica erano tali e quali. E prima di lasciare la festa per andare al lavoro, conclusero sospirando che la poveretta sarebbe rimasta piatta per il resto dei suoi giorni.

Certo, nel corso della serata c'era stato un intenso scambio di domande fra le ragazze, circa quel che era capitato loro nei mesi in cui erano rimaste separate. Ma tutte avevano mentito.

Yésica e Catalina dissero di aver riscosso un enorme successo sulle passerelle della capitale. Se Catalina non si era ancora fatta operare, spiegò Yésica, era soltanto perché negli ultimi tempi le case di moda richiedevano modelle dall'aspetto più internazionale, più moderno e dinamico. Da parte sua, Yésica si era iscritta a un prestigioso corso da stilista, perché il suo vero sogno era creare una linea di abbigliamento tutta sua. Inoltre, sia lei che Catalina avevano avviato le pratiche per ottenere il visto per gli Stati Uniti, dato che una famosa ditta di cosmetici, di cui non poteva dire il nome per ovvi motivi di riservatezza, aveva chiesto loro di sfilare a Miami e New York.

Rose dall'invidia, le ragazze rimaste a Pereira non vollero essere da meno. Anche per loro le cose andavano a gonfie vele. Molti trafficanti stavano tornando, ormai, e Margot le aveva inserite ai primi posti nel book che presentava ai clienti. Partecipavano quindi a sontuosi fine settimana in ville da favola, senza trascurare, però, un'intensa attività come modelle e indossatrici, tanto che un produttore televisivo di Bogotá le voleva assolutamente nel cast di una telenovela di prossima realizzazione. Nel frattempo, Morón, Cardona e El Titi, ancora nascosti in Venezuela, a Panama e a Cuba, mandavano a dire, tramite Mariño, che presto sarebbero tornati, e avrebbero festeggiato con un colossale party in una villa sul lago Colima che si sarebbe protratto per un'intera settimana.

Nessuna ammise di essere ridotta in miseria, se non in schiavitù, da quando i narcos avevano levato le tende. Così come Catalina e Yésica non rivelarono di essersi trascinate di casa in casa, mendicando un tetto e finendo per essere scacciate da tutti, Vanessa, Paola e Ximena nascosero di essersi bassamente prostituite, accettando, pur di non morire di fame, ogni genere di abuso da parte di uomini repellenti. Catalina non raccontò che un medico aveva approfittato di lei promettendole di operarla gratis; né le altre fecero menzione delle domeniche di assoluta tristezza che concludevano gli estenuanti weekend passati ad accontentare otto o dieci uomini diversi, quasi tutti disgustosi, maleodoranti e con strane idee in testa.

Mentre le cinque amiche, radunate in un angolo, continuavano a raccontarsi le bugie più inverosimili, Albeiro non vedeva l'ora che gli invitati se ne andassero per rimanere solo con la Luce dei suoi Occhi, che finalmente si sarebbe spogliata davanti a lui per concedergli il tanto atteso fiore della sua verginità. Le intenzioni di Albeiro erano così pure che tutti i suoi sforzi si concentravano su come possederla senza farle male, come deflorarla senza danneggiare i delicati petali, come farla sua senza procurarle altro che piacere.

Ma altrettanto preoccupata era Catalina, che per ben tre volte si allontanò dal gruppo delle amiche per appartarsi con Yésica e chiederle consiglio. Non era disposta a distruggere l'illusione di Albeiro che, ingenuo e buono com'era, di sicuro credeva ancora ciecamente nella sua verginità.

Yésica le spiegò che la sola cosa da fare, in assenza di mestruazioni, era ricorrere a un argomento vecchio come il mondo: non a tutte le ragazze l'imene si lacera e sanguina la prima volta che fanno l'amore, esiste anche l'imene «elastico e compiacente» come quello che a lei, per sua fortuna, era toccato in sorte. Le consigliò di evitare in ogni modo di eccitarsi, e possibilmente di asciugarsi ai primi segni di lubrificazione, così da rendere più difficile la penetrazione. Il resto, lo sapeva già. Doveva fingere, gridare, piangere dal dolore e, soprattutto, far sì che al momento di andare a letto Albeiro fosse sbronzo da non reggersi in piedi.

Da quel momento in poi, seguendo alla lettera il piano tracciato da Yésica, Catalina si dedicò al nobile compito di far ubriacare il suo fidanzato. Quando, a metà serata, Paola, Ximena e Vanessa si congedarono con la scusa che quella notte erano impegnate come animatrici al festival della birra, Yésica si rese conto che mentivano, ma preferì non dire nulla per compassione.

Verso le cinque del mattino, quando tutti, ormai sbronzi, si erano addormentati o se ne erano tornati incespicando alle loro case, Albeiro, trepidante, si avvicinò a Catalina. Lei gli chiese dove potessero farlo. Lui spiegò che non voleva assolutamente portarla in un motel, luogo squallido e non adatto a una ragazza innocente come lei, per di più di soli quindici anni. Non c'era altra soluzione che farlo lì, in camera sua. Ma la casa di Catalina era piccola, e alcuni degli ospiti, venuti da fuori, si erano sistemati per la notte alla bell'e meglio. Qualcuno era crollato proprio sul letto di Catalina, e un bambino, figlio di una delle sue zie, dormiva placidamente sul pavimento sopra una coperta. I due fidanzati dovettero accontentarsi di un angolino di letto.

Ma Albeiro non si perse d'animo, deciso a fare degli ultimi brandelli di quella notte il momento più indimenticabile della loro vita. Tremante dall'emozione, spiando con timore i volti addormentati delle persone che li circondavano, cominciò a baciarla dolcemente, prima sugli occhi, poi sul naso e sulla bocca, infine sul collo. Sebbene desiderasse posare finalmente le labbra sui petali di quel fiore tanto sospirato, pensò che non fosse bello fare una cosa simile a una ragazza ancora giovane e inesperta, e decise di rimandare quel gioco più ardito a una prossima occasione. Catalina, paralizzata com'era dalla paura di tradirsi, non ebbe neppure troppa difficoltà a ostacolare la penetrazione e fingere impaccio e vergogna. Fu così che, alle cinque e quarantaquattro minuti, stando alla sveglia con la gallina, Albeiro la fece sua, trasfigurato da un'espressione di estasi sublime. Malgrado tutti i suoi sforzi per non essere troppo impetuoso, per non farle male, per non ferirla, credette di morire dal senso di colpa quando Catalina gli conficcò le unghie nella schiena, gli morse forte le labbra e proruppe nello stesso pianto che l'aveva scossa la prima volta con Cavallo.

Travolto dalla tenerezza, e per ricompensarla dell'immenso privilegio ottenuto, Albeiro non fece che baciarla e accarezzarla per ore. Poi, quando la maggior parte degli ospiti dormiva ancora, sgattaiolò fuori dalla stanza per tornarvi in punta di piedi con una tazza di brodo fumante, da lui stesso preparata con somma cura e deposta su un vassoio ornato di fiori raccolti nei giardini del vicinato. Catalina, immensamente a disagio, non poté far altro che continuare la sua recita mostrandosi sofferente, come se non riuscisse a sopportare neppure di mettersi a sedere su quel letto per tre quarti occupato da altre persone. Vedendola così malridotta a causa sua, Albeiro pianse in silenzio, avvicinandole il cucchiaio alle labbra con mille premure. Timidamente, la ringraziò per aver regalato a lui il fiore della sua innocenza, e le infilò un fiore fra i capelli. Poi le rinnovò la proposta di andare a vivere insieme, in una stanzetta che aveva già trovato, dove la padrona di casa avrebbe permesso loro di sistemare un fornello a gas. Purtroppo il bagno, che avrebbero dovuto dividere con altre quattro persone, si trovava nel corridoio, ma la loro futura stanza aveva il vantaggio di essere la più vicina, così che con una corsetta di soli tre passi lo avrebbero raggiunto in un baleno.

Catalina sapeva bene che quel genere di vita non faceva per lei. Gli disse che non si sentiva ancora pronta per andare ad abitare con un uomo, ma lo pregò di aspettarla, perché non riusciva a immaginare di vivere con nessun altro.

Proprio in quel momento, davanti alla finestra si fermò un taxi, da cui giunsero le voci di Paola, Vanessa e Ximena, impastate e stridule per l'alcol. Albeiro confessò a Catalina di essere preoccupato, perché quelle ragazze dovevano aver preso una cattiva strada. Non era normale, secondo lui, che uscissero tutte le sere e rientrassero sempre all'alba, per poi passare le giornate chiuse in casa a dormire.

Questo fece nascere un sospetto in Catalina. Per essere al corrente delle nuove abitudini delle sue amiche, Albeiro doveva aver frequentato casa sua mentre lei non c'era. Gli chiese spiegazioni. Lui le disse che veniva spesso a trovare doña Hilda per chiederle sue notizie. Infatti era stata lei a dargli il suo indirizzo a Bogotá. Doña Hilda era sempre molto gentile e carina con lui.

Quel che Albeiro si guardò bene dal raccontare era che la gentilezza di doña Hilda non si limitava alle solite quattro chiacchiere, a un caffè, o all'invito a fermarsi a cena.

Una sera, passando di lì dopo il lavoro, Albeiro aveva trovato doña Hilda in pigiama. Quel tessuto semitrasparente che, come lui ricordava bene, lasciava intravedere le mutandine bianche, gli aveva causato un accesso di desiderio incontrollabile. Alla fine, non sopportando più quel tormento che lo affliggeva da mesi, le aveva chiesto, per favore, di dargli ospitalità per la notte, perché aveva litigato con i suoi e non se la sentiva di tornare a casa. Doña Hilda l'aveva sistemato nella stanza di Catalina. Non immaginava certo di ritrovarselo nel letto, due ore dopo, come posseduto dal demonio. Spaventata, aveva cercato di respingerlo, ma Albeiro l'aveva costretta a rimanere distesa, e si era gettato a baciarla fra le gambe con furia. A questo lei, come qualunque donna affamata d'amore, non aveva saputo resistere. A suo modo, era stato un incontro bellissimo, fra una donna che da anni non sentiva il peso di un uomo sul proprio corpo, e un ragazzo rimasto in completa castità quasi altrettanto a lungo.

Chiaramente, dopo quel fatto, il senso di colpa della madre di Catalina era enorme. Doña Hilda pregò Albeiro di non tornare più, non solo perché temeva che la cosa potesse ripetersi, ma anche perché riteneva indegno di sua figlia un uomo capace di tradirla in quel modo. Albeiro, con argomentazioni d'ogni genere, cercò di persuaderla che in fondo non avevano fatto niente di male, solo quello che l'istinto esigeva. Ma doña Hilda fu inflessibile e gli intimò di sparire una volta per tutte da casa sua. Albeiro non le obbedì. Nei giorni successivi tornò altre due volte, protestando che la colpa era di doña Hilda e soltanto sua: una donna che si conservava così bella e desiderabile non doveva aprire la porta di casa a un ragazzo di cui conosceva perfettamente le debolezze.

Ma l'ultima volta doña Hilda gli aveva detto che Catalina aveva chiamato da Bogotá e Albeiro ne aveva approfittato per farsi dare l'indirizzo. Così, dopo averla ringraziata di tutto (dell'informazione, delle notti passate insieme e del sacrificio in nome della figlia), Albeiro era salito sul primo autobus diretto verso la capitale deciso a riprendersi la ragazza.

Adesso, mentre si coccolava la sua Catalina senza smettere di ringraziarla, Albeiro cominciava a sentir crescere dentro di sé una vaga inquietudine. Eppure stentava a dar voce alla domanda che gli ronzava per la testa dalle cinque e quarantaquattro di quella mattina. Alla fine, mentre le stava ripulendo le labbra con un tovagliolino dopo l'ultima cucchiaiata di brodo caldo, trovò il coraggio: «Amore mio» le chiese in un sussurro «come mai non hai sanguinato?».

Catalina arrossì, ma subito si riprese e affrontò con decisione il difficile momento. Rispose che non lo sapeva. Che forse avrebbe dovuto spiegarglielo lui, perché lei, inesperta com'era, non ne aveva la minima idea. Ma Albeiro non era soddisfatto, e allora lei usò l'arma più terribile. Insinuò che, forse, le dimensioni del suo membro gli avevano permesso di penetrarla senza lacerare l'imene. Come sempre, la strategia d'attacco si rivelò molto efficace. Ferito come un toro nell'arena, il povero Albeiro fece un balzo sul letto, e si diede a spiegare con fervore la mancata lacerazione con la teoria dell'imene «elastico e compiacente», che non si rompe al primo rapporto. Catalina, in tono poco convinto, concesse che forse poteva essere così, al che lui replicò deciso che era, doveva per forza, essere così. In quel modo, costringendolo a difendere la sua virilità, Catalina riuscì a tenergli nascosto che lui non era stato il primo, né il secondo, né il terzo, ma il sesto uomo della sua vita. Certo, Albeiro non era nella posizione di insistere troppo, dal momento che Catalina non era la prima, ma la seconda donna che aveva posseduto in quella famiglia.

Doña Hilda, intanto, ascoltava dalla sua stanza i sussurri e le risatine di sua figlia e del suo ragazzo. Costretta a mordersi le labbra per la gelosia, si malediceva per aver ceduto all'uomo che amava sua figlia. Sapeva di avere sbagliato, ma sapeva anche di pagare un prezzo altissimo. Ormai era innamorata del suo futuro genero. Lo sognava la notte, si contorceva dal desiderio di averlo, e non poche volte aveva dovuto alzarsi e andare in bagno a fare una doccia d'acqua fredda per non tornare alle abitudini solitarie dell'adolescenza, quando si masturbava pensando a un professore di educazione fisica che piaceva a tutte le ragazze della scuola.

Poco prima della partenza di Albeiro per Bogotá, gli aveva scritto una lettera, che però non aveva osato consegnargli, in cui lo pregava di non abbandonarla. In quelle pagine gli suggeriva di lasciare che Catalina vivesse la sua avventura e lo invitava a venire ad abitare con lei. Gli confessava che aveva bisogno di lui, che lo amava più della sua stessa figlia, e gli chiedeva, nel caso in cui Albeiro la considerasse una semplice storia di sesso, di non ritornare mai più.

La seconda parte della lettera era un manuale di istruzioni su come comportarsi nel caso di una visita di Catalina, se lui avesse accettato di vivere insieme a lei come marito e moglie. Gli diceva che avrebbero dovuto fingere perché Catalina non sospettasse mai del loro amore. Gli prometteva che l'avrebbe lasciato uscire con sua figlia, gli avrebbe permesso di rimanere il suo fidanzato, a costo di morire di gelosia. In sostanza gli proponeva di condividere la casa, il letto e il segreto del loro amore finché lui non si fosse sentito abbastanza forte da affrontare la situazione. Gli scriveva anche che, se avesse deciso di non lasciare mai Catalina, lei avrebbe trovato il coraggio di portarsi quel segreto nella tomba, sempre che lui avesse acconsentito a fare l'amore con lei almeno una volta al mese, per tutta la vita.

Albeiro non sapeva dell'esistenza di quella lettera, ma doña Hilda, che adesso lo ascoltava sussurrare parole dolci alla fidanzata, si alzò per andarla a cercare, tentata di consegnargliela. Alla fine invece la piegò a metà, in quattro e poi in otto e se la infilò tra i seni. Poi, sospirando, si mise una vestaglietta e andò a preparare il caffè, in modo da avere un pretesto per entrare nella stanza dove sua figlia piangeva di commozione alle parole dell'amato.

12

Il breve passo dal sogno all'incubo

A mezzogiorno, non appena Albeiro, non senza aver confabulato in cucina con doña Hilda per quarantacinque brevissimi secondi, uscì per andare al lavoro, Catalina cedette alla curiosità di ascoltare il resoconto della notte brava appena trascorsa dalle sue amiche. Attraversò la strada di corsa, ancora in pigiama.

La madre di Paola le disse che sua figlia stava dormendo, perché ultimamente faceva il turno di notte in una fabbrica di camicie. La nonna di Ximena la guardò storto, e spiegò che la nipote era ancora a letto perché lavorava in un fast-food aperto ventiquattr'ore su ventiquattro. La madre di Vanessa le sorrise molto amabilmente, e la informò che sua figlia dormiva ancora perché faceva la modella e la sua presenza era molto richiesta in certe serate nelle discoteche.

Sulla base di queste tre versioni, Catalina credette di capire qual era l'amara verità e andò direttamente a casa di Yésica per discuterne con lei.

Soltanto verso le sette di sera Yésica e Catalina riuscirono a parlare con le amiche. Le videro arrivare senza trucco, con i capelli bagnati e le palpebre gonfie. Nessuna conservava la freschezza e lo splendore che solo pochi mesi prima avevano attirato su di loro raffiche di complimenti, lettere di ammiratori e sguardi pieni di desiderio da parte dei compagni di scuola. Adesso apparivano stanche, assenti e tristi. Nei loro occhi vi era un pianto nascosto.

Paola aveva perso la tendenza a vantarsi; Vanessa parlava molto poco; e Ximena non sorrideva più quando Yésica raccontava delle proprie avventure sessuali.

Quando Catalina e Yésica chiesero loro che cosa gli stesse capitando, nessuna volle rispondere. Ximena cominciò a intrecciarsi le punte dei capelli, Vanessa fece una risatina, e Paola cambiò argomento.

«Allora, com'è andata a Bogotá?» domandò. «Avevamo paura che non tornaste più!»

Yésica, che con la sua esperienza faceva un po' da madre a tutte quante, non abboccò e insistette con l'interrogatorio. Alla fine, Ximena scoppiò a piangere. Fu come bucare un palloncino con uno spillo. Il palloncino si sgonfiò in un baleno e tutte e tre presero a raccontare storie tragiche e crudeli. Vanessa cominciò dalla notte in cui era stata con un ubriaco che le aveva portato via tutto quello che aveva guadagnato con i tre clienti precedenti. Era successo mentre faceva la doccia. Quand'era tornata in camera, quel disgraziato non era più nel letto, e nemmeno giù al bar. Naturalmente il padrone le aveva chiesto ugualmente la percentuale e lei aveva dovuto pagarla di tasca sua.

Ximena raccontò di quando le era toccato sfuggire a un maniaco che voleva appenderla al soffitto, come una trapezista. Lei si era rifiutata, e quell'energumeno si era infuriato al punto da cercare di impiccarla con una corda. Solo le sue grida l'avevano salvata da morte sicura. Non aveva potuto neppure denunciarlo, perché il locale era clandestino e il proprietario non voleva rogne.

Paola ritenne che non valesse la pena aggiungere miserie a miserie, e si limitò a esprimere la speranza che Yésica trovasse il modo di tirarle fuori da quella situazione. Ormai erano delle puttane da quattro soldi e si stavano consumando giorno dopo giorno.

Yésica, la gola chiusa dalla pena, riuscì appena a dire: «Tranquille, ragazze, che quando meno ce lo aspettiamo quelli là tornano e tutto ricomincia come prima».

Comunque anche quella sera le tre amiche se ne andarono al lavoro con il morale a terra, mentre Catalina e Yésica, altrettanto abbattute, trattenevano a stento le lacrime per non deprimerle ancora di più.

In realtà la soluzione prospettata da Yésica, ossia il ritorno dei narcos, non era così imminente. Morón se ne stava nascosto in Venezuela in una tenuta presso il confine con la Colombia, protetta da ufficiali dell'esercito debitamente corrotti. Cardona, invece, soggiornava tranquillamente a Cuba, dove era approdato approfittando della scarsità di valuta sull'isola. El Titi si era nascosto a Panama. Appena sbarcato si era adoperato perché Marcela Ahumada lo raggiungesse. Si era sistemato in un albergo a cinque stelle, registrandosi con uno dei quattro passaporti falsi che possedeva e, nell'attesa che Marcela arrivasse, si era dato alla bella vita nei casinò.

In sostanza i tre capi, così come i loro soci, se la spassavano in altri Paesi, mentre in Colombia erano ricercati da tutti gli organismi di sicurezza dello Stato. Avevano pensato a ogni cosa: a dove scappare nel caso l'Interpol fosse riuscita a rintracciarli, a come e quando tornare in Colombia, a come mettere le mani sui depositi di dollari che tenevano nascosti nelle loro tenute più isolate, a negoziare un accordo con la DEA o l'FBI in modo da poter tornare alla legalità cedendo alcune delle loro proprietà o denunciando qualche amico. Insomma, a tutto pensavano Morón, Cardona e El Titi tranne che a Yésica, Catalina, Paola, Ximena e Vanessa, che li aspettavano con ansia per tornare alla vita di prima.

Rientrando a casa dopo quella deprimente chiacchierata con le amiche, Catalina sentì le voci di Albeiro e doña Hilda in cucina. La stupì che tutti e due alzassero la voce come per rinfacciarsi qualcosa, e si avvicinò in punta di piedi per origliare. Ma doña Hilda, che aveva sentito richiudersi la porta di casa, troncò la discussione appena in tempo.

Eppure a Catalina non sfuggì quel brusco cambiamento di tono, e qualche confuso sospetto le si insinuò nella mente. Chiese alla madre e al fidanzato se fosse successo qualcosa, ma entrambi, con evidente imbarazzo, negarono. Albeiro la prese in giro per aver potuto pensare che tra lui e doña Hilda...

«Ma andate al diavolo!» reagì Catalina seccata, e andò a chiudersi nella sua stanza. Naturalmente Albeiro le andò dietro, deciso a farsi perdonare senza chiederle scusa, perché l'ultima cosa che voleva era ammettere di essere dalla parte del torto.

Il risultato fu che Catalina colse l'occasione per litigare con entrambi e scapparsene di nuovo a Bogotá.

13

E qui compaio io

Tornate a Bogotá, Catalina e Yésica scoprirono che Mauricio Contento era partito per gli Stati Uniti e non sarebbe rientrato prima di un mese. Per una volta Catalina, ormai abituata alle delusioni, era più preoccupata per la questione dell'alloggio che per il fatto di veder di nuovo rinviata la realizzazione del suo sogno.

Chiamarono un certo Fernando, il quale disse che non poteva assolutamente ospitarle, neppure per una notte, perché la sua fidanzata, gelosissima, non si sarebbe mai bevuta la storia che si trattava solo di due amiche. Chiamarono un certo Mario Esteban, il quale spiegò che era in partenza per una fiera del bestiame e non poteva lasciare loro le chiavi di casa perché temeva che sua moglie, in quel momento in Spagna, ricomparisse senza preavviso e le trovasse lì. Un certo Cristian mentì: purtroppo non si trovava a Bogotá. Poiché in realtà era a letto con la sua ragazza, approfittò della telefonata per farla ingelosire, vantandosi del gran numero di donne che lo assillavano di continuo.

Chiamarono un certo Luis Miguel, il quale disse che stava traslocando. Non era vero, ovviamente. Luis Miguel era amico di Benjamín Niño e sapeva benissimo che quelle erano più devastanti di un uragano. Chiamarono un certo Juan Pablo, che quando vide il nome di Yésica sul display lasciò suonare senza neppure sognarsi di rispondere. Chiamarono due o tre amiche del periodo in cui Yésica faceva la maîtresse a Pereira, ma queste la informarono che la situazione era molto difficile anche lì, e per sicurezza non vollero rivelare dove abitavano.

E così, come ultima risorsa, finirono per chiamare me, che le avevo viste una sola volta in vita mia.

Un anno prima mi ero trovato a Pereira in compagnia di un amico di Bogotá che mi aveva dato venti milioni di pesos per finanziare una delle mie tante campagne elettorali destinate a dignitosi insuccessi. L'ultima volta la mia corsa al parlamento si era fermata a soli due milioni di voti dal traguardo ma, tanto per farvi capire con chi avete a che fare, vi dirò che alla fine il mio seggio l'ho ottenuto e oggi sono onorevole. Sono un corrotto, e non mi vergogno a dirlo. La sola persona a cui io non abbia mai rubato è mia madre, ma solo perché la poveretta è sempre stata senza un soldo. Quindi non commuovetevi troppo sentendomi pontificare sull'etica e la giustizia e i gravi problemi del Paese. Quello che voglio, in realtà, sono i vostri voti. E la mia doppia morale mi aiuterà a ottenerli.

Forse era scritto che dovessi conoscere Yésica e Catalina. Proprio quella mattina, appena atterrato a Pereira, avevo chiamato Aurelio Jaramillo, detto El Titi, per fargli sapere che ero arrivato in città con un amico e che desideravo combinare qualcosa per la serata. Lui mi disse che aveva delle ragazze a disposizione. Ci saremmo divertiti. Purtroppo El Titi non poteva accompagnarci perché era invitato a una festa di compleanno. Naturalmente accettai la proposta. Jaramillo mi diede l'indirizzo di una delle ragazze, in modo che potessimo passarle a prendere con uno dei suoi uomini, un tale chiamato Marañón, tipo simpatico, ma piuttosto ordinario e di poche parole.

Dalle telefonate che Marañón fece mentre raggiungevamo in macchina quel quartiere periferico, apprendemmo che Yésica sarebbe venuta con due amiche.

Ci fermammo davanti alla sua modesta abitazione e aspettammo che le ragazze uscissero. Avrebbero dovuto essere tre, ma risultò che erano in cinque. Tre di loro erano quasi delle bambine, non potevano avere più di sedici anni, ma devo dire che erano tutte bellissime, quasi come fotomodelle. E così ci stringemmo sull'auto che El Titi ci aveva messo a disposizione e cominciammo a pianificare la serata. Poiché non conoscevamo la città, lasciammo fare alle ragazze. Si sa come vanno queste cose: pareva che un certo locale fosse meglio di un altro, però ce n'era uno che era ancora meglio, ma il primo era più tranquillo, anche se l'altro era più divertente... Insomma, senza saperlo saremmo finiti proprio nella discoteca dove Aurelio Jaramillo, insieme a un suo collega chiamato Clavijo, alle rispettive fidanzate e ad altri amici, stavano festeggiando il compleanno di uno di loro. Il fatto è che i membri del cartello avevano fatto di quella discoteca il loro nido, una specie di bunker privato difeso da un esercito di guardaspalle.

Certo, fin dall'arrivo notammo nel parcheggio un gran numero di auto molto costose, alcune con i vetri antiproiettile, intorno alle quali una piccola folla di autisti e guardaspalle giocava a carte, prendeva il caffè e scrutava con sospetto chiunque si avvicinasse. Di armi in vista non ce n'erano, ma non era difficile capire che ci stavamo infilando nella tana del lupo.

Non eravamo ancora scesi dalla macchina che le ragazze cominciarono a strillare: «Ecco, c'è El Mico, ed è venuto anche El Cachetón». «Quella è la macchina di Uriel. Quella là è di Neruda.» «Di sicuro ci sono anche le Ahumada, perché ho visto il fuoristrada di Marcela.» «Se non è con El Titi, prima di domani è morta!»

La situazione non era delle più rassicuranti. Il mio amico e io ci guardammo un po' perplessi, ma decidemmo di fare buon viso a cattivo gioco. Tentammo perfino qualche battuta, tanto per mostrarci a nostro agio. In ogni caso le ragazze avevano l'aria di trovarci piuttosto noiosi. Certo, come poteva essere diversamente se tutte, con l'eccezione di Catalina, erano abituate a ben altri standard? Che cosa potevano dare due uomini come noi a ragazze come quelle? Era chiaro che cosa le interessava: uomini abituati ad accendere i sigari con biglietti da cento dollari, vassoi d'argento coperti di cocaina, purosangue da due milioni di dollari, aerei privati, yacht grandi come portaerei, feste scandalose piene di narcotrafficanti nudi che si agitavano come animali, gridando ordini osceni nei telefoni satellitari, con una donna sotto di loro e altre due al fianco.

Entrammo dunque in quella discoteca, dove l'aria densa di fumo attutiva ogni cosa, tranne la musica assordante. Non sapevamo chi sedesse ai tavoli al fondo del locale, ma ce ne facemmo un'idea vedendo le ragazze gettare continue occhiate in quella direzione. La sensazione di disagio cresceva, e anche il nostro timore di essere finiti nel posto sbagliato.

A ogni tavolo c'erano almeno due ragazze degne di comparire sulla copertina di una rivista internazionale.

Prendemmo posto al tavolo più vicino all'uscita. Lì le nostre nuove amiche cominciarono a dire cose talmente raccapriccianti da far rizzare i capelli anche al gangster più navigato, figurarsi a due tipi come noi, consapevoli di essere, per definizione, dei codardi. «Quelli sono i capi, sono pericolosi.» «Se arriva quello là scoppia un casino.» «Speriamo non si sbronzino altrimenti sono cazzi.» «Non facciamoci vedere, per carità, quelli non scherzano.»

«Non ballate?» ci chiese Marañón interrompendo Yésica, che con i suoi continui commenti rischiava di farci venire un infarto. Né io né il mio amico ci prendemmo il disturbo di rispondere. Sapevamo che a ballare con una di loro avremmo rischiato la morte. Qualche ex fidanzato poteva presentarsi con la pistola in mano deciso a farcela pagare. Visto che nessuno di noi si faceva avanti, le ragazze cominciarono a mostrarsi impazienti. Allora Marañón, che, al contrario di noi, sapeva bene chi fossero gli uomini seduti nei tavoli in fondo, prese l'iniziativa. Portò sulla pista una delle ragazze e mi consegnò Catalina perché la invitassi a mia volta. Sono queste le occasioni in cui una morte inevitabile è preferibile a una brutta figura. Mi toccò ballare. Ma mi auguravo vivamente di non morire, perché sapevo che se il mio amico di Bogotá fosse sopravvissuto a quella serata avrebbe raccontato a mezza capitale che eravamo stati dai narcos, e questo bastava a mettermi addosso una grande vergogna *post mortem*.

Sulla pista fui raggiunto dal mio amico, che prese a dimenarsi goffamente davanti a una ragazzina di nome Paola, cercando di non pensare a chi era seduto ai tavoli in fondo. Marañón ballava, un po' più tranquillo, con una certa Vanessa, e io, che accompagnavo Catalina, mi chiedevo che razza di musica fosse mai quella. Non so perché Marañón preferì tacere il fatto che lì c'era anche il suo capo. Saperlo mi avrebbe sicuramente tranquillizzato.

Accanto a me, molto vicino alla mia testa, volteggiavano decine di seni di silicone. Catalina dovette accorgersi della curiosità che mi costringeva a voltarmi di continuo, come se stessi assistendo a una partita di ping-pong. Forse per questo mi disse a bruciapelo, senza che io le avessi domandato nulla, che aveva deciso di andare a Bogotá per farsi operare al seno. Trovando che avesse un bel paio di tette appetitose, le chiesi se volesse farsele ridurre, e lei, quasi offesa, rispose di no, che anzi voleva farsele ingrandire, perché quello che vedevo era un reggiseno imbottito. Non riuscii a trattenermi dal ridere e così il ghiaccio fu rotto. Poi tornammo a sederci, ormai a nostro agio, e rimasi a chiacchierare con lei per quasi tutta la sera. Mi disse che sua madre era divorziata, che aveva un fratello e che non era fidanzata. Aggiunse che aveva da poco compiuto sedici anni e mi chiese se il mio amico fosse sempre noioso come quella sera. Le spiegai che lui non era affatto così, in genere era un tipo allegro, solo che eravamo entrambi un po' spaventati dalla presenza di quei signori in fondo alla sala.

Lei scoppiò a ridere: venivano lì ogni sera, e non dovevamo preoccuparci perché in realtà erano bravissime persone. Io rimasi interdetto nell'udire quell'affermazione, e lei, credendo che non avessi capito, ripeté, nel suo gergo, che erano tipi giusti, signori di quelli veri. Capii che era una stupida o, perlomeno, un'illusa. Io li conoscevo bene e sapevo quanto fossero pericolosi. Anche se spesso mi ero servito dei loro soldi per le mie campagne elettorali.

In ogni caso, continuammo a chiacchierare, finendo per parlare di macchine. Io sostenevo che l'auto migliore del mondo era la Mercedes, mentre per lei era la BMW; a me piacevano di più le berline, a lei i fuoristrada e i SUV. Via via che i nostri discorsi si facevano più frivoli, Catalina acquistava sicurezza.

Quando domandai perché lì dentro tutti portassero gli occhiali scuri rispose con aria di superiorità. Mi informò, nel caso la notizia non mi fosse ancora arrivata, che gli occhiali da sole erano di gran moda. E poi mi chiese il numero di cellulare. Io, cretino, commisi l'errore di darglielo. Non so davvero perché lo feci, perché non gliene diedi uno falso, come era mia abitudine con le persone che non consideravo utili.

Poco dopo arrivò il mio amico, pallido e affannato, e mi sussurrò all'orecchio che era meglio andarsene subito. A quanto pareva aveva attirato l'attenzione malevola di un tipo che non solo era stato con Paola, ma le aveva anche pagato tutti gli interventi di chirurgia estetica a cui si era sottoposta, che a giudicare dal suo aspetto non erano pochi.

Con le ginocchia tremanti, ma affettando disinvoltura, uscimmo nel parcheggio con le ragazze. Avvicinandomi all'auto, vidi che un uomo, probabilmente un guardaspalle, stava pisciando contro una delle ruote posteriori. Lasciai fare e salii in macchina per primo, dimenticando perfino le più elementari norme di cortesia. Tolsi le sicure e il freno a mano e misi in moto, in modo che gli altri si affrettassero. E proprio mentre stavo facendo manovra, sulla porta della discoteca comparvero quattro ceffi dall'aria truce. Temetti che sfoderassero le pistole, ma non lo fecero. Ci corsero dietro, invece, senza toglierci gli occhi di dosso né staccare le mani dalla cintura. Raggiunta la strada, premetti l'acceleratore a tavoletta e me li lasciai alle spalle per sempre, con una sensazione di panico ed euforia insieme.

Il giorno dopo, con mio grande imbarazzo, scoprii che i quattro erano usciti a cercarci semplicemente perché El Titi aveva deciso di invitarci al suo tavolo.

Sta di fatto che quella notte riaccompagnammo subito le ragazze a casa, e nei tre giorni che ci separavano dalla partenza non le rivedemmo più. Erano appena scese dall'auto quando incrociammo, svoltato l'angolo, una banda di ragazzi di quartiere pronti all'assalto. Ma, dopo essere usciti vivi dal locale dove si riunivano gli uomini più pericolosi del mondo, un gruppetto di ragazzi rapati e pieni di piercing ci fece l'effetto di una cucciolata di gattini.

Dopo quella serata, di cui parlai a lungo con il mio amico durante il volo di ritorno, non seppi più nulla di Catalina e Yésica, fino al mattino in cui ricevetti la telefonata. Sul display era comparso un numero che non conoscevo, e io, che tendo a non rispondere quando non so chi sta chiamando, commisi l'imprudenza di accettare la chiamata. Non so perché lo feci. Era Catalina.

Non mi aspettavo di risentirla, ma nemmeno mi dispiacque, se devo essere sincero, perché malgrado l'orribile esperienza di quella serata a Pereira, Catalina era una ragazza graziosissima e ne conservavo un buon ricordo. Non immaginavo che fosse in compagnia di Yésica, e nemmeno che mi avesse cercato soltanto perché aveva bisogno di un tetto.

Insomma, risposi al telefono e la salutai affabilmente. Lei espresse il desiderio di rivedermi e mi domandò se potessi ospitarla per la notte. Di sicuro sperava di installarsi in casa mia per tutto il mese, e possibilmente in un letto singolo; mentre io, in quello stesso momento, non pensavo che al suo bel corpicino e a un letto matrimoniale. Le dissi di passare a trovarmi.

Come avrei potuto resistere? Parlava con voce così dolce e carezzevole! In fondo, pensai, un uomo da poco separato con un appartamento di trecentocinquanta metri quadri a disposizione aveva il dovere dell'ospitalità.

Catalina si presentò a casa mia con Yésica, ed entrambe avevano l'aria angosciata ed esausta di chi vaga per le strade da molte ore. Ripensandoci, avrei dovuto capire che erano preoccupate, senza soldi e ansiose di trovarsi di nuovo un tetto sopra la testa. Eppure riuscirono a ingannarmi circa la loro situazione, dicendo che avevano un volo per Pereira il giorno dopo e che le loro famiglie le stavano aspettando.

In sostanza chiedevano di essere ospitate per una sola notte, cosa che accettai con piacere, ignaro della loro prodigiosa capacità di trasformare le notti in settimane e mesi.

La verità è che Catalina mi piaceva, tanto che, nella mia ingenuità, fui tentato di invitarla a fermarsi un po' più a lungo.

Alle dieci del mattino successivo, le sentii imprecare: «Accidenti, abbiamo perso l'aereo!».

«Il volo è alle dieci e mezzo, e ci vuole quasi un'ora per arrivare all'aeroporto...»

«E adesso cosa facciamo?»

A quel punto intervenni, con un sorrisetto malizioso: «Vorrà dire che rimarrete fino a domani. Che ci vogliamo fare? Il mondo non finirà certo per così poco!».

Le due dichiararono, quasi piangendo, che erano dispiaciutissime, che si vergognavano da morire, e che sarebbero partite appena possibile. Anzi, chiesero di poter usare il telefono per prenotare un posto sul volo del giorno dopo.

E così ebbe inizio la nostra convivenza, che si sarebbe protratta molto a lungo. Ottantadue giorni, per l'esattezza, durante i quali mi rovinarono completamente la vita.

I particolari contano poco, basti dire che alla fine mi vidi costretto a chiamare mia madre perché si trasferisse da me con mia sorella e i nipotini, in modo da far capire alle ragazze che era ora di sloggiare.

Ma non fu sufficiente. Allora fui costretto a passare al piano B, e annunciai che io stesso sarei partito. In mia assenza, approfittando di una delle loro visite al dottor Contento, mia sorella avrebbe lasciato le valigie delle ragazze in portineria, pregando il portinaio di impedire loro l'ingresso nel palazzo.

Nei primi giorni, tuttavia, la loro presenza non mi fu di peso. Mi parevano due ragazzine indifese e confuse, vittime di un sogno sbagliato. Era assurdo che si ostinassero a rimanere a Bogotá senz'altro scopo che un seno di silicone. Giunsi a pensare che l'intera storia fosse una specie di scherzo. Ma una delle prime sere, quando vidi arrivare Catalina in lacrime, disperata perché aveva saputo che il dottor Mauricio Contento aveva rinviato il suo ritorno in città, capii che il suo desiderio di indossare la quarta di reggiseno non era un capriccio, ma una vera e propria ossessione.

In ogni caso, temendo che il medico le stesse prendendo in giro, Catalina e Yésica avevano deciso di piazzarsi ogni giorno, fin dalle prime ore del mattino, in un bar di fronte al suo studio, sperando di veder comparire la sua BMW 520 blu notte. Erano decise a fargli pagare i dodici pomeriggi di sesso che Catalina aveva passato con lui. A quello scopo facevano anche un mucchio di telefonate, che io, per pura compassione, non avevo il coraggio di impedire. La sera uscivamo a cena.

All'inizio le portavo nei migliori ristoranti. Dopo la prima settimana cominciai a scegliere locali più modesti; poi solo trattorie e fast-food. Dopo un mese, finii per ricorrere alle pizze a domicilio. Fu allora che arrivò la prima bolletta telefonica: 890 mila pesos.

Fu quella la prima volta in cui mi arrabbiai sul serio. Con una cifra simile avrei potuto comodamente permettermi quattro giorni a Cartagena in compagnia di un'amichetta. Oppure comprare alcolici sufficienti a fare ubriacare cento persone durante una festa preelettorale, o acquistare un potente impianto stereo da regalare ai consiglieri di una circoscrizione in cambio di voti.

Le rimproverai, benché forse non con la severità richiesta dalla situazione, e mi tranquillizzai quando mi dissero di non preoccuparmi, perché si sarebbero fatte prestare da non so chi il denaro per pagarmi la bolletta. Cosa che poi, naturalmente, non avvenne.

Decisi comunque di ridurre ulteriormente le spese per i pasti, in modo da compensare almeno in parte quelle telefoniche, e così cominciammo a mangiare riso e uova fritte, a pranzo e a cena, tutti i santi giorni. Ma neanche questa dieta tanto povera e monotona le convinse ad andarsene. Il fine settimana uscivo con i miei figli, i miei amici, le mie amanti, e a volte da solo, abbandonando completamente il campo, perché non mi pareva bello farmi vedere in giro in loro compagnia. Questo errore, se non altro, non l'ho mai commesso.

Certo, non era una buona idea nemmeno lasciarle sole in casa, perché ogni volta che rientravo scoprivo che era sparito qualcosa. Agende, orologi, denaro, gioielli, CD, DVD, e perfino abiti.

Dopo il primo mese e mezzo di permanenza nel mio appartamento, cominciarono le discussioni. Catalina si teneva sempre in disparte, ma Yésica rispondeva e si difendeva per due.

A volte le sentivo litigare, perché Catalina rimproverava a Yésica il suo comportamento con me. Eppure se non si muovevano da casa mia era tutta colpa sua e della sua ostinazione a rifarsi le tette.

A me non importava un accidenti che trovassero o no il dottor Contento, o che riuscissero a convincere qualche trafficante a finanziare interventi di cui non avevano nessun bisogno. Volevo solo vederle sparire con quelle loro maledette valigie e riconquistare il mio territorio. Ci riuscii dopo ottantadue giorni, e soltanto grazie al fatto che arrivò la seconda bolletta telefonica, questa volta di un milione e 546 mila pesos, quasi il doppio della precedente. Nella fattura erano elencate 18 chiamate a Pereira, una delle quali di ben 78 minuti, 12 chiamate a Cartago, 14 a Montería, 7 a Cartagena, 25 a Tulúa, quattro in Spagna, tre negli Stati Uniti e una ventina sparse fra il Messico, Cuba e il Venezuela, oltre a 170 chiamate a cellulari.

Quello che non sapevo era che sulla base di quei numeri di telefono avrei potuto condurre una delle indagini sul narcotraffico più efficaci della storia senza nemmeno muovermi da casa. Lo capii soltanto quando certi nomi comparvero sui giornali, mettendo in grande agitazione le mie amichette. Erano proprio loro i capi che da due mesi e mezzo stavano aspettando con tanta ansia. Dopo averli rintracciati con complicati giri di telefonate, li chiamavano di continuo per sapere quando sarebbero tornati. Alcuni dei loro amici e sottoposti venivano addirittura a prenderle sotto casa mia per i loro festini del venerdì sera.

Non riuscivo a crederci. Mi prese il panico all'idea dei guai che avrei passato se la polizia le avesse fermate e avesse trovato il mio numero sui loro cellulari. Rischiavo, né più né meno, di perdere il seggio in parlamento e la mia reputazione di politico onesto, se non addirittura di finire in carcere per il più grave scandalo narco-politico degli ultimi dieci anni.

Fu allora che decisi, ormai al colmo dello stress, di chiamare mia madre e farla venire da me con tutta la famiglia. Dovevo assolutamente liberarmi di quelle due, prima di finire sui giornali e perdere la stima dei miei amici ed elettori.

Mia madre e mia sorella non si fecero pregare. Arrivarono con i miei due nipotini e dovettero affrontare una serie di dure ed estenuanti battaglie prima di vincere la guerra. Come avevo detto loro di fare, approfittarono di una mattina in cui le due ragazze erano a fare la posta al dottor Contento, raccolsero tutta la loro roba e misero le valigie in portineria. Io ero partito il giorno prima per l'isola di San Andrés con i miei due figli più grandi. Facendo un semplice calcolo, mi ero reso conto che se quelle due fossero rimaste in casa mia un altro paio di mesi, telefonando ovunque a tutte le ore del giorno e della notte come erano solite fare, le mie spese telefoniche sarebbero lievitate fino a raggiungere i tre milioni di pesos. Con la stessa cifra mi pagai la vacanza.

Il mercoledì, quando tornai da San Andrés, mia sorella mi corse incontro per darmi la notizia.

«Finalmente ci siamo riuscite! Le ragazze se ne sono andate!»

Non sapevo se esultare o mettermi a piangere. Provai un turbine di emozioni diverse e contrastanti. Tutto dentro di me era sottosopra. La gioia di saperle lontane si diluì subito nel dispiacere di non rivederle più, soprattutto Catalina. Ripensai con rimpianto a una notte in cui eravamo rimasti soli, nella speciale atmosfera di tensione che si crea fra un uomo in collera e una donna addolorata. Quella notte mi era comparsa in camera come un miraggio. Sorridente, anche se pallida e ansiosa, bella e disponibile. Da giorni non si respirava un'aria di tranquillità fra noi. Mi era appena arriva la bolletta da un milione e mezzo di pesos e non facevo più nulla per nascondere l'insofferenza che provavo nei confronti suoi e dell'amica. Yésica passava la notte chissà dove, la cosa non mi importava, e quindi nell'appartamento eravamo rimasti io e Catalina, soli, come ho detto.

Tutto era silenzioso, e quella quiete pareva destinata a protrarsi fino all'alba. Poi sentii aprirsi la porta della sua camera. Pensai che andasse in bagno, anche se mi parve strano, perché Catalina era di quelle persone che fanno sempre il possibile per non disturbare. Era tale la sua delicatezza, che se avesse potuto si sarebbe resa invisibile. Ma non ebbi molto tempo per domandarmi che cosa stesse combinando, perché cinque secondi dopo (i due che impiegò a raggiungere la mia porta più i tre che trascorse lì impalata in cerca di una scusa per disturbarmi), comparve nella mia stanza con il suo faccino da bambina, che lei ingenuamente credeva già adulto. Mi disse che aveva freddo, che aveva paura e non riusciva a dormire. Mi chiese se poteva rimanere a guardare la televisione con me. Nessun uomo al mondo le avrebbe detto di no.

Era scalza, e aveva addosso un baby-doll corto, bianco, come di seta, molto sensuale e insieme infantile, che lasciava trasparire le sue forme e scopriva la pelle abbronzata e liscia come quella di un frutto. Mentre camminava verso di me con passo dondolante, le dissi di sì. Era inevitabile dirle di sì.

Catalina arrivò in punta di piedi fino al mio letto e si infilò sotto le coperte, sdraiandosi con una timidezza che me la rese ancor più desiderabile. Le chiesi quale canale volesse vedere e non seppe rispondermi. Si limitò ad affondarmi il nasino freddo nel collo e a passarmi un braccio e una gamba intorno al corpo in un gesto di incommensurabile tenerezza. Non potei fare a meno di abbracciarla e cominciare a percorrerle la schiena con le mani aperte, sentendo fremere il suo corpo sotto i polpastrelli. Fu allora che mi offrì la sua bocca da baciare. Fu un bacio dapprima incerto, che presto divenne appassionato.

All'improvviso sentii la sua mano frugarmi e mi parve di essere in paradiso. Ma, proprio mentre cercava di abbassarmi i pantaloni del pigiama, mi resi conto dai suoi gesti meccanici che quello non era un incontro fra una donna innamorata, o quanto meno piena di desiderio, e un uomo innamorato, o quanto meno pieno di desiderio. Di sicuro Yésica, temendo un'imminente cacciata, aveva ordinato a Catalina di fare l'amore con me per rabbonirmi e prolungare così la loro permanenza in casa mia. L'insolita uscita solitaria di Yésica, quella sera, rientrava dunque in un piano volto a placare le mie ire e a ripagare con favori sessuali l'ospitalità e l'abuso della mia linea telefonica.

Per questo la fermai. Più che per avarizia (pensate a quanto mi sarebbe costata quella scopata), per un repentino crollo del desiderio.

Lei si stupì, forse perché sperava che nessun uomo potesse resistere ai suoi fianchi flessuosi e ai suoi glutei di marmo. Ma io dovevo fermarla. In primo luogo, perché ormai conoscevo la sua storia. Durante le lunghe ore notturne davanti al caminetto acceso mi aveva parlato del suo desiderio di farsi operare al seno, del fidanzamento con Albeiro, della delusione inflittale da El Titi, della sua prima volta con Cavallo sotto gli occhi di un cavallo, della sua rabbia quando Mariño si era offerto di comprare una verginità che lei non aveva più, della notte in cui aveva dovuto trasformarsi nella puttana numero uno di Pereira in dieci secondi netti perché Cardona la accettasse come amante, dell'avventura commerciale con il dottor Contento... Insomma, ormai sapevo abbastanza da indurmi a considerare una relazione con una come Catalina alla stregua di un suicidio. In secondo luogo, mi pareva umiliante che Catalina mi offrisse i suoi favori in cambio dell'accesso illimitato alla mia linea telefonica.

Vi assicuro che se avessi avuto un solo indizio, o anche il semplice sospetto, che la sua offerta potesse essere dettata da amore o desiderio, non l'avrei frenata così bruscamente.

Le domandai perché stesse facendo una cosa simile, e lei arrossì. Mi disse che le piacevo, e che non mi voleva vedere così serio. Sapeva che mi sentivo solo e non vedeva cosa ci fosse di male nel passare insieme un momento come quello. Le chiesi se sòltanto adesso si fosse accorta che le piacevo, dopo due mesi che viveva in casa mia e, guarda un po', subito dopo l'arrivo di quella astronomica bolletta. Catalina rimase zitta.

La spedii a dormire nel suo letto. Lei, dalla porta, balbettò che mi sbagliavo. Le dissi che lei mi piaceva, che la desideravo pazzamente e che da quando viveva in casa mia non avevo passato una sola notte senza immaginare di infilarmi nel suo letto e fare l'amore con lei. Ma in situazioni come quelle una ragazza perdeva per me ogni attrattiva. Se davvero io le piacevo, o mi desiderava, che venisse a cercarmi in un'altra circostanza, e me lo dicesse o me lo facesse capire, a condizione però che non abitasse più a casa mia, non dipendesse più da me, né stesse abusando del mio telefono. Altrimenti si sarebbe trattato solo di prostituzione infantile, anche se in quel momento credevo ancora che avesse sedici anni.

14

Albeiro

Venni a conoscenza della sua vera età la mattina in cui il citofono ruppe il silenzio del mio appartamento e il portinaio annunciò che un certo signor Albeiro Manrique voleva parlare con me. Risposi che non conoscevo nessuno con quel nome e tornai nel mio studio, dove stavo scrivendo un intervento sulla legalizzazione dell'aborto.

Dopo qualche secondo il citofono suonò di nuovo, ma questa volta il portinaio aggiunse che il signor Albeiro insisteva. Diceva che se non fosse riuscito a parlarmi con le buone mi avrebbe stanato con le cattive.

Io mi agitai moltissimo e pensai a due possibilità. La prima era che quel Manrique fosse un trafficante e venisse a farmela pagare perché vivevo con una delle sue donne. La seconda, che le autorità avessero scoperto qualche scandalo in cui ero coinvolto e si presentassero da me con un'orda di giornalisti al seguito. Entrambe le ipotesi erano abbastanza ansiogene da far impennare il mio livello di adrenalina, quindi corsi nel mio studio e consultai un vecchio giornale che avevo accuratamente conservato, per controllare se Albeiro Manrique comparisse nella lista dei ricercati dalla DEA. Non lo trovai, e temetti seriamente che la polizia fosse venuta ad arrestarmi per peculato o, addirittura, per corruzione di minore.

Pensai ai miei elettori, e poi pensai ai miei figli. Che cosa avrebbero pensato scoprendo che vivevo con due ragazze della loro stessa età? Andai di nuovo al citofono e pregai il portinaio, parlando sottovoce come se qualcun altro potesse essere in ascolto, di dire a quel Manrique che io non c'ero. Il portinaio mi spiegò che quel signore ora pareva più calmo e che voleva solo parlarmi della sua fidanzata, una certa Catalina. «Poteva anche dirlo prima...» gridai. Albeiro Manrique era il famoso fidanzato di Catalina, quello che lei era riuscita a ingannare la notte del suo quindicesimo compleanno, facendogli credere di essere ancora vergine.

Aprii la porta, e mi sforzai di far combaciare la figura che avevo davanti con l'idea che me ne ero fatto in base agli innumerevoli racconti di Catalina. Era un ragazzo giovane, sui ventitré anni, alto, magro, malvestito (sebbene lui non lo sapesse), con i capelli corti, le sopracciglia spesse, il sorriso timido e una pelle lungamente esposta al sole. Aveva con sé uno zaino e puzzava di autobus. Con quel suo volto fra il pallido e il terreo, mi si piazzò davanti ostentando un'aria di sufficienza. Mi puntò in faccia gli occhi tristi e mi tese una mano ruvida per annunciarmi, a voce troppo alta, chi era. Non senza educazione si scusò del disturbo, e mi spiegò che era molto preoccupato, e che aveva trovato il mio indirizzo sulla busta di una delle poche lettere che Catalina aveva scritto a sua madre.

Mi ringraziò perfino dell'ospitalità che offrivo alla sua fidanzata e mi disse che lui purtroppo non aveva modo di ripagare la mia gentilezza. Disse che Catalina parlava molto bene di me a sua madre, che le riferiva tutto quel che facevo per lei, cosa che mi parve un tantino eccessiva perché, a parte la prima settimana, io le avevo ignorate entrambe quasi completamente. Però lo lasciai parlare, quel ragazzo mi faceva pena. Sapevo quanto Albeiro fosse innamorato di Catalina e quanto lei l'avesse preso in giro.

Mi disse che amava Catalina e che non riusciva a vivere senza di lei. Che la ragazza l'aveva ridotto uno straccio, imponendogli condizioni assurde che lui aveva accettato pur di non essere lasciato. Albeiro aveva acconsentito a tutto, aggrappandosi a un filo di speranza. Io gli consigliai di smetterla di illudersi: non era sano amare qualcuno a quel modo, doveva affrontare Catalina e mettere in chiaro la situazione, se non voleva diventare pazzo.

Allora Albeiro propose timidamente di bere qualcosa insieme, poiché aveva bisogno di sfogarsi. Io accettai. Andò dritto al supermercato, da dove tornò con alcune lattine di birra. Mentre scolava la prima, mi chiese dove fossero in quel momento le ragazze, come si comportassero con me, e dove lavorassero. Tutte domande alle quali mi era impossibile rispondere. Per questo gli suggerii di aspettare il ritorno di Catalina e Yésica e di farsi spiegare tutto da loro.

Verso sera Albeiro aveva ormai bevuto parecchio. Rideva come un bambino, e mi diceva che era colpa sua se Catalina si era messa in testa di farsi operare al seno. Tutto era nato da una frase che aveva pronunciato una volta all'uscita da scuola.

«L'ho vista così carina» mi raccontò con gli occhi improvvisamente lucidi «che non ho pensato a quel che dicevo. E le ho detto che se solo avesse avuto un po' più di seno sarebbe stata la più bella ragazza di Pereira. Non volevo offenderla» aggiunse, senza riuscire a trattenere le lacrime.

Avrei voluto dire a Albeiro che non doveva preoccuparsi, né sentirsi in colpa, perché l'ossessione di Catalina obbediva ad altre ambizioni, ma preferii star zitto e tenermi fuori dalla questione. Se glielo avessi spiegato, e fossi riuscito a farglielo intendere, certo gli avrei tolto di dosso un peso tremendo, ma l'avrei anche ferito a morte, perché era chiaro che il poveretto non immaginava nemmeno lontanamente il tipo di vita che la sua fidanzata conduceva, le cose che aveva fatto e i sogni che la agitavano. Albeiro sarebbe stato pronto a giurare che Catalina era una ragazza innocente, completamente ignaro del fatto che il solo vero innocente, in quella storia, era lui.

In ogni caso finì la giornata ubriaco fradicio, e mi raccontò un mucchio di storie, alcune delle quali inverosimili, ma divertenti. Mi disse, per esempio, che quando si erano messi insieme, Catalina gli aveva imposto di attendere i suoi diciott'anni per avere il primo rapporto sessuale, ma che poi aveva ridotto di tre anni quell'attesa, e così lui aveva avuto la fortuna di farla sua meno di due mesi prima, proprio il giorno del suo quindicesimo compleanno.

«Era vergine e io sono stato il primo uomo nella sua vita» mi assicurò con orgoglio. Io, come ben si può capire, rimasi sbalordito tanto dall'età reale di Catalina quanto dalla sua incredibile abilità nel mentire.

Lo interruppi, atterrito: «E così Catalina avrebbe solo quindici anni?». La sola idea di aver corso il rischio, poche notti prima, di far l'amore con una bambina mi riempiva d'orrore.

Albeiro mi confermò con naturalezza che era così. La sua ragazza aveva appena quindici anni, e lui non vedeva quale fosse il problema. Certo, nessun problema, per un ragazzo come lui, ma in quel frangente presi la ferma decisione di cacciarla di casa. Credo, in definitiva, che fu la scoperta della sua vera età, e non l'ammontare della bolletta telefonica, a indurmi a chiamare la mia famiglia perché mi aiutasse a mandarla via.

Ma le sorprese non erano finite. Albeiro, nel suo stato di ebbrezza, mi confidò cose che non mi sarei mai aspettato da un ragazzo così semplice e timido, così inesperto della vita. Infatti era stato a letto con la madre di Catalina. E non una, ma più volte, l'ultima delle quali proprio il giorno prima.

Mi raccontò che era andato a salutarla e che il fratello della ragazza, aprendogli la porta, gli aveva detto che sua madre era in bagno. Albeiro aveva deciso di aspettarla seduto sul divano. Ma udendo lo scroscio della doccia, non aveva potuto fare a meno di immaginare l'acqua che cadeva sul corpo della donna. Aveva chiuso gli occhi e se la era figurata nuda. Fantasticava di baciarla sul collo e sui seni, indifferente all'acqua che gli bagnava i capelli e la camicia.

Nel frattempo, vedendolo semiaddormentato, il fratello di Catalina era uscito di casa senza salutarlo. Albeiro non se ne era neppure accorto. Era prigioniero della sua fantasia, ma proprio mentre si vedeva inginocchiato a bere dall'ombelico della donna, lo scroscio della doccia si era interrotto riscuotendolo da quel dormiveglia. Subito dopo la donna era comparsa, avvolta in un asciugamano che le copriva solo le parti intime. Non si era resa conto della presenza del ragazzo finché lui non le aveva rivolto la parola.

«Doña Hilda, sono venuto per avere notizie di Catalina...» le aveva detto. «Ho deciso di partire per Bogotá.» Poi aveva alzato gli occhi verso il suo corpo seminudo e aveva concluso: «Domani all'alba».

Doña Hilda aveva riconosciuto in quegli occhi lo stesso desiderio delle altre volte in cui lui l'aveva posseduta, e non aveva potuto fare altro che cedere.

«Vieni caro» aveva risposto. «Andiamo a parlare nella mia stanza, perché fuori potrebbe passare qualcuno e vedermi così.»

Albeiro aveva accolto quell'invito col batticuore. La donna, a sentir lui, era caldissima. Quand'era eccitata non sapeva resistere neppure a uno sguardo perché ormai da troppi anni le mancava un marito. Albeiro mi confidò che quello era stato il migliore dei loro incontri. Doña Hilda l'aveva spogliato affannosamente e l'aveva stretto contro il suo corpo nudo avvolgendolo in quell'asciugamano umido e caldo. Poi entrambi erano rotolati sul pavimento. Il ragazzo ricordava gli orgasmi di quella donna tanto più grande di lui come qualcosa di spaventoso e delizioso insieme. Mi raccontò, facendomi l'imitazione, che doña Hilda rimaneva senza respiro per qualche secondo, guardandolo come una moribonda che cerca di dire qualcosa, e conficcandogli disperatamente le unghie nella schiena.

Albeiro ammise perfino che dal giorno prima non sapeva se amasse di più la madre o la figlia, eppure si sforzava di considerare la sua storia con la signora una piacevole avventura alla quale gli dispiaceva rinunciare, ma dalla quale doveva sfuggire perché il suo solo vero desiderio era vivere con Catalina.

Quando finalmente le due ragazze rientrarono, l'amore di Albeiro per la futura suocera parve svanire come per incanto. Bisogna dire che la bambina, quel giorno, era davvero splendida. Albeiro la guardò un istante e poi le si avvicinò, stringendola fra le braccia con infinita dolcezza e rassegnazione. Dimenticò la predica che doveva essersi preparato e le disse soltanto: «Perché mi fai questo, tesoro mio?».

Catalina ricambiò quell'abbraccio guardandomi preoccupata. Poi fece di tutto per rispedire il ragazzo a Pereira col primo autobus. Se lo girava intorno al mignolo, quell'Albeiro. Faceva di lui quel che voleva con il ricatto dell'abbandono. In realtà lo amava, ma nemmeno lei sapeva quanto né perché.

Sta di fatto che appena riuscì a sciogliersi da quell'abbraccio, gli ingiunse: «E adesso te ne torni subito a casa, carino».

Il poveretto era attonito, e pieno di vergogna per la mia presenza. Riuscì a stento a balbettare qualcosa in difesa della sua dignità, ma Catalina contrattaccò.

«Se non te ne vai subito, fra noi è tutto finito.»

Non credo, da quel poco che ho avuto modo di conoscerla, che fosse del tutto sincera. Catalina avrebbe voluto Albeiro accanto a sé, ma sapeva che non aveva i soldi per pagarsi un albergo, e certo non osava chiedermi ospitalità anche per il fidanzato. Altrimenti di sicuro avrebbe fatto l'amore con lui tutta la notte, perfino nella stanza accanto alla mia, dalla quale io avrei potuto udire i loro gemiti.

E così Albeiro partì, deciso a cambiare la propria vita, a scuotersi di dosso le umiliazioni inflittegli da Catalina. Forse, pur rimanendo convinto di essere stato il suo primo uomo, aveva capito che lei non gli avrebbe mai concesso nulla di più. La vedeva sempre più distante, e non era disposto ad aspettarla né a sopportarla un secondo di più.

15

Il sogno si realizza

Non ho mai saputo dove si rifugiarono Catalina e Yésica il pomeriggio in cui mia sorella le cacciò di casa. La sola cosa certa è che nel giro di pochi giorni la loro sorte cambiò, in peggio, ma cambiò.

Si trovavano al solito bar davanti allo studio del dottor Contento, sfogliando una rivista, quando comparve la tanto attesa BMW 520 blu notte. Scattarono in piedi, pagarono di volata le consumazioni e corsero come matte verso il parcheggio.

Quando attraversarono la strada, il medico stava già varcando il portone. Si misero addirittura a gridare per fermarlo, invano.

Entrarono ugualmente nello studio, chiamandolo a gran voce. Si sarebbe detto che stessero annegando in pieno oceano e avessero avvistato il chirurgo a bordo di una scialuppa. A nulla valsero le minacce del portinaio, né le proteste della segretaria alla reception, né gli sguardi infastiditi delle pazienti in attesa. Catalina e Yésica fecero un tale chiasso che alla fine il dottore fu costretto a riceverle.

Proprio per la presenza di altre pazienti in sala d'attesa, Contento dovette gestire la cosa con discrezione e diplomazia, e non senza una buona dose di irresponsabilità.

«Ma te l'ho detto che ti opero! Non devi fare altro che prenotare...» disse a Catalina in tono sicuro, prima che lei lo rimproverasse pubblicamente di aver abusato di lei. Contento aggiunse che era felicissimo di rivederle e che se non le aveva chiamate prima era solo perché era rientrato proprio allora dal suo viaggio.

Catalina non sapeva se credergli o no, ma come sempre cedette alle illusioni e finì per abbracciare Yésica con le lacrime agli occhi.

«Hai sentito, tesoro? Mi opera!»

La signorina della reception era molto perplessa. Sapeva che Catalina non era stata sottoposta ad alcun esame preliminare, ma le fissò ugualmente l'intervento, pur di ristabilire la pace nello studio.

Dieci ore più tardi, una volta che tutte le altre pazienti se ne furono andate, Catalina venne messa su una lettiga e portata in sala operatoria. Lì la aspettava il dottor Contento. Era esausto, e il suo volto pareva ancora più terreo sotto la cuffia chirurgica verde. Non era affatto sicuro di quel che stava per fare, ma non aveva alternative. Teneva troppo alla sua tranquillità, e anche alla sua integrità fisica. Ultimamente negli sguardi di Catalina aveva colto lampi di autentica furia omicida.

La ragazza gli domandò se l'operazione fosse dolorosa. Lui non le rispose neppure. Doveva essere parecchio preoccupato. Per la prima volta si trovava a operare senza sapere se la paziente soffrisse di allergie, se avesse problemi di coagulazione o fosse affetta da qualche malattia. L'anestesista, non volendosi assumere alcuna responsabilità, se ne era andato a casa. Contento era stato costretto a chiamarne un altro, e a ingannarlo mostrandogli la cartella clinica di un'altra paziente. Così Catalina fu sedata senza alcuna precauzione, mentre Yésica, in corridoio, ogni cinque minuti si informava circa l'andamento dell'operazione. Ciò che più temeva, nel caso in cui Catalina fosse morta, era dover tornare da sola a Pereira, dove sarebbe stata costretta a dare la terribile notizia a doña Hilda e a Albeiro. Naturalmente non poteva sapere che i due stavano ormai pensando a una vita insieme e che in fondo, per loro, la notizia della morte di Catalina sarebbe stata una liberazione. Di fatto la sola cosa che frenava Albeiro nella sua nuova passione era l'idea di diventare patrigno di Catalina. L'inattesa e torrida storia d'amore fra lui e doña Hilda si faceva ogni giorno più intensa e minacciava di trascinarli verso un finale tragico.

Yésica continuava a tempestare di domande la signorina della reception: «Ma quando esce? È già uscita? Com'è andata? Sta bene? È sicura che stia bene? Ma le tette gliele hanno messe? Non le sarà mica successo qualcosa? Quanto tempo dovrò aspettare ancora? Non sarà mica morta, per caso?»

L'impiegata, seccatissima, la fulminò con lo sguardo. «Ma perché non si siede e non cerca di calmarsi?» sibilò.

Tre ore più tardi Catalina fu trasferita nella camera di degenza postoperatoria. Non si era ancora svegliata, ma i suoi seni erano decisamente più grandi. Il dottor Contento andò a dare la notizia a Yésica, che dormiva anche lei, tremante di freddo, rannicchiata sul divano della sala d'attesa.

«Bene, cara, adesso la sua amica ha due tette come due meloni!» annunciò.

Yésica se ne rallegrò come se quel seno fosse suo. Si alzò, abbracciò il dottore e pianse per l'emozione. L'odissea di Catalina era finita.

A dire il vero, quella sera il dottor Contento se ne andò a casa assai impensierito, perché non aveva la minima idea di come avrebbe reagito il fisico della paziente. Yésica, sulla porta, lo implorò di lasciarle vedere, solo per un secondo, la sua amica del cuore, ma lui, inflessibile, glielo proibì e la costrinse a uscire insieme a lui.

Il mattino, aprendo lentamente gli occhi, Catalina si trovò davanti il volto dell'amica illuminato dal sole che filtrava fra le stecche delle veneziane.

«Ce l'hai fatta, tesoro» disse Yésica «adesso ce le hai belle grosse anche tu.»

Catalina sorrise debolmente, sussurrando, con le poche forze che riuscì a trovare: «Come mi stanno?».

«Bene. Questo dottore ha operato metà delle miss e delle modelle del Paese. Come potrebbe sbagliare? Che poi sia uno stronzo e un bugiardo, non vuol dir niente...»

«Ma ne sarà valsa la pena?» chiese improvvisamente incerta Catalina.

Yésica le rispose con una domanda: «Tu cosa credi, bambina?».

Catalina sorrise con più tranquillità e richiuse gli occhi.

Il giorno dopo, non appena si sentì abbastanza forte per alzarsi da sola e camminare fino al bagno, andò allo specchio, si tolse la camicia da notte di carta che le avevano messo, e rimase per una buona mezz'ora a osservarsi il busto con stupore.

«Ce l'ho fatta» si disse, e cominciò a fantasticare.

Si immaginò mentre scendeva le scale mobili di un centro commerciale carica di acquisti, con incollata addosso una canottierina che la esponeva agli sguardi di decine di uomini sbalorditi dalla sua bellezza. Si immaginò seminuda sulla copertina di una rivista. Immaginò il suo ingresso a una festa di narcotrafficanti con un vestito da sera dalla profonda scollatura, e le reazioni di El Titi e Cardona. Si immaginò nuda fra le sue quattro amiche, nel camerino di una sfilata.

E tuttavia i suoi seni erano ancora avvolti in un bendaggio che la faceva somigliare più a una mummia egizia che a una splendida fotomodella. Ma ormai lei sapeva che c'erano, e la sola idea la esaltava.

Due settimane più tardi, quando il periodo postoperatorio stava volgendo al termine, il dottor Contento la chiamò per riscuotere l'ultima rata del suo compenso in natura. La portò con sé a Girardot per il fine settimana, e la restituì a Yésica la domenica sera, con il fermo proposito di non rivederla mai più. E faceva bene ad augurarsi di non rivederla, considerato come sarebbero andate le cose.

Nel frattempo, El Titi, Clavijo e Mariño stavano seriamente valutando la possibilità di rientrare nel Paese. Pareva che le maglie della giustizia si fossero finalmente allentate. La finanza, stanca di perseguitarli, si era accontentata di sequestrare, soprattutto a Cardona e a Morón, un certo numero di ville sontuose, proprietà terriere, appartamenti, aerei, yacht, motoscafi, stazioni di benzina, concessionarie d'auto, centri commerciali e perfino spiagge private, per un valore prossimo a un miliardo di dollari. Questa perdita aveva inciso in misura trascurabile sul patrimonio dei boss, perché il grosso della loro fortuna, pari a circa trenta miliardi di dollari, si trovava al sicuro, depositato su conti bancari segreti a Panama, in Svizzera e nelle Isole Cayman.

Morón e Cardona rimasero nei loro rifugi dorati, ma pretesero che El Titi e Clavijo rientrassero in Colombia in avanscoperta. El Titi tornò alla sua vita di prima, ricomparendo nelle discoteche e nei migliori ristoranti di Pereira in compagnia di Marcela. Assistette perfino a un paio di partite di calcio del Deportivo Pereira. Tutto sembrava filare liscio, perché nessuno lo disturbava e lui poteva fare tranquillamente la spola fra le zone di produzione della droga e le roccheforti di immagazzinamento e distribuzione.

Ma qualcosa stava cambiando. In seguito alla fuga dei grandi boss, i subalterni e i soci strategici, così come parecchi opportunisti, si erano dati da fare con ogni mezzo per accaparrarsi una fetta del mercato. Centinaia di pesci piccoli, rimasti senza un capo, accarezzavano l'idea di mettersi finalmente in proprio. Si profilava un'ulteriore frammentazione dei cartelli di produttori, distributori ed esportatori di cocaina. Secondo il calcolo di un colonnello della polizia di Cali, in quel periodo erano spuntate in tutto il Paese quasi quattrocento organizzazioni clandestine indipendenti, il che rendeva ancora più difficile la lotta al narcotraffico.

Allora giunsi a pensare, anche se mi guardai bene dal dirlo in pubblico, che la depenalizzazione fosse l'unica via d'uscita. Ma qualche trafficante telepatico dovette intuire i miei pensieri, e mi fece chiaramente intendere che se mai avessi sostenuto apertamente certe idee avrei rischiato seriamente la pelle. Quel mezzo migliaio di microcartelli, costituiti dagli ex fedelissimi dei grandi capi, non impiegò molto ad arricchirsi e a montarsi la testa. Ciascuno dei nuovi piccoli boss faceva quel che voleva, e l'epoca del narcotraffico dal profilo basso finì. Tornarono le eccentricità, il disordine, la guerriglia all'ultimo sangue per le strade, le delazioni, i tradimenti e, soprattutto, la violenza. Nei piccoli paesi come nelle grandi città la morte tornò a essere una faccenda di ordinaria amministrazione e, quel che è peggio, la gente ci si riabituò con assoluta indifferenza.

I conflitti fra cartelli si aggravarono ulteriormente quando si diffuse la notizia esplosiva della cattura di Cardona a Cuba. Il povero Cardona, pronto ormai a rientrare in Colombia in seguito ai rapporti rassicuranti di El Titi, venne fermato all'aeroporto dell'Avana e immediatamente estradato. Le conseguenze del suo arresto si fecero presto sentire. I grandi boss temevano che potesse negoziare la pena con le autorità statunitensi in cambio di delazioni; i piccoli cartelli accelerarono il loro distacco dalle grandi organizzazioni; e i grandi cartelli fecero di tutto per richiamarli all'ordine. Ma ormai era troppo tardi. L'arroganza dei nuovi capetti cresceva a velocità sbalorditiva e il successo delle loro operazioni faceva saltare le vecchie gerarchie.

Il colpo decisivo ai grandi capi come Morón era stato sferrato, e nessuno ormai era disposto a rinunciare al gusto di riempirsi le tasche senza chiedere il permesso a un boss o a un'organizzazione. E intanto il numero delle vittime cresceva.

Quando Yésica e Catalina appresero della cattura di Cardona, ne furono sinceramente addolorate. I narcos rappresentavano tutto per loro. Erano dei Robin Hood che combattevano lo Stato, i politici, la Chiesa, la polizia, i professori di scuola. Tutto il sistema, insomma. E le due ragazze pensavano che facessero tutto questo per loro. Ecco perché piansero e pregarono per El Titi, sperando che almeno lui la facesse franca.

Evidentemente quelle preghiere furono ascoltate, perché nel giro di pochi giorni El Titi si fece vivo per telefono. Esultanti come se parlassero con il Salvatore in persona, le ragazze gli diedero appuntamento per la settimana successiva, in modo che Catalina potesse mostrargli la sua nuova carrozzeria.

Si incontrarono in una mattina di cielo coperto, al settimo piano di un anonimo edificio nella zona nord di Bogotá, dove il loro amico, ora numero due dell'organizzazione, viveva in clandestinità.

A El Titi bastò vedere Catalina col seno rifatto per perdere il lume della ragione. Non sapeva come dirle che ora sì, era una ragazza davvero fantastica, ora sì che la voleva, certo non per mettersi con lei, ma almeno per una notte. Senza spegnere la sigaretta, e senza smettere di fissare quel seno prorompente, chiese a Yésica se potesse averla già per quella sera. Yésica rispose che il periodo postoperatorio non era ancora finito, ma che gliel'avrebbe lasciata a condizione che non gliela strapazzasse troppo. El Titi si impegnò addirittura a non toccarle, quelle tette: gli bastava poterle guardare.

Catalina, che da tempo moriva dietro a El Titi, o piuttosto dietro al profumo dei suoi dopobarba, accettò l'ingaggio, fantasticando di ascoltare presto dalle sue labbra una poesia d'amore e di sentirsi chiedere se voleva essere la sua donna. Malgrado tutti i drammi e le difficoltà che avevano accompagnato la sua vita fin dall'infanzia, sognava ancora il principe azzurro con il cavallo bianco che l'avrebbe salvata.

Ma quella notte le cose non andarono come Catalina aveva sperato. Per prima cosa El Titi le chiese di togliersi la camicetta per poterla guardare con comodo mentre rispondeva a una telefonata della sua donna, che durò ore. All'alba, quando la chiamata si concluse, Catalina giaceva ormai semiaddormentata su un divano, e lì rimase, non osando raggiungere il letto, finché El Titi non andò a riscuoterla per dirle che doveva andarsene. La sua ragazza stava atterrando a Bogotá e i suoi uomini erano già partiti per andarla a prendere all'aeroporto.

Uscendo dal palazzo, Catalina ne annotò con cura l'indirizzo, con il segreto proposito di far pagare a El Titi tutte le umiliazioni che le aveva inflitto. Prima per via delle tette piccole, ora per via di quelle grosse. Poi raggiunse Yésica a casa del nuovo amico di cui entrambe erano ospiti, un certo Ismael Sarmiento, apprendista trafficante di Cali che non aveva avuto problemi a lasciar loro l'appartamento che lui usava saltuariamente quando si trovava nella capitale.

Nelle settimane che seguirono, Yésica si diede più che mai da fare per trovare all'amica un fidanzato nel mondo del narcotraffico. Per tre interi mesi la ragazza fu travolta da una girandola di incontri in ville e appartamenti di gran lusso, bunker superdifesi, spiagge esclusive e camere d'albergo. Nessuno dei piccoli trafficanti che godeva delle sue grazie, però, contemplò mai la possibilità di farne la propria donna ufficiale. E questo perché la doppia morale cui religiosamente si attenevano impediva loro di legarsi a una ragazza, per quanto giovane, bella e formosa, dedita alla prostituzione.

Non mancarono le visite a una mezza dozzina di detenuti in attesa di estradizione, reclusi in diversi carceri di massima sicurezza. A volte le ragazze si facevano passare per le figlie dei detenuti, altre, addirittura, per semplici amiche. Una volta in cella, si dedicavano ad alleviare le ansie di quei poveretti. Non di rado, quando i narcos in disgrazia richiedevano i servigi di una modella o di un'attrice o di una di queste ragazze Prepagate, ne riprendevano di nascosto le prestazioni, per goderne più tardi insieme agli altri reclusi. Sta di fatto che l'immagine delle nuove tette di Catalina divenne celebre all'interno di due o tre fra le più importanti prigioni del Paese.

In quei lunghi mesi la ragazza, sorridente e realizzata, passò per i letti dei principali trafficanti di Cartago, Pereira, Medellín, Cali, Bogotá, Villavicencio, Montería, Cartagena, Girardot, La Picota, La Modelo e Cómbita. Fu invitata diverse volte in Messico, ma ogni volta le fu negato il visto, anche se erano decine le ragazze che raggiungevano i narcotrafficanti all'estero con il pretesto di partecipare a sfilate e a servizi fotografici.

Con le tette nuove, che le meritarono un posto di spicco fra le preferite dei narcos, Catalina viaggiò per tutto il Paese, in auto, in aereo, e perfino in elicottero, come la notte in cui atterrò con altre undici ragazze in un'azienda agricola di Montería.

Vide di tutto, in quel periodo. Quello che le avevano raccontato, quello che aveva solo immaginato e perfino quello che non aveva mai pensato possibile: uomini che possedevano dodici auto di lusso, scorte numerosissime, case di ventiquattro stanze, sale da pranzo da trentasei posti, servizi da tavola da millecinquecento pezzi, piste di atterraggio coperte da vegetazione mobile, yacht, motoscafi, intere stanze piene di armi, cucine con frigoriferi a tre ante colmi di prelibatezze d'importazione.

Vide valigie piene di mazzette di dollari, feste che duravano cinque giorni consecutivi, sculture in bronzo di dimensioni monumentali; vide garage rivestiti di marmo, statuette dei santi e della Madonna in oro massiccio, piscine dipinte a mano di tutti i colori del mare, purosangue più costosi di una Rolls-Royce o di una Ferrari, proprietà terriere i cui confini si estendevano oltre l'orizzonte.

Senza nemmeno apprezzarle, vide opere di Miró, Dalí, Botero e di tanti maestri latinoamericani e internazionali, perfino un Picasso, trovato mesi dopo dalla polizia nel box di Holgazán, il cavallo prediletto di un potente boss di Valle del Cauca.

Incontrò, con enorme stupore, stelle della televisione e della musica leggera che idolatrava da sempre, politici cui aveva sentito pronunciare discorsi inneggianti all'onestà e alla giustizia sociale, modelle e attrici i cui poster soltanto un anno prima avevano tappezzato la sua stanza. Conobbe colonnelli e generali che vivevano in cordiale amicizia con i più inafferrabili criminali, e perfino funzionari pubblici dal sorriso mediatico, avidi di fondi per le loro future campagne elettorali. Ballò a feste di compleanno dove i più importanti gruppi nazionali e stranieri e i divi che conosceva attraverso le copertine dei dischi suonavano a meno di tre metri da lei.

Vide scorrere fiumi di alcol, chili di droga d'ogni genere, e tonnellate di squisitezze dai nomi impronunciabili destinate a finire nei secchi della spazzatura prima che nelle bocche degli invitati. Assistette a scommesse milionarie su partite di calcio e di baseball, concorsi di bellezza, corse automobilistiche, e qualsiasi altra cosa su cui era possibile scommettere. Conobbe stregoni, occultisti, lettori della mano e dei tarocchi, maghi bianchi e maghi neri, fattucchiere, zingare, indigene dai poteri paranormali e perfino famosi indovini della televisione, perché i narcotrafficanti, sempre insicuri del loro destino, li consultavano per sapere dove e con chi venivano cornificati dalle loro donne.

Vide armi di tutti i calibri e di tutte le marche. Conobbe i trafficanti più ricercati dalla DEA, e si prese il gusto di farsi venire a prendere da loro fin sulla porta di casa.

Visse un periodo di lussi sfrenati e di sprechi faraonici, e quello fu per lei il momento più bello della vita, il coronamento di tutti i suoi sogni. Riusciva a crederci a stento e intanto accarezzava l'idea di una nuova operazione al seno, per averlo ancora più grande, come se la sua vita potesse fare un altro balzo in avanti grazie all'intervento di un chirurgo.

Si sarebbe detto che avesse tutto, ma c'era una cosa che ancora desiderava e non riusciva a ottenere: il visto per gli Stati Uniti. E così quel pezzo di carta divenne la sua ossessione, come un tempo le protesi al seno. Ma in questo caso il denaro dei trafficanti era inutile.

Catalina cercò di ottenere il visto con ogni mezzo, pur sapendo che era stato negato perfino alle mogli e alle fidanzate ufficiali dei trafficanti. Ordì una strategia complicatissima, fatta di bugie, contratti di lavoro falsi ed estratti conto gonfiati, per dimostrare ai funzionari dell'ambasciata che doveva assolutamente recarsi negli Stati Uniti. Ma quel che non poteva dimostrare in alcun modo era che sarebbe tornata indietro. Catalina rappresentava il prototipo della ragazza colombiana che approfitta di un viaggio negli Stati Uniti per restarci, e questo gli americani non potevano permetterlo. Giovane, carina, senza un marito, senza figli, senza un titolo di studio, senza genitori dotati di visto, senza raccomandazioni politiche, senza motivi particolari per entrare nel Paese se non l'invidia per le modelle che erano riuscite ad arrivarci, Catalina aveva zero possibilità di realizzare il suo nuovo sogno.

Questa era la sua più grande frustrazione. Avrebbe dato la vita per poter ballare nelle grandi discoteche di Miami, per partecipare agli *after hours* più esclusivi, per fare acquisti nelle grandi *shopping malls* di Fort Lauderdale e pattinare lungo i boulevard che costeggiano le spiagge della Florida, mescolandosi ai grandi attori e alle modelle più famose.

Sebbene il visto le fosse negato perché non era in grado di dimostrare che sarebbe tornata in Colombia, Catalina non mentì quando disse al funzionario che disponeva di denaro a sufficienza per andarsene. Aveva veramente un mucchio di soldi. Quando andava al ristorante ordinava almeno tre piatti dal nome sconosciuto, per poi scoprire che non le piacevano e rimandarli indietro pressoché intatti. Era diventata una consumatrice compulsiva. Spinta dall'ansia, comprava di continuo cose che non le servivano: vestiti che non provava nemmeno e che non avrebbe mai indossato, aggeggi per la casa che non sapeva usare né avrebbe mai usato. Ma non tornava mai a cambiare gli acquisti sbagliati, preferiva regalarli o buttarli. Una volta comprò addirittura un set per la pittura a olio, completo di tele e pennelli, solo perché quel giorno le era venuto in mente che le sarebbe piaciuto diventare un'artista.

Usava il denaro anche per fare regali a sua madre, a suo fratello, al fidanzato, alle amiche. Quando tornava a casa, le madri delle altre ragazze si affacciavano sulla porta per vederla scendere da auto lussuose ogni volta diverse. Attorno alla vita che conduceva proliferavano pettegolezzi velenosi, anche se tutti non desideravano altro che essere nei suoi panni.

Doña Hilda usciva a riceverla con gioia, mentre Bayron si limitava a toglierle di mano la borsetta, che poi, chiuso nel bagno, esaminava con cura appropriandosi di tutto quel che aveva valore. Le lasciava solo la carta d'identità falsa, dalla quale risultava maggiorenne. Sui documenti, Catalina aveva scelto di chiamarsi Catalina Ahumada. Fregiandosi dello stesso cognome delle donne che più invidiava, sperava che qualcuno la scambiasse per loro parente.

Albeiro, ormai, guardava la sua elegantissima fidanzata con gli occhi spauriti di un ragazzino di fronte a una stella del cinema. La sentiva molto lontana e provava quasi soggezione nel salutarla.

In realtà Catalina lo amava ancora, e pur essendosi abituata a fare a meno dei suoi baci, era più che disposta a rispolverare il loro rapporto con una notte di sesso ogni quindici o venti giorni, rito al quale Albeiro si prestava senza difese e senza condizioni, ricascandoci ogni volta.

Doña Hilda, sempre più gelosa di quelle sessioni quindicinali che di solito cadevano di martedì pomeriggio, si consumava nel dolore fino al mercoledì mattina, quando Catalina compariva in cucina per scolare un caffè prima della partenza per le Isole del Rosario o per Valle del Cauca, dove la attendeva la solita festa sontuosa.

Un mercoledì, doña Hilda, vedendola come sempre separarsi da Albeiro con raffiche di baci appassionati, abbracci interminabili e carezze da brivido, non resistette e intervenne.

«Guarda che farai tardi» le disse, fremendo dall'esasperazione. Catalina si fece seria, avvertì in qualche modo la gelosia di sua madre e replicò, stizzita, che lei non aveva nessuna fretta.

Doña Hilda non riuscì a trattenere le lacrime e corse in camera, dove si buttò sul letto affondando la faccia nel cuscino. Questa reazione insospettì molto Catalina, che avrebbe voluto correrle dietro per ottenere una spiegazione. Albeiro la trattenne. Le disse che sua madre soffriva vedendola partire, perché non poteva fare a meno di lei. Catalina non gli credette del tutto, ma provò pietà per doña Hilda ed evitò di andare a disturbarla. Uscì e diede un ultimo profondo bacio a Albeiro nel giardinetto davanti a casa. Bacio a cui doña Hilda assistette dalla finestra della sua stanza, odiando la figlia al punto che, colta da un raptus, strappò rabbiosamente una foto in cui Catalina, da piccola, sorrideva seduta accanto a Bayron.

Quando Albeiro entrò nella stanza dove lei piangeva ancora a dirotto per la rabbia e per la vergogna, doña Hilda alzò il volto rigato di lacrime e gli gridò di andarsene per sempre. Albeiro le spiegò in mille modi che nulla di quel che era successo era colpa sua, ma lei non volle sentire ragioni. Gli gettò addosso tutto quel che le venne sottomano, quadri, vasi, bicchieri, posacenere, inseguendolo fin sulla porta.

Quando riuscì a cacciarlo di casa, gli gridò di non farsi vedere mai più, oppure di tornare portando con sé tutte le sue cose, per fare di lei la donna della sua vita, sfidando Catalina e i pregiudizi della gente, senza temere la reazione di Bayron, e con la seria intenzione di darle un nuovo figlio.

16

Da fidanzato a patrigno e... da miss a vicemiss

Tre giorni dopo, vinto dal desiderio di stare con doña Hilda, Albeiro comparve sulla porta di casa sua con armi e bagagli. Oltre ai vestiti, aveva preso con sé i telai serigrafici che usava nel suo lavoro, un lettore CD portatile sporco di colore e un camioncino di plastica che era stato il suo unico giocattolo da bambino. Hilda lo accolse con un gran sorriso e lo abbracciò felice, sebbene fosse piena di paura. Temeva soprattutto la reazione di Bayron, al quale non aveva ancora detto che il fidanzato di Catalina rischiava di diventare suo patrigno.

Tutta presa dal successo, Catalina non aveva sentore di quel che stava accadendo in casa sua. In quel periodo tutte le sue energie erano concentrate sulla proposta di uno dei suoi amanti, un trafficante di nome Marcial Barrera, che pensava di farla partecipare a uno dei più importanti concorsi di bellezza del Paese con l'assoluta certezza della vittoria. Barrera si era innamorato di lei, ed era disposto a offrirle il suo aiuto incondizionato.

Non che quel concorso godesse di buona fama. Si sapeva che era truccato e che difficilmente lo vinceva la ragazza più bella, o quella che sapeva meglio sfilare in passerella, ma piuttosto quella che godeva dei più solidi appoggi economici. Catalina decise di gareggiare ugualmente, in rappresentanza della regione di Risaralda, di cui Pereira è capoluogo. Purtroppo Bonifacio Pertuz, l'organizzatore dell'evento, la informò che si era già iscritta un'altra concorrente di quella regione. Catalina avrebbe potuto partecipare in rappresentanza di Putumayo, di

Amazonas o di Guainía. Ingenuamente, Catalina obiettò che non era nata in nessuna di quelle regioni né aveva un solo parente che vivesse lì.

«Ma tu credi che a qualcuno interessi da dove vengono le miss?» le rispose con sufficienza Pertuz.

Alla fine Catalina accettò di gareggiare per la regione di Putumayo, dove non era mai stata in vita sua, assecondando la sua incorreggibile tendenza a prendere tutto come veniva.

E così, quando Marcial Barrera le confermò che aveva intenzione di farle vincere a ogni costo la coroncina di miss, Catalina cominciò a prepararsi col massimo impegno, sebbene in realtà non ne avesse alcun bisogno. Ma lei voleva assicurarsi che lo scandalo della sua elezione, se mai fosse scoppiato, non potesse scalfire la sua immagine. Voleva soprattutto dare l'impressione di meritarselo, quel premio, anche se le era stato comprato in anticipo da un vecchio narcotrafficante ormai in declino, tanto negli affari quanto nella vita, che si era preso una tremenda cotta per lei.

Per dissipare ogni dubbio circa i suoi meriti di reginetta di bellezza, Catalina andò religiosamente in palestra tutti i giorni, eliminò farinacei e zucchero dalla dieta e si mise a mangiare ananas a colazione, pranzo e cena. Con il denaro fornitole da Barrera in grandi quantità, si fece fare di tutto: liposcultura, liposuzione, microdermoabrasione, laserterapia. Si fece depilare le sopracciglia. Si fece fare un tatuaggio sul coccige. Si espose ai raggi UVA per venti giorni di seguito. Si fece tingere i capelli quattro volte, seguendo i consigli di quattro amiche diverse, per poi presentarsi al concorso con lo stesso colore di capelli che aveva in partenza.

Ma a nulla sarebbero valsi gli sforzi e il denaro investiti in quella metamorfosi. Quando venne il giorno della gara, Catalina scoprì con orrore che tra le undici concorrenti (del tutto simili a lei quanto a caratteristiche fisiche e livello culturale), le rappresentanti di Valle e di Antioquia, innegabilmente più vistose, si erano già guadagnate le simpatie del pubblico. Questo la riempì di rabbia e di frustrazione, che il suo amante e sponsor tentò di placare con sorrisetti e frasi del tipo: «Stai tranquilla, tesoruccio, tanto lo sai che hai già vinto in partenza. Di cosa ti preoccupi?».

C'era una cosa però che Catalina non sapeva, e di cui perfino Barrera era all'oscuro. Anche il fidanzato della concorrente di Valle era ricchissimo, e aveva la ferma intenzione di far vincere il titolo di miss alla sua ragazza, tanto da essere disposto a firmare un assegno a sette zeri. Poco prima del concorso l'immagine della ragazza era comparsa all'improvviso dappertutto, su cartelloni giganteschi, magliette, berrettini, penne a sfera, volantini e ogni genere di gadget promozionali. Alla fine Pertuz aveva ceduto, naturalmente senza informare Catalina né Barrera del grave sgarbo.

La sera della finale, al momento dell'incoronazione, il maestro di cerimonie lesse il verdetto emesso dalla giuria e cinse del nastro di miss Valentina Roldán, della regione di Valle.

Un improvviso vuoto allo stomaco impedì a Catalina di reagire. Il suo viso si trincerò dietro a un sorriso falso.

Chi invece sapeva perfettamente come reagire di fronte a un così grave affronto era Marcial Barrera, che sfoderò la pistola e si mise a sparare all'impazzata seminando il panico fra il pubblico, la giuria, le concorrenti, gli organizzatori e i giornalisti. La scena fu spaventosa, tanto che fu necessario corrompere la stampa e la polizia affinché la notizia di quel parapiglia non venisse diffusa.

Catalina riuscì soltanto a precipitarsi in lacrime verso la sua stanza d'albergo. Lì la raggiunse il suo amante, vantandosi dell'incidente da lui creato per vendicare il suo onore. Alla fine, vedendo che non riusciva a placare i singhiozzi di Catalina, il vecchio sentenziò: «Tranquilla, piccola, che non finisce qui... Piangi pure, ma sappi che non finisce qui».

Aveva già le idee chiare sul da farsi.

Quando Bonifacio Pertuz gli restituì, con una lettera di scuse, i quaranta milioni di pesos da lui versati per comprare la vittoria, Marcial strappò la lettera, regalò i soldi a Catalina e ordinò ai suoi sicari di uccidere Pertuz.

Il patron del famoso premio di bellezza fu trovato morto qualche tempo dopo lungo la strada che portava alla sua villa, legato mani e piedi, con la fronte perforata da un proiettile. Un cartello, il cui palo gli era stato conficcato in bocca, recitava: «Ho mancato alla parola data».

Catalina accolse con gioia la notizia di quella morte. Subito dopo, con un brivido, si vergognò dell'emozione provata. Marcial Barrera, che stava seguendo con lei il servizio al telegiornale, commentò soddisfatto: «Se lo meritava, quel figlio di puttana».

Poi le stampò un bacio su entrambe le cosce.

«Un altro regalino alla mia reginetta!» concluse.

Quel venerdì mattina, con i quaranta milioni di pesos nella sua nuova borsetta di coccodrillo, e facendo mentalmente conti per tutta la strada, Catalina tornò a casa. Volendo fare una sorpresa, non aveva avvertito nessuno.

Arrivò completamente trasformata, con un paio di enormi occhiali da sole a coprirle metà della faccia, a bordo di un elegante SUV nuovo di zecca che Marcial Barrera aveva messo a sua disposizione.

Quando doña Hilda e Albeiro udirono l'inconfondibile richiudersi di una portiera e, lui nudo, lei con un asciugamano avvolto intorno al corpo, si affacciarono alla finestra e trasalirono dallo spavento. Fecero appena in tempo a sparire, doña Hilda nel bagno; Albeiro nella saletta che era stata teatro del loro ultimo amplesso. Bayron, dal canto suo, mancava da casa dalla sera precedente, quando se ne era andato gridando che non sopportava più di dover trattare l'ex ragazzo di sua sorella come il padrone di casa.

Catalina bussò più volte senza ottenere risposta, mentre le vicine, come al solito, spiavano la scena con sguardi maligni e compiaciuti. Poi, stanca di aspettare, la ragazza lanciò un sassolino contro i vetri proprio nel momento in cui sua madre, con la faccia stravolta, le apriva la porta.

Fin dal primo momento, Catalina capì che qualcosa non andava. Lei e doña Hilda si salutarono freddamente, con un bacio sulla guancia e un paio di frasi nervose.

Catalina non si raccapezzava: per la prima volta Bayron non era corso a toglierle di mano la borsetta. Questo era senz'altro un bene, vista la somma che aveva con sé, ma la riempiva di una strana malinconia.

Doña Hilda, intanto, lanciava sguardi furtivi tutt'intorno. Temeva che qualche indumento suo o di Albeiro potesse essere rimasto in giro a tradirla. Le sue poche, incerte parole accrebbero i dubbi di Catalina, che alla fine decise di prendere il toro per le corna e le chiese il motivo di quell'agitazione.

Doña Hilda, sull'orlo dell'infarto, le rispose con una domanda: «Lo sai che di là c'è Albeiro?».

Quel poco di ingenuità che le rimaneva bastò a Catalina per rallegrarsi della presenza del suo ragazzo. Andò a cercarlo con entusiasmo, senza domandarsi come mai si trovasse lì. Mentre correva verso la sua stanza, doña Hilda la avvertì che Albeiro era nel bagno. Di lì lui la salutò gridando, e intanto finiva di infilarsi le mutande, per altro alla rovescia.

Quando Albeiro uscì dal bagno, doña Hilda andò a chiudersi in cucina per non dover assistere al loro abbraccio, di solito accompagnato da baci, prima innocenti e poi sempre più focosi. Ma questa volta il suo amante si mostrò assai tiepido verso la fidanzata. Questo colpì moltissimo Catalina, che non si era mai vista trattare in quel modo da lui.

Per la prima volta Catalina temette sul serio che qualcosa fosse finito per sempre, specie quando notò le cose di Albeiro sparse per tutta la casa: i telai per la serigrafia, i colori per stampare le magliette, il lettore CD, gli abiti stesi ad asciugare, e perfino il camion giocattolo che gli avevano regalato da bambino.

Albeiro e doña Hilda non sapevano che pesci pigliare. Alla fine, vedendosi alle strette, balbettarono che Albeiro si era trasferito lì perché le forti piogge della settimana precedente avevano inondato il cortile dove lavorava. Doña Hilda si era sentita in dovere di dare una mano al fidanzato di sua figlia.

Quando Catalina volle sapere come mai Bayron non fosse in casa, furono costretti ad ammettere che se ne era andato la sera prima e non sapevano dove fosse.

Lei credette a tutto.

Dopo aver lasciato trenta milioni a doña Hilda e cinque a Albeiro, la ragazza, tranquillizzata, risalì sull'auto e tornò alle sue avventure.

Sebbene Marcial Barrera la stesse aspettando con impazienza, Catalina aveva già concordato con Yésica un weekend a Tulúa, in compagnia di un gruppo di figli di trafficanti. In fondo moriva dalla voglia di stare per qualche giorno in mezzo a giovani della sua età: era stanca di dover combattere con vecchi panzoni affetti da alitosi, come Cardona, Morón e lo stesso Barrera, ormai sul punto di compiere sessantacinque anni.

Ma Marcial Barrera era stato il solo a prenderla sul serio, tanto da presentarla in giro come la sua fidanzata.

Quel martedì, al ritorno di Catalina da Tulúa, Barrera si risolse al grande passo. Temendo che il denaro non fosse sufficiente a trattenere quel fiore di ragazza presso di sé, decise di chiederla in sposa, senza badare a quel che avrebbero detto i suoi amici e colleghi, le sue cinque ex mogli e i suoi nove figli.

Voleva morire con Catalina al fianco, del tutto ignaro del fatto che per quella ragazza i loro rapporti sessuali erano un'esperienza disgustosa. Per questo la proposta non solo sorprese Catalina, ma la spaventò.

Tuttavia, incoraggiata da Yésica (che le ricordò l'età avanzata di Marcial, i pericoli a cui era continuamente esposto, la quantità di soldi che le avrebbe lasciato alla sua morte, e la taglia che pendeva sul suo capo che Catalina avrebbe potuto riscuotere se l'avesse consegnato alla DEA), la ragazza decise di dire di sì al più che maturo fidanzato. Confermò la sua decisione la mattina seguente, quando vide la magnifica automobile blindata che Marcial le aveva fatto parcheggiare davanti a casa, come gentile e commosso omaggio alla futura sposa.

Ismael Sarmiento, che ancora le prestava il suo appartamento di Bogotá, con il tacito patto di poterla possedere ogni volta che soggiornava nella capitale, cercò di dissuaderla dicendole che una ragazza come lei non poteva sposare quel vecchio schifoso. Sarmiento promise di regalarle un'auto ancora più bella, e anche l'appartamento, se solo Catalina avesse mandato a monte le nozze.

Catalina lo ringraziò. Quella controproposta la lusingava, ma accanto a lui non sarebbe mai stata niente di più che un'amante, la solita «ragazzina di turno», mentre accanto a Marcial sarebbe stata una signora.

Per questo aveva detto di sì.

Il vecchio, al colmo della felicità, si impegnò a fondo nei preparativi. Cercò un sacerdote disposto a celebrare il matrimonio, compito non facile vista la giovane età della sposa. Alla fine, dietro un generoso contributo per il restauro della sua chiesa, un parroco accettò. Superato quel primo scoglio, il promesso sposo creò un vero e proprio comitato organizzativo per la festa di nozze. Stese una lista di millecinquecento invitati, fra parenti e amici, militari, uomini politici e membri del clero. Fece reclutare trecento camerieri, fece ordinare millecinquecento bottiglie di whisky, duemila bottiglie di vino, cento casse di champagne, seicento polli, cinquecento vitelli, trecento maiali, due notissimi gruppi musicali, due cantanti di *rancheras*, un trio di *mariachis*, e prenotò un'unità mobile della televisione affinché riprendesse la festa.

Quando lo venne a sapere, Catalina si spaventò a morte. Di sicuro la notizia di un matrimonio simile sarebbe giunta alle orecchie di Albeiro, e lei non voleva che questo accadesse. Pretese una cerimonia discreta. Marcial andò su tutte le furie, e le rinfacciò i due milioni di dollari che aveva praticamente già speso. Ma quando la sua adorata gli diede un ultimatum, dicendogli che si sarebbe sposata senza invitati, e nel giardino di casa, oppure non si sarebbe sposata affatto, il vecchio cedette.

Per questo le nozze di Catalina col ricchissimo Marcial Barrera non furono l'evento dell'anno, non arrivarono in televisione né sulle pagine dei rotocalchi. E, alla fine, come lei voleva, la sua famiglia rimase all'oscuro di tutto.

Lei continuò a tornare a casa periodicamente, felice di riabbracciare Albeiro, e preoccupata soltanto del fatto che suo fratello Bayron continuasse a non dare notizie di sé.

Ma le notizie purtroppo non si fecero attendere. Un mese dopo, sulle pagine di cronaca nera dei giornali comparve una fotografia che lo mostrava insanguinato sull'asfalto, accanto a quel che restava di una motocicletta. Nel titolo si leggeva che era morto un sicario dei narcos. Bayron stava fuggendo dopo aver ucciso il giudice Virgilio Daza, uomo da me conosciuto nel 1995, quando aveva dato una spintarella a un mio ricorso contro lo Stato, ricevendo in cambio il quaranta per cento della somma che ne avrei ricavato.

A ogni modo, Bayron era morto, il giudice era morto, e Catalina era viva, seppur con l'anima a pezzi. Strappando a fatica il permesso al suo gelosissimo marito, riuscì a partecipare al funerale di suo fratello. In quell'occasione ringraziò sentitamente Albeiro, generoso al punto di occuparsi di sua madre in un momento così difficile. Era una fortuna per tutti, proclamò Catalina, che Albeiro vivesse in casa di sua madre. Non immaginava che proprio quella convivenza avesse spinto Bayron a lasciare la famiglia e a finire così fra i tentacoli dei trafficanti. Il ragazzo, senza un soldo, era entrato a far parte della celebre banda di Antonio, per la quale aveva lavorato fino al tragico pomeriggio in cui, in cambio di dieci milioni di pesos, aveva accettato di «mettere a dormire» il giudice Virgilio Daza.

Ma la vera tragedia doveva ancora arrivare. Ossessionato fino al delirio dalla gelosia, Marcial Barrera aveva assoldato un paio di detective per far sorvegliare la giovane moglie ventiquattr'ore su ventiquattro. I due spioni la seguirono anche al funerale di Bayron. Due giorni dopo consegnarono a Marcial Barrera una grossa busta contenente 108 fotografie di Catalina abbracciata a Albeiro. In alcune, lo baciava appassionatamente. Marcial ebbe un principio d'infarto, vedendole, e dovette essere ricoverato d'urgenza in una clinica di Bogotá.

Catalina non venne neppure a saperlo, e lui non volle che fosse avvertita, per vanità, per orgoglio, per vergogna. Non voleva apparirle come un vecchio, e soprattutto non voleva che lei scoprisse il motivo di quel suo malore.

Ma il mostro che cresceva dentro Marcial Barrera si scatenò ben presto, non appena il vecchio fu dimesso. Le misure che prese si possono definire disperate. La prima, la più terribile, fu la decisione di far assassinare Albeiro. Quanto a Catalina, la amava così tanto che non avrebbe mai potuto torcerle un capello. Quindi non le disse nulla e agì a sua insaputa, servendosi dei soliti sicari.

Albeiro, tuttavia, fu salvato da un bacio di doña Hilda. Una mattina, mentre si dirigeva con lei verso il taxi nuovo di zecca acquistato con il denaro di Catalina, la sua testa entrò nel mirino di un fucile di precisione. Proprio in quel momento doña Hilda si alzò sulle punte dei piedi e gli stampò un appassionato bacio sulla bocca. Il presunto amante di Catalina rispose con uguale passione.

Di fronte a quella scena, i sicari si fermarono, incerti.

Forse i dubbi di Barrera sulla fedeltà della giovane moglie non erano così fondati. Rimandarono l'esecuzione e corsero da lui, prove fotografiche alla mano, insinuando il dubbio che Albeiro fosse soltanto l'affettuoso patrigno di Catalina, il convivente di sua madre.

Marcial Barrera cominciò a dubitare perfino delle foto, e tentò di farsi dire da sua moglie come stessero le cose. La affrontò una sera, non appena rientrata, esausta, dal circolo di fitness che frequentava ossessivamente. Marcial la sottopose a una raffica di domande: con chi viveva sua madre, dove abitava, come mai non gliel'aveva ancora fatta conoscere, perché non la invitava a casa, perché non erano mai andati a trovarla... Anzi, le propose, perché non andare a trovarla quella stessa domenica?

Catalina gli disse che ultimamente era in pessimi rapporti con sua madre, che la odiava perché se suo fratello aveva fatto una brutta fine di sicuro era colpa sua, e che per questo non intendeva più farle visita.

Marcial insistette, le spiegò che i genitori vanno sempre rispettati e perdonati. Certamente sua madre soffriva molto per la morte del figlio e non meritava di essere punita ulteriormente, anche se poteva aver commesso degli errori. Alla fine, stanca di starlo ad ascoltare, Catalina si arrese e promise che se proprio voleva, avrebbe invitato sua madre a casa loro per qualche giorno. Ne approfittò per chiedergli il permesso di andare lei stessa a prenderla a Pereira. Quel che desiderava, in realtà, era vedere Albeiro per fare l'amore con lui. Da Barrera, infatti, non otteneva niente di più di quel che normalmente ottiene una prostituta dal cliente: umiliazione, disgusto, insoddisfazione, e denaro. Nel caso specifico, *tanto* denaro.

Giunta a Pereira senza preavviso, non trovò nessuno in casa. Decise quindi di andare da Yésica, che in quei giorni era in città, con l'intenzione di farle una proposta. Fra tutte e due avrebbero potuto fornire alle vecchie amiche, Paola, Ximena e Vanessa, il piccolo capitale necessario per aprire una modesta attività, in modo che potessero abbandonare la loro squallida vita di prostitute da quattro soldi. Soltanto per il viaggio, Barrera le aveva regalato dieci milioni, e lei ne aveva spesi solo tre: con gli altri sette pensava di aiutare le ragazze, che pure non si erano mai preoccupate per lei all'epoca in cui i suoi seni erano piccoli e le sue prospettive assai modeste.

Yésica accolse l'idea con entusiasmo e andò a chiamare le amiche, che si fecero attendere a lungo, intontite e malconce com'erano per gli eccessi della notte prima.

Nell'attesa, Yésica, che ormai sapeva tutto della storia di Albeiro e doña Hilda, cercò di capire fino a che punto Catalina ne fosse al corrente. Non voleva ferirla dicendole a bruciapelo cose che ancora ignorava. Prese il discorso alla lontana. Le domandò come andasse la sua storia con Albeiro, se lui sapesse del suo matrimonio con Barrera, e come Catalina considerasse il fatto che Albeiro viveva a casa sua.

Non le fu difficile capire che l'amica non sapeva nulla circa la vera natura dei rapporti fra il suo ragazzo e sua madre.

Yésica stava per affrontare con tatto l'argomento, quando comparvero Paola, Vanessa e Ximena. Assonnate, spente, fisicamente debilitate, con i capelli in disordine e rovinati dalle tinte, sarebbero state irriconoscibili se non avessero avuto addosso i vecchi pigiami di sempre.

Eppure la loro gioia nel rivedere Catalina fu immensa, come pure fu immensa la pena di quest'ultima nel vederle in quello stato. Sembravano fiori appassiti, campi disseccati, acqua sporca, corpi morti.

Ciò nonostante, Yésica e Catalina non fecero commenti e si lanciarono subito a parlare con entusiasmo del gruzzolo che pensavano di mettere a loro disposizione per avviare un'attività.

La risposta delle tre fu unanime, scandita in tre urgentissime domande: «Quale attività? E quanto potremmo guadagnarci? E quanto dovremmo lavorare?».

Vennero fuori diverse idee: una piccola trattoria, un chiosco di gelati, una videoteca, un negozietto di frutta e verdura, un banco di biancheria intima. Ma nessuna pareva adeguata. Vennero soppesati i pro e i contro di ogni opzione, gli sforzi che a ciascuna avrebbe richiesto e i possibili guadagni. Alla fine, confrontando la fatica di andare a letto con un ubriacone alle quattro del mattino con quella necessaria per tenere a galla un piccolo negozio, tutte e tre giunsero alla stessa conclusione.

«No, grazie, care. Guadagniamo di più col lavoro che facciamo, e fatichiamo meno. Non abbiamo tasse da pagare, non dobbiamo star dietro a dipendenti e fornitori, e neppure preoccuparci di distribuire bustarelle per ottenere permessi e licenze.»

Catalina si arrabbiò, Yésica rimase stupefatta. Nessuna delle due riusciva a credere che le altre preferissero fare le prostitute pur di guadagnare qualcosa di più con minori responsabilità e fatiche. Quel giorno l'amicizia con Paola, Vanessa e Ximena finì per sempre, per il semplice fatto che Catalina e Yésica non volevano ammettere di fare la loro stessa vita, sia pure con una clientela diversa.

Stava ormai scendendo la sera. Davanti a casa di doña Hilda si fermò il taxi di Albeiro. Yésica lo scorse dalla finestra e non si trattenne dal dirlo a Catalina. Lei, vedendo sua madre scendere dal taxi, pensò che stesse rientrando con qualche acquisto ingombrante, o che fosse stata a trovare un parente. Volle correrle incontro, ma Yésica la trattenne. La invitò a rimanere nascosta presso la finestra, affinché vedesse con i propri occhi quanto non aveva alcuna voglia di raccontarle.

Il fidanzato di Catalina scese a sua volta dal taxi e raggiunse doña Hilda, che stava infilando la chiave nella serratura. Lì, cingendole la vita, le diede un bacio sulla bocca. Un bacio silenzioso, che però risuonò nella testa di Catalina come il boato di un terremoto. Yésica accompagnò la scena con poche parole: «Ecco quel che cercavo di spiegarti, tesoro!».

Superato il primo shock, Catalina corse verso casa a tutta velocità, seguita da Yésica che le gridava di controllarsi e di non fare «cazzate». Ma Catalina non la sentì nemmeno. La sua furia era tale che sarebbe stata capace di commettere qualunque pazzia, perfino di uccidere.

Quando batté con i pugni sulla porta, Albeiro e doña Hilda, che stavano sistemando le provviste nel frigorifero, trasalirono per la forza dei colpi e corsero a vedere chi fosse. Non appena scorsero Catalina, capirono che ormai aveva scoperto tutto. La cosa migliore, secondo doña Hilda, era che Albeiro scappasse dalla finestra posteriore. Ma Albeiro si fece coraggio e decise di affrontare la situazione.

Aprirono dunque la porta e si trovarono di fronte Catalina in lacrime, sconvolta dall'odio, fremente di rabbia. Per fortuna Yésica la tratteneva per le braccia. Mentre Catalina cercava di divincolarsi, gridando che li avrebbe uccisi tutti e due, Albeiro disse che gli dispiaceva, ma la colpa era sua, perché l'aveva abbandonato. Doña Hilda invece le chiese perdono, anche se era stato Dio a volerlo.

Queste deboli e ciniche argomentazioni non fecero che accrescere la rabbia di Catalina la quale, liberatasi dall'amica, si lanciò su Albeiro con un tale impeto che nessuno riuscì a fermarla. Lo prese a calci e pugni, gli strappò ciocche di capelli e lo graffiò, mentre doña Hilda cercava in tutti i modi di toglierglielo dalle mani. Catalina ingiunse a sua madre di smetterla, di lasciarla fare, se non voleva che massacrasse anche lei. A questo doña Hilda rispose con un sonoro ceffone. Fu una pugnalata al cuore per la povera ragazza. Era la prima volta che doña Hilda le metteva le mani addosso, e il peggio, per Catalina, era che non lo aveva fatto per imporre il rispetto dovuto a una madre, ma per difendere il suo amante. Fra grida laceranti e fiumi di lacrime, la violenza cessò.

Albeiro e doña Hilda si guardarono pieni di sensi di colpa, mentre Yésica cercò di calmare l'amica, che non la smetteva di compiangersi pronunciando frasi che per i due traditori erano come frustate. Catalina si ammazzava di lavoro a Bogotá per dar loro da mangiare, ed ecco il risultato! Com'era possibile che l'uomo al quale aveva dato la sua verginità potesse farle un affronto simile? Con una madre del genere, certo, lei non aveva alcun bisogno di nemici!

Poi, con premeditazione, lanciando a entrambi uno sguardo d'odio, si asciugò gli occhi con l'avambraccio e tese la mano per ricevere le chiavi del taxi.

Albeiro si voltò verso doña Hilda, che annuì rassegnata. Catalina gli strappò le chiavi di mano, uscì in strada, entrò in macchina e a sobbalzi guidò fino all'angolo. Si fermò sul ciglio della discesa. Lì, mise in folle e scese dall'auto. Bastò una spinta perché la macchina cominciasse a scivolare giù. Albeiro e doña Hilda corsero per cercare di evitare il disastro, ma non arrivarono nemmeno a toccare il taxi che, metro dopo metro, acquistava velocità. Lo inseguirono disperatamente, ma al primo incrocio un minibus che passava sulla strada principale, fortunatamente con soli cinque passeggeri a bordo, lo investì con tale violenza che gli fece fare due testacoda di seguito. Un palo della luce fermò infine la corsa, lasciando senza energia elettrica mezzo quartiere.

Il taxi era ridotto a un rottame. Il conducente dell'autobus e i cinque passeggeri, tutti illesi, scesero per soccorrere il presunto tassista che, a giudicare dallo schianto, doveva essere morto sul colpo.

Nella penombra, alla luce guizzante di una torcia, Albeiro e doña Hilda constatarono la gravità della situazione. I passeggeri dell'autobus, intanto, scoprivano con sorpresa che il taxi, con il tettuccio distrutto da un palo di cemento armato, era completamente vuoto. «Quel poveraccio si sarà disintegrato per la botta!» esclamò uno di loro, confuso.

Catalina, un isolato più su, gridava: «Ecco che cosa capita a chi non mi rispetta, bastardi!».

Poi se ne andò di corsa per non tornare mai più. Doña Hilda seppe di averla perduta per sempre, non tanto per la tragica fine del taxi, ma per quell'ultima parola da lei pronunciata.

17

Ritorno all'innocenza

Con il cuore a pezzi, e le idee assai poco chiare circa le cause del suo dolore, Catalina tornò come sempre a Bogotá, accompagnata da Yésica.

Sull'aereo, ormai più calme, le due amiche discussero della necessità di dare una nuova svolta alle loro vite. Catalina intendeva mettere fine per sempre alla farsa matrimoniale con Marcial. Ma era necessario escogitare un piano che garantisse loro l'indipendenza economica di cui avevano bisogno.

Il solo modo, secondo Catalina, era denunciare El Titi e Barrera in cambio delle cospicue taglie promesse dal governo. Certo, bisognava pensare alle possibili conseguenze, ai gravissimi rischi, alla brutta fine che avevano fatto tanti delatori, traditi a loro volta da poliziotti e funzionari collusi con i trafficanti. Ma a loro interessava pensare soprattutto a quel che avrebbero potuto fare con la taglia di un milione di dollari e al patrimonio che Catalina avrebbe ereditato da Marcial Barrera una volta che questo fosse morto in carcere, malgrado le cinque ex mogli e i nove figli avessero diritto alle loro fette di eredità.

Catalina e Yésica in realtà, erano disposte ad assumersi qualunque rischio pur di uscire una volta per tutte dalla povertà e dalla dipendenza; e così decisero che il giorno dopo avrebbero chiamato il numero verde contro il narcotraffico pubblicizzato da tutti gli annunci televisivi.

Per il ritorno di Catalina, l'attempato marito, assente per lavoro, aveva voluto preparare una sorpresa: la camera da letto della sposa bambina era stata interamente ricoperta di rossi petali di rosa. Sul divanetto, inoltre, campeggiava un panda di peluche a grandezza naturale. Vedendolo, Catalina, per la prima volta in molti anni, si sentì tornare bambina, e corse ad abbracciarlo commossa. Ma i suoi seni immensi non le permisero di sentire alcun calore contro il cuore. Rattristata, chiuse gli occhi, e rivolta al pupazzo domandò: «Tu mi vuoi bene, vero?».

L'orso continuò semplicemente a sorridere.

Catalina s'intenerì tanto per le premure dell'odiato marito, che per tutta la notte si torturò all'idea di quanto fosse ingiusto tradire proprio l'uomo che aveva saputo restituirle un attimo di innocenza.

Il giorno dopo, al rientro dal suo «viaggio d'affari», Marcial Barrera trovò una Catalina sorprendentemente trasformata, tanto affettuosa da fargli sorgere dei sospetti. Pensò che si comportasse in quel modo così insolito per farsi perdonare qualche tradimento. Ma non badò ai presentimenti, perché ormai era disposto a concederle qualunque cosa pur di trattenerla accanto a sé. Preferiva dividerla con altri piuttosto che rimanere solo.

Per questo si rallegrò di vederla felice quel mattino, e registrò con piacere l'entusiasmo per le rose e per il regalo. Tanta gioia lo spinse a prendere una decisione che, a sua insaputa, gli avrebbe risparmiato una lunga detenzione in Florida accanto al suo amico Cardona. E volle parlargliene subito.

Le disse che aveva intenzione di intestarle la maggior parte dei suoi beni, per salvarli dalle grinfie delle ex mogli e dei figli, nel caso gli fosse successo qualcosa. Voleva che, un domani, Catalina fosse l'erede principale della sua fortuna. Lei, stupefatta e felice, non poté fare a meno di abbracciarlo. E di prendere a sua volta una decisione importante: non lo avrebbe denunciato.

Due ore dopo, quando vide Yésica, Catalina le raccontò l'accaduto, e di comune accordo decisero di lasciare in pace Barrera, perché era molto meglio ricevere una larga fetta dei suoi beni con le buone, che una fetta molto più piccola con le cattive. Di sicuro, infatti, una causa di successione contro cinque ex mogli, nove figli, una vecchia madre e sei fratelli, non avrebbe lasciato a Catalina che le briciole.

Le amiche modificarono dunque il loro piano. Avrebbero denunciato solo El Titi. Per prendersi i soldi della taglia, per lasciare con un palmo di naso l'invidiatissima Marcela Ahumada e per tutte le umiliazioni che lui aveva inflitto a Catalina prima e dopo l'operazione al seno.

Chiamarono quindi il famoso numero verde, si identificarono con nomi falsi, e furono messe in contatto con un ufficiale che promise di trattare i loro nomi e le loro dichiarazioni con assoluta riservatezza. Combinarono un appuntamento.

Sotto l'occhio di decine di telecamere e carico di microfoni spia, il capitano di polizia Salgado si recò nel ristorante scelto dalle ragazze per ascoltare quanto avessero da dire. Cinque minuti dopo si rese conto di avere davanti due tra le persone più informate sul conto dei narcos di tutto il Paese. Malgrado la vastità della sua esperienza, era sbalordito dai racconti delle due informatrici. A ogni storia di Yésica rimaneva a bocca aperta, in attesa dei riscontri precisi e dei numeri di telefono che gli avrebbero consentito di mettere in piedi una delle più formidabili operazioni di polizia degli ultimi anni. La promozione era assicurata.

Le ragazze non lo delusero. Gli parlarono di tutto quello che sapevano. Dei luoghi che i boss frequentavano, dei loro gusti, delle loro adorate famiglie, dell'intelligenza, della cavalleria, della sensibilità, e, soprattutto, della signorilità che li contraddistinguevano. Alla fine la denuncia fu fatta, chiara e dettagliata, e Salgado uscì dal ristorante al settimo cielo, con l'indirizzo di El Titi e la promozione in tasca.

Riguardo al premio in denaro, lui stesso, a cattura avvenuta, avrebbe provveduto a farlo versare su un conto bancario riservato. Naturalmente assicurava loro ogni protezione.

Come se presentisse qualcosa, El Titi le chiamò il giorno dopo, quando ormai la polizia segreta aveva circondato tutto il quartiere dove abitava e stava mettendo a punto un piano per catturarlo senza lasciargli vie di fuga.

Il suo telefono era sotto controllo, e fu il capitano in persona ad ascoltare la chiamata. Il trafficante disse a Yésica che aveva appena visto su un rotocalco una fotografia di Catalina, in un articolo sul famigerato concorso di bellezza. Era sorpreso di quanto fosse diventata sexy e voleva incontrarla di nuovo. Yésica era lieta che El Titi si fosse finalmente reso conto delle grazie della sua amica, ma purtroppo la sua telefonata giungeva troppo tardi. Catalina era impegnata. Quel fine settimana sarebbe partita per Città del Messico su invito di un boss locale. El Titi volle sapere quale compenso avesse concordato. Yésica sparò diecimila dollari. L'uomo si disse disposto a offrirne quindicimila.

El Titi sapeva che ormai Catalina poteva guadagnare di più semplicemente facendo una carezza al marito, ma era ugualmente sicuro di tentarla. Infatti, quando Yésica la informò di quell'offerta, Catalina cedette. E cedette non tanto per denaro, quanto per godersi il trionfo di essere desiderata da un uomo che un tempo l'aveva disprezzata. Disse di sì, voleva sapere solo dove e quando. E così El Titi, soddisfatto, le diede appuntamento per quel fine settimana in uno dei suoi appartamenti di Bogotá.

Il capitano preparò, intanto, il piano per la cattura, pur sapendo che in questo modo rischiava di esporre le sue informatrici.

Quel venerdì, al calar della sera, Catalina si presentò puntuale all'appuntamento. El Titi, sorpreso di vederla così bella e altera, dovette ammettere con se stesso di essere stato uno stupido a non averla fatta sua quando costava appena duecentomila pesos. L'aver commesso questo errore di valutazione lo feriva nell'orgoglio. Eppure non pensò nemmeno per un attimo di rimandarla indietro, anzi, la trattò come raramente faceva con le ragazze del suo livello, e la portò con sé in una splendida villa che possedeva a Girardot, in una zona che non aveva nulla da invidiare a Beverly Hills, né a Montecarlo, né alle migliori spiagge della Florida.

Più di seicento ville di gran lusso si concentravano in quella zona, alcune sobrie ed eleganti, molte vistose e di pessimo gusto, ma tutte di valore non inferiore al milione di dollari. I proprietari erano perlopiù narcotrafficanti, politici corrotti e funzionari disonesti.

La casa dove Catalina giunse in compagnia di El Titi (e con al seguito varie auto di poliziotti in borghese) era una delle più sontuose. La facciata, ornata da un portico con colonne ioniche, dava su un giardino in lieve pendenza ornato di fiori profumatissimi. I vetri delle finestre erano specchi azzurri che filtravano i raggi del sole. La porta, di quercia antica, faceva dubitare del cattivo gusto del proprietario. Sul retro della casa un molo ombreggiato da rampicanti si allungava romanticamente sul lago, sulle cui acque tranquille dondolavano un piccolo yacht e due motoscafi.

Catalina aveva accettato l'invito per più di un motivo. Il primo era dimostrare a El Titi che lei non era un brutto anatroccolo, una sciocchina qualunque di cui prendersi gioco. Il secondo era che quell'uomo le piaceva veramente. E il terzo era la soddisfazione di spodestare Marcela Ahumada, fosse pure per tre giorni. Per questo, ogni volta che lei e El Titi fecero l'amore – sul bordo della piscina, nei bagni, in camera da letto, nella palestra, sullo yacht, nella sala da biliardo – Catalina lasciò un segno del proprio passaggio, una traccia. Un cuore inciso sul muro con le unghie, un indumento intimo, un fermaglio per capelli, qualunque cosa potesse suscitare la gelosia di Marcela Ahumada, con la quale avrebbe parlato non appena El Titi fosse stato arrestato e costretto a salire su un aereo diretto negli Stati Uniti.

La cattura di El Titi avvenne in un appartamento del quartiere Los Rosales di Bogotá, due giorni dopo il suo rientro dal weekend di fuoco con Catalina. L'intero edificio fu circondato a notte fonda da agenti della polizia, della finanza e perfino da un contingente dell'esercito. Mentre lui, come sempre, dormiva abbracciato a Marcela, una carica di esplosivo fece saltare la porta e trenta uomini irruppero all'interno. In mutande, con la pistola in pugno, El Titi cercò di difendersi. Ma era troppo tardi. Quindici uomini protetti da caschi e giubbotti antiproiettile tenevano sotto tiro lui e Marcela con fucili d'assalto e armi automatiche.

La sera dopo, mentre seguiva alla televisione il servizio sull'arresto, Catalina avvertì per la prima volta un intenso prurito all'altezza del capezzolo destro. In quello stesso momento Aurelio Jaramillo, detto El Titi, saliva a bordo di un aereo della DEA per essere estradato negli Stati Uniti. La sua immagine di uomo finito, ammanettato, con lo sguardo perduto, comparve in diretta su tutti gli schermi. Catalina pensò che quel prurito al seno fosse dovuto al senso di colpa e alla tristezza che, malgrado tutto, quelle immagini le suscitavano. Non disse nulla, perché Marcial sospettava che fra lei e El Titi ci fosse stato qualcosa. Eppure mai il vecchio boss avrebbe immaginato la verità. Secondo lui a tradire il collega erano stati i messicani, che tendevano a disfarsi dei soci quando non li ritenevano più indispensabili.

Morón, da poco rientrato in Colombia, si dichiarò d'accordo con queste supposizioni. La lealtà nel loro mondo non esisteva, e chiunque avrebbe potuto consegnare perfino lui per un pugno di dollari. Non esattamente un pugno normale, piuttosto un pugno colossale, visto che la taglia che pendeva sulla sua testa era arrivata a cinque milioni di dollari. Per questo Morón fece appello a tutta la sua rete di contatti e offrì una cifra pari al doppio di quella promessa per la cattura di El Titi in cambio del nome di chi l'aveva denunciato.

Quando la notizia di quell'offerta giunse al suo orecchio, il capitano Salgado non poté fare a meno di fantasticare su quanto sarebbe cambiata la sua vita con due milioni di dollari in tasca. Ma in lui l'onore e l'onestà erano più forti dell'ambizione.

18

Overdose di silicone

Catalina stava commentando con Yésica la cattura di El Titi, quando il prurito tornò a farsi sentire. Il fastidio cominciava a essere persistente, e quasi insopportabile. Yésica le consigliò di farsi visitare dal dottor Contento. Quest'idea non piacque affatto a Catalina, che preferì attribuire il disturbo a un'allergia alimentare. Presto sarebbe passato.

Ma nel giro di una settimana la situazione peggiorò, e Catalina si decise a recarsi nello studio del chirurgo accompagnata dalla sua inseparabile amica.

«Il dottore è in viaggio, non sarà qui prima di dieci giorni» riferì la segretaria con malcelata ostilità.

Fu Yésica a insistere perché si rivolgessero subito a un altro medico.

Il dottor Ramiro Molina visitò immediatamente la bella paziente.

«Bisognerà togliere le protesi per vedere cosa c'è che non va» sentenziò.

Non è difficile immaginare lo sgomento di Catalina nell'udire quelle parole. Una nuova operazione, e stavolta non per aggiungere, ma per togliere! Le sue proteste furono violentissime. Ma il dottor Molina si fece serio: «Se non ti togli queste protesi, rischi la vita. Potrebbero essere infette».

Sconfitta, Catalina accettò il nuovo intervento, fissato per due giorni dopo. Quelle quarantotto ore le parvero interminabili. Il pensiero della morte la terrorizzava, soprattutto ora che aveva ottenuto quasi tutto. Catalina trovò perfino il tempo per pensare al suo gigantesco panda di peluche e a quanto sarebbe stato triste senza di lei. L'aveva chiamato Benny, e gli confidava tutte le sue preoccupazioni.

Quando Marcial seppe da Catalina del problema che la affliggeva, le offrì il suo appoggio economico e morale. Non voleva lasciarsi sfuggire l'occasione per rafforzare il vincolo affettivo con la giovane sposa, che più volte, negli alberghi, si era visto costretto a presentare come figlia. Marcial, di fatto, era il tipo d'uomo che non prova alcun imbarazzo per essere un trafficante di droga, un assassino e una canaglia, ma si vergogna di avere cinquant'anni più di sua moglie.

Il giorno precedente a quello dell'intervento, le due ragazze incontrarono ancora una volta il capitano Salgado. Lui riferì loro le voci che aveva sentito: «Sono stati offerti due milioni di dollari a chiunque sia in grado di rivelare chi ha denunciato Aurelio Jaramillo. Sappiatelo. Questa è la taglia che pende sulle vostre teste».

Catalina e Yésica si spaventarono moltissimo. Immaginavano perfettamente da chi venisse quell'offerta e sapevano di cosa fosse capace il capo quando era arrabbiato. Per questo pregarono il capitano di aiutarle a uscire dal Paese, anche solo per qualche tempo; ma lui rispose che sarebbe stato come firmare la loro condanna a morte, e le invitò ad aspettare, piuttosto, e a fare la solita vita. In ogni caso Salgado era il solo a conoscere il loro segreto. Le ragazze gli credettero sulla parola e se ne andarono più tranquille.

Catalina cominciava perfino a pentirsi di aver denunciato El Titi, ma non di aver disseminato tracce compromettenti nella villa di Girardot. Ormai si diceva in giro che Marcela Ahumada era così infuriata per quel tradimento da non voler neppure andare negli Stati Uniti a far visita al fidanzato. Cosa che, comunque, le sarebbe stata molto difficile. Come avrebbe potuto spiegare al console che intendeva entrare in territorio statunitense per far visita al suo uomo, estradato e condannato per il contrabbando di ottanta tonnellate di cocaina fra il 1995 e il 2005?

Un processo per direttissima, con alcune prove autentiche e altre artefatte, si era frattanto risolto in una condanna a due ergastoli più ottant'anni di reclusione. Un giudice della Florida, uomo coscienzioso, aveva offerto a El Titi uno sconto di pena se avesse contribuito alla cattura di Morón. El Titi, che non era uno stupido come gli americani credevano, fece un rapido calcolo e capì che in ogni caso sarebbe morto in una cella di due metri per quattro. Mandò al diavolo il giudice. Ma questi non volle darsi per vinto, e gli offrì un'ulteriore riduzione, a soli ottant'anni di carcere. A quel punto El Titi ruggì che la smettesse di «prenderlo per il culo». Se gli avessero proposto una pena di cinque anni, allora sì che avrebbe denunciato i suoi amici, altrimenti «che andassero tutti a farsi fottere». Il giudice sorrise e si girò verso l'interprete, che provò con non poco imbarazzo a tradurre quell'invito.

Il capitano Salgado fu assassinato la mattina in cui Catalina entrava in clinica per l'intervento. Il cadavere fu trovato nudo, con segni di tortura, in un condotto di cemento lungo l'Avenida 30, vicino allo stadio El Campín di Bogotá. I suoi assassini l'avevano sequestrato la sera prima, a due isolati da casa, dove la moglie e le figliolette di due e cinque anni lo stavano aspettando per mettersi a tavola.

Otto uomini armati fino ai denti, a bordo di due auto 4×4, gli sbarrarono il passo, lo costrinsero a uscire dall'auto e lo condussero in una casa abbandonata poco fuori città. Lì lo tormentarono per tutta la notte con scariche elettriche, percosse, grida e minacce di morte contro i suoi familiari. Lo costrinsero al gioco della roulette russa e gli martellarono le dita delle mani e dei piedi. Tutto perché rifiutava di fare il nome della persona che aveva denunciato El Titi. Ma lui quel nome non lo fece. Preferì morire come un martire piuttosto che tradire due ragazze che si erano fidate di lui e che gli avevano meritato le congratulazioni del Capo della polizia, del Ministro della Difesa, del Comandante delle forze armate e dello stesso Presidente. Il Presidente della Repubblica, infatti, gli aveva scritto una lettera in cui si diceva che uomini come Salgado, con la sua integrità, la sua dedizione e il suo senso dell'onore, erano ciò di cui la nazione aveva bisogno per uscire dal baratro in cui era caduta. Non era una lettera redatta secondo un modello standard. Era stata scritta e firmata dal Presidente in persona non appena era emerso che Aurelio Jaramillo aveva offerto al capitano cinque milioni di dollari in contanti in cambio di una possibilità di fuga. Salgado non aveva accettato. E così aveva cominciato a scavarsi la fossa, in un Paese dove le possibilità, per i poliziotti, i militari, i giudici e i giornalisti, sono soltanto due: arricchirsi o morire.

Salgado aveva preferito morire, e il suo corpo dovette essere lavato con una pompa perché il medico legale potesse contare i fori da pallottola che lo avevano crivellato. Erano ventotto.

Quando Catalina si svegliò dall'anestesia, che per sua volontà era stata totale, si accorse subito che il dottor Molina era molto preoccupato. Decisamente qualcosa non andava. Con un filo di voce, gli chiese: «Cos'è successo?».

Molina gli rispose con una domanda: «Chi ti ha operata la prima volta?».

«Il dottor Mauricio Contento. Perché?»

Allora il dottor Molina si sedette accanto a lei, per darle fiducia, e in tono paterno cominciò a esporle il problema.

Le disse che quel dottor Contento non avrebbe dovuto operarla, perché non era nemmeno specializzato in chirurgia. Inoltre aveva una pessima reputazione: di profittatore, disonesto e donnaiolo. Lo sapevano tutti.

Molina chiese alla sua angosciata paziente come avesse potuto affidarsi al dottor Contento, quando c'erano tanti studi seri in città. E le consigliò di denunciarlo.

Quando Catalina volle sapere il motivo di quelle critiche, il medico non le rispose. Si limitò a mostrarle le protesi che le aveva tolto. Catalina inorridì. Con le poche forze che aveva cercò di issarsi a sedere sul letto per vedere meglio.

«Che figlio di puttana!» esclamò, fissando sbigottita il dottor Molina.

Non riusciva a capire perché una delle protesi fosse azzurra, come avvizzita, e l'altra di forma completamente diversa, gialla, gonfia e liscia.

Il dottor Molina le rispose con una nuova domanda: «Scusami se mi intrometto nella tua vita privata. Sei andata a letto con lui in cambio dell'intervento, per caso?».

Catalina abbassò gli occhi e rimase in silenzio.

Allora il dottor Molina le rivelò che Mauricio Contento, per risparmiare, le aveva inserito due protesi usate.

Catalina era senza parole.

Il medico le spiegò che avrebbe fatto esaminare le protesi in laboratorio, ma era sicuro che provenissero da due pazienti diverse, e che questo avesse causato l'infezione.

«E comunque» chiosò, guardandola negli occhi con assoluta serietà: «io non avrei mai operato una ragazzina della tua età».

Soltanto la mattina dopo Catalina seppe della morte del capitano Salgado. Gliene parlò Yésica, spaventatissima. Tutto sembrava sul punto di crollare loro addosso.

Non era difficile capire che dietro quel crimine c'erano gli uomini di Morón. Ma altre, drammatiche questioni reclamavano la loro attenzione. Catalina era su tutte le furie per quel che le aveva fatto il dottor Contento, e fece giurare all'amica che l'avrebbe aiutata a vendicarsi.

L'esito dell'esame delle protesi arrivò il giorno seguente, quando Catalina stava per essere dimessa dalla clinica. Il dottor Molina la ricevette insieme a Yésica, e le spiegò tutto.

«Come prevedevo, le due protesi presentano tracce di DNA differenti. Questo dimostra, senza possibilità di dubbio, che originariamente sono state impiantate a due donne diverse. Purtroppo una era infetta, e ora il laboratorio sta cercando di individuare il tipo di infezione.»

Catalina tornò a casa disperata, e si disperò ancora di più guardandosi allo specchio e constatando che il seno che le aveva regalato tanta gioia e tanta ricchezza era scomparso, come per un maleficio. Per Marcial Barrera vederla in quello stato fu come ricevere una pugnalata al cuore. Per tutta la giornata il boss cercò di farsi dire come mai la sua adorata mogliettina piangesse tanto, senza mai smettere, senza mangiare e senza bere. Catalina, che all'inizio non voleva parlare per non esser costretta a rivelare la relazione col dottor Contento, alla fine cedette e gli raccontò quel che poté.

La mattina dopo Marcial chiamò un suo uomo di fiducia, un giovane di colore soprannominato il Pelato, e gli diede precise istruzioni per eliminare il dottor Mauricio Contento. Gli disse come si chiamava, dove lavorava, che aspetto aveva, quale auto guidava. E gli promise un ricco compenso. Il Pelato andò nei quartieri poveri della città a cercare due ragazzi disposti a uccidere per dieci milioni di pesos. Dovette offrirne quindici, perché ormai nessun sicario accettava di lavorare per meno. Con l'efficienza che la polizia stava dimostrando ultimamente, la tariffa era salita.

Dopo aver ricevuto autorizzazione telefonica, il Pelato concordò il «ritiro» per «quindici pali» e l'affare fu concluso. Marcial andò a sedersi davanti al televisore in attesa della notizia.

Ma né la stampa né la televisione parlarono di un chirurgo estetico di nome Mauricio Contento ucciso con due colpi d'arma da fuoco da una moto in corsa mentre saliva a bordo della propria automobile. Non quel giorno, almeno. Quando i ragazzi reclutati dal Pelato andarono a cercarlo, Mauricio Contento era già morto da una settimana, e il suo corpo si stava lentamente decomponendo dentro un fosso lungo una strada fuori mano. Per i familiari e il personale del suo studio, Mauricio Contento era in viaggio. E sebbene cominciassero a stupirsi per l'assenza di notizie, ignoravano che, mentre si dirigeva verso l'aeroporto, il dottore era stato sequestrato da una banda agli ordini di Fermín, un trafficante della costa atlantica la cui donna era stata rovinata da un intervento riuscito male.

Addolorata per la perdita dei suoi seni, dei quali sentiva di non poter più fare a meno, Catalina cominciò un nuovo giro delle cliniche nella speranza di riuscire a farsi rioperare al più presto. Ma nessun medico volle impegnarsi prima che fossero passati sei mesi. Considerata la sua età, e l'incidente da cui era appena uscita, un nuovo intervento avrebbe potuto dar luogo a gravi complicazioni.

Ma alla fine, offrendo il doppio del prezzo, Catalina riuscì a convincere il dottor Alejandro Espitia, un chirurgo che aveva da poco iniziato la propria attività. Anche lui, a onor del vero, aveva cercato più volte di dissuaderla. Finché una mattina, in preda alla più nera disperazione, Catalina gli aveva posato sulla scrivania un assegno da dieci milioni di pesos. Oberato dai debiti, il medico non poteva permettersi di rifiutare l'offerta a cuor leggero, e ogni suo dubbio fu dissipato quando la sua ostinata cliente aggiunse: «Dottore, se lei mi opera, io la pago il doppio. E poi, visto che siamo fra gente adulta, se a cose fatte le farà piacere venire a letto con me, io non avrò niente in contrario».

Due incentivi non trascurabili per un uomo giovane e ambizioso come Alejandro Espitia. Una settimana dopo, Catalina fu nuovamente operata, e dotata di protesi ancora più grandi. Dalla quarta misura volle passare alla quinta. Era decisa, come sempre, a giocare pesante.

E, come sempre, Yésica rimase al suo fianco, anche se in quel periodo il lato oscuro del suo animo cominciava ad affiorare.

19

Il cedimento

In realtà Yésica non aveva mai accettato del tutto il successo di Catalina. Non le andava giù che proprio lei, quella che all'apparenza aveva meno possibilità di farcela, fosse stata la sola, invece, a trionfare. La invidiava perché era stata l'unica a sposarsi, e non sopportava che ogni giorno suo marito le regalasse tutto quel denaro. Non le perdonava, in fondo, di essersi tolta lo sfizio di denunciare El Titi, quando non aveva certo bisogno dei soldi della ricompensa. E non sopportava che lei, fra le cinque amiche d'infanzia, fosse quella con più gusto, che meglio sapeva scegliere i vestiti, le scarpe, gli accessori e il taglio dei capelli. Per tutte Catalina era diventata il modello da imitare.

Era intollerabile che addosso a lei ogni capo apparisse più bello, più femminile e che tutti gli uomini perdessero la testa per lei.

Ormai Yésica si comprava gli stessi vestiti indossati dalla sua amica, e lo faceva senza dirglielo, quasi di nascosto. La accompagnava a fare acquisti e cercava di tenere a mente le marche e i modelli che sceglieva. Poi tornava di corsa negli stessi negozi a comprare le medesime cose. Ma in lei l'invidia era pari alla capacità di recitare, e Catalina non si era mai accorta di niente.

In silenzio, dunque, Yésica aveva atteso il momento giusto per avviare la sua opera di distruzione. E ora quel momento era arrivato.

Dopo la terza operazione, Catalina cominciò a soffrire più di prima. Innanzitutto perché non si era ancora ripresa dall'intervento del dottor Molina, e poi perché quel nuovo seno così grande le dava dei problemi. La sua schiena non ne reggeva il peso, cosicché alla stanchezza si sommavano indolenzimento e dolori. La sera si ritrovava esausta, e la notte era tormentata da un gran freddo nel petto, dovuto al materiale di cui erano fatte le protesi. E poi la pelle le tirava dappertutto, minacciando di smagliarsi. Ma il peggio doveva ancora venire.

Catalina non sapeva a cosa stesse andando incontro e, orgogliosa com'era, non volle parlare a nessuno dei disagi che pativa. Era preoccupata, ma taceva. Il sintomo più inquietante era una crescente tensione fra i due seni, così insistente da darle a poco a poco dolori sempre meno sopportabili.

Yésica, all'oscuro di quelle afflizioni, decise di approfittare del periodo postoperatorio per farle pagare tutto.

In quelle settimane Catalina dormiva sola. E Yésica, che trascorreva molto tempo a casa sua per tenerle compagnia, decise di infilarsi nella camera da letto di Marcial.

Accadde la sera in cui il telegiornale annunciò il ritrovamento del corpo di un chirurgo, il dottor Mauricio Contento, in avanzato stato di decomposizione. Le immagini trasmesse furono così raccapriccianti che Catalina si pentì di tutto l'odio che aveva provato per lui, spense il televisore e si allontanò dalla sala.

Yésica ebbe quindi modo di avviare la sua opera di seduzione. Disse a Barrera che era un vero peccato che il periodo di recupero di Catalina fosse così lungo. Aggiunse che Catalina doveva ritenersi molto fortunata ad aver trovato un marito meraviglioso come lui. Barrera sorrideva ingenuo, mentre Yésica moltiplicava gli attacchi. Gli chiese come facesse a sopportare l'astinenza, e gli assicurò che pochi uomini sarebbero stati capaci di reggere tanto a lungo. Poi gli chiese il permesso di usare la sua doccia, perché si sentiva a disagio dopo la palestra, e non ce l'avrebbe fatta a passare da casa prima di andare a cena.

Barrera, che ormai aveva capito la piega che stava prendendo la situazione, acconsentì.

In realtà, il piano di Yésica era inutilmente complicato. Le sarebbe bastato posargli la mano sulla patta per conquistare un uomo come Barrera, ma lei continuò con i sotterfugi e gli chiese se potesse avere in prestito un asciugamano. Marcial glielo porse cercando di guardarla negli occhi, e sforzandosi di contenere l'ondata di desiderio che minacciava di travolgerlo. Ma la ragazza non gli tolse lo sguardo di dosso, mentre si avviava verso il bagno trascinando un lembo dell'asciugamano sul pavimento.

Quando si udì lo scroscio della doccia, Barrera credette di morire pensando al corpo nudo della ragazza sotto l'acqua. Camminò su e giù per la stanza, non sapendo a quale pretesto appigliarsi per entrare nel bagno, e si fermò più volte davanti alla porta chiusa senza avere il coraggio di toccare la maniglia. Solo quando Yésica gridò che aveva bisogno d'aiuto per regolare la temperatura dell'acqua, il vecchio Barrera entrò e si abbandonò al piacere con una ragazza della stessa età di sua moglie, forse meno sensuale, ma certo nuova sotto le sue mani frementi, e molto più focosa ed esperta.

Nel corso di quella lunga notte, Yésica diede il meglio di sé, producendosi in tutte le prodezze sessuali del suo repertorio, certa che, se voleva conquistare quell'uomo, quello era il momento più adatto. Catalina, infatti, stava per uscire dalla quarantena, e difficilmente a Yésica si sarebbe presentata un'altra opportunità come quella.

A Marcial, che aveva quasi sessantacinque anni e, come si può ben immaginare, una vasta esperienza alle spalle, tornarono alla memoria le migliori puttane della sua vita, le migliori mogli, le migliori amanti. Il sesso che gli offriva Yésica era di qualità così elevata che dimenticò perfino la pastiglia di Viagra che prendeva prima di ogni incontro con Catalina. Anzi, come non gli accadeva da quasi trent'anni, ebbe tre eiaculazioni in poche ore. Infine, mentre facevano l'amore per la quarta volta, il sorgere del sole e la paura di essere sorpreso dalla moglie lo fecero tornare in sé. Ma avrebbe ricordato la notte appena trascorsa come una delle più memorabili degli ultimi anni. E a quella prima seguirono altre notti, tutte meravigliose, che lo fecero sentire di nuovo giovane, sessualmente capace e pazzo di Yésica.

In segreto, e con la complicità del Pelato, Marcial regalò a Yésica un appartamento e un'auto, e la fece accompagnare nelle più esclusive boutique a scegliere tutti i vestiti che desiderava. Le regalò perfino dei gioielli, che acquistò personalmente durante un paio di viaggi a Los Angeles.

Per giustificare tutto quel ben di Dio, Yésica raccontò a Catalina di aver trovato un nuovo fidanzato, ricchissimo, di cui per ora non poteva fare il nome, e che forse, incredibile ma vero, presto l'avrebbe sposata. Non mentiva.

Prima di partire per un terzo viaggio, questa volta in Spagna, Marcial chiese a Yésica di accompagnarlo. Una volta all'estero l'avrebbe sposata, e al loro ritorno si sarebbe separato da Catalina.

Fu così che Marcial partì per la Spagna portando Yésica con sé. Catalina, convinta che la sua amica del cuore si trovasse a Cartagena con il nuovo amante, non si insospettì di fronte alla contemporanea assenza di suo marito. Tanto più che credeva di essere la sola ragazza al mondo in grado di sopportare un vecchio disgustoso come Marcial.

Durante il soggiorno in Galizia, Marcial e Yésica ufficializzarono la loro relazione. Lui, sedotto da come lei sapeva far l'amore; lei, da come lui sapeva gettar via il denaro. In fondo il loro era un rapporto perfettamente equilibrato.

Intanto Catalina, finita la convalescenza, approfittò della libertà ritrovata per fare spese pazze nei centri commerciali. Comprò decine di reggiseni della quinta. Ne scelse di tutti i modelli e colori: a balconcino e a triangolo, con il ferretto e senza, lisci e con i pizzi, trasparenti e castigati, a tinta unita e a fiori, a righine e a pois. Purtroppo per lei non ne avrebbe indossato nessuno.

Catalina non lo sapeva, ma la pelle fra i suoi seni, all'altezza dello sterno, era sul punto di cedere. Certo, soffriva di bruciori e dolori in quella zona, ma pensava che fossero dovuti alla recente operazione e presto sarebbero scomparsi. Una notte, mentre Yésica e suo marito si godevano la luna di miele a bordo di uno yacht ancorato in una baia della Gran Canaria, Catalina sentì che qualcosa nel suo petto si lacerava.

Lentamente, i suoi seni si stavano fondendo. Il cedimento dei tessuti le provocava dolori lancinanti. Sconvolta da quanto stava accadendo, la poveretta corse fuori dalla sua stanza gridando e chiedendo aiuto.

Il Pelato, rimasto a sua disposizione ventiquattr'ore su ventiquattro per ordine di Marcial, la portò d'urgenza alla clinica del dottor Espitia, il chirurgo che l'aveva operata l'ultima volta. Ma quando giunsero nella via dove doveva essere lo studio, si trovarono di fronte la recinzione di un cantiere. L'edificio che Catalina ricordava bene era stato demolito. Al suo posto, come si leggeva su un cartello illuminato da riflettori, sarebbe sorto un lussuoso condominio di sette piani.

A quel punto, senza perdere tempo, decisero di andare alla clinica del dottor Molina. Il dottore a quell'ora non c'era, ma Catalina non era disposta a farsi vedere da altri, soltanto da lui. Turbata dalle sue grida, la receptionist lo chiamò, svegliandolo nel cuore della notte. Meno di un'ora dopo, il dottor Ramiro Molina arrivò in clinica e trovò la sua paziente in uno stato sconfortante. Le fece togliere la camicetta e il reggiseno e rimase stupefatto dal cataclisma che le aveva devastato il petto. A quanto pareva i due seni erano franati, e adesso ne formavano uno solo, superlativo, gigantesco, un seno da decima misura.

La pelle e il tessuto muscolare che ricoprivano lo sterno si erano staccati dall'osso, e al posto dell'invitante avvallamento che separa i due seni si era creata una specie di altopiano. I quarantotto reggiseni che Catalina aveva comprato soltanto cinque giorni prima, pregustando l'impazienza con cui gli uomini glieli avrebbero sfilati, non sarebbero serviti a niente.

«Ma chi diavolo ti ha operata?» tuonò il chirurgo.

Catalina, in lacrime, fece il nome del dottor Espitia.

Molina non riusciva a credere che qualcuno avesse osato intervenire dopo un intervallo così breve dalla precedente operazione, e per di più inserendo protesi così grandi su un fisico tanto delicato. Suggerì a Catalina di denunciarlo. Lei spiegò che la clinica non esisteva più.

Alla fine Molina le promise che l'avrebbe operata, e le avrebbe ridato un aspetto normale, ma sottolineò che se Catalina avesse voluto rimettere delle protesi, avrebbe dovuto aspettare almeno due anni. Doveva lasciare ai tessuti il tempo di rigenerarsi, di aderire di nuovo alle ossa, e il processo sarebbe stato lento, perché quella era la zona con minore massa muscolare di tutto il corpo.

Catalina era in preda al panico. Non certo per via della nuova operazione, quanto all'idea di dover rimanere senza un seno decente per due anni interi, passati i quali avrebbe potuto aspirare al massimo a una seconda misura. Sentì che quella era la fine. Un colpo del genere era troppo per lei.

Scoppiò a piangere, e continuò a piangere per una settimana, mentre il Pelato faceva del suo meglio per convincerla a mangiare qualcosa, altrimenti sarebbe morta. Catalina piangeva per i suoi seni perduti, senza sapere che frattanto suo marito e la sua migliore amica se ne andavano in giro per l'Europa progettando allegramente di escluderla per sempre dalle loro vite.

Quando Marcial e Yésica atterrarono a Bogotá, Catalina stava per entrare in sala operatoria. Era assolutamente sola. Disponeva di tutto il denaro necessario per far fronte a qualunque imprevisto, ma era senza un affetto, senza un parente, senza il suo orrendo ma premuroso marito, senza la sua inseparabile amica, ormai stanca di telefonarle per cercare di risollevarle il morale.

Mentre già l'anestesia cominciava a fare effetto, Catalina rivide il recente passato scorrerle davanti come in un film. Rivide Bayron che le strappava di mano la borsetta, rivide sua madre mentre baciava Albeiro, rivide il taxi vuoto che correva giù per la discesa, rivide la sua prima volta con Cavallo, rivide la notte in cui si era finta vergine con il solo ragazzo che avesse mai amato. Rivide i giorni della scuola, il concorso di bellezza a cui era arrivata seconda. Ripensò ai morti: a Cavallo, a Bonifacio Pertuz del concorso di bellezza, al capitano Salgado e a Mauricio Contento. E chissà perché, forse per inerzia, o per la sua enorme sete di vendetta, decise di aggiungere alla lista il nome di Alejandro Espitia, che aveva accettato di operarla, e col quale era andata a letto ancora tutta dolorante mentre Marcial era in California.

Catalina ricordò, ricordò e ricordò, sotto l'effetto dell'anestetico. Nel momento più inquietante, al confine con la perdita di coscienza, aprì gli occhi e vide il dottor Molina che, col volto coperto dalla mascherina chirurgica, si disponeva a incidere l'area intorno ai capezzoli. Forse era già addormentata, però gridò. Gridò forte, fortissimo, perché lui sapesse che era sveglia e che il bisturi le avrebbe fatto male. E invece era addormentata, il dottore non sentì il suo grido, e premette sul bisturi per affondarlo nella pelle.

Quando Marcial arrivò a casa e fu informato dell'accaduto, non se ne preoccupò. Posò le valigie nell'ingresso e si limitò a pronunciare una frase che avrebbe spinto Catalina al suicidio: «Ma che rottura quella mocciosa con le sue tette!».

Poi si avviò verso le sue stanze seguito dal Pelato.

«Fa' preparare tutta la sua roba, la butto fuori di casa»

gli disse. «Da domani la signora Yésica prenderà il suo posto, quindi sarà meglio che i bagagli glieli porti in clinica, perché io qui non la voglio più vedere.»

Durante il viaggio, in effetti, Yésica aveva pensato bene di rivelare al maritino che Catalina era stata sul punto di consegnarlo alla DEA. Non solo, gli aveva detto pure che alla sua amica veniva il voltastomaco ogni volta che lo baciava, tanto che preferiva prenderglielo in bocca piuttosto che avvicinare le labbra alle sue. E per quanto possa sembrare strano, questa fu la rivelazione che lo ferì di più.

Il Pelato eseguì gli ordini, con una fitta in fondo al cuore. Molto in fondo, però, perché la vita gli aveva insegnato a guadagnarsi il pane uccidendo, e i sentimentalismi non erano il suo forte.

Due giorni dopo, quando ormai si preparava a lasciare la clinica, Catalina fu informata della situazione.

«Purtroppo il capo è dovuto partire. A quanto pare è ricercato. Le ha fatto portare le sue cose e la prega di organizzarsi come può» mentì il Pelato per pura compassione, e aggiunse: «Le raccomanda, soprattutto, di non tornare a casa, per nessuna ragione al mondo, perché la polizia potrebbe arrivare in qualunque momento».

Destinata a fare a meno, per almeno due anni, delle grandi tette che erano state il suo lasciapassare; senza un soldo, perché Marcial Barrera non le aveva destinato che il poco che lei aveva preso con sé prima di andare in clinica; senza più un marito e senza amici; senza famiglia, perché sua madre viveva con il suo fidanzato; Catalina si sentì una reietta. Tutto quel che le rimaneva era una vasta esperienza degli uomini, una meritata reputazione di Prepagata e un nuovo doloroso periodo postoperatorio da superare. In fondo, in quelle circostanze, non valeva neppure la pena di togliersi la vita, perché dentro era già come morta. Tutto la angosciava, tutto era buio e incolore, chiunque la guardasse le pareva un mostro immenso che avrebbe potuto inghiottirla in un boccone. Catalina cominciò ad avere paura del vento, dell'acqua, degli occhi della gente. Insomma, stava crollando.

In mezzo a quella tremenda crisi esistenziale, il Pelato la accompagnò all'aeroporto e, dietro istruzioni di Marcial Barrera, le comprò un biglietto per Pereira. Non che Catalina volesse tornare a casa, ma non aveva alternative. Il ritorno in quello stato, e a un patrigno che un tempo era stato il suo fidanzato, l'avrebbe definitivamente distrutta.

Il Pelato si separò da lei con rammarico. A poco a poco si era innamorato di quella ragazza, ma non osava dirglielo. Sapeva che le sue parole non gli avrebbero meritato altro che una risata sprezzante. Però le lasciò il suo numero di cellulare e la pregò di chiamarlo, senza farsi problemi, se avesse avuto bisogno di qualunque cosa.

«Ti chiamerei anche adesso» sussurrò Catalina, con gli occhi pieni di lacrime, mentre inseriva il numero in rubrica.

Anche al Pelato si inumidirono gli occhi, e un abbraccio fu inevitabile. Mai quel ragazzo alto e nero aveva stretto fra le braccia una donna bianca. La sentì così fragile, così delicata, così irraggiungibile, che subito, con un movimento quasi brusco, la lasciò andare.

«Su, vada, che perde l'aereo, signora» le disse, temendo di soffrire troppo per quel distacco, se lei fosse rimasta un minuto in più.

Catalina lo salutò in silenzio, senza distogliere gli occhi, finché non si girò con il trolley alla mano per imboccare il corridoio delle partenze nazionali. Si guardarono ancora una volta attraverso i vetri e poi si allontanarono, ciascuno col suo dolore.

20

Ritorno a casa

All'aeroporto di Pereira, com'era prevedibile, Catalina non trovò nessuno ad aspettarla. Riconobbe qualche conoscente che rientrava con il volo 911, sempre carico di «muli» del narcotraffico, ma si nascose per non essere riconosciuta. Parevano tutti molto soddisfatti, e ne avevano motivo: tornavano a casa con cinque o diecimila dollari in tasca. Solo una donna passò senza sorridere e non esultò con i parenti e gli amici venuti ad accoglierla. Chinavano la testa, si strofinavano la faccia angosciati, qualcuno piangeva. Catalina si avvicinò per scoprire la ragione di tanto sconforto, forse per consolarsi un poco del proprio. La sorella della passeggera, partita con lei per quel viaggio disgraziato, era stata fermata a Miami con un chilo di cocaina pura nello stomaco. Catalina si avviò lentamente verso il parcheggio dei taxi.

Giunta davanti a casa, ebbe un brivido vedendo la porta aperta, e un altro sentendo la musica che ne usciva a tutto volume. Escluse la possibilità di una festa, perché non c'era gente, e scese dall'auto facendosi coraggio. Sollevò la valigia per superare i gradini, sorpresa di vedere sulla porta un cartello con la scritta «Gelati». Sotto, un altro cartello diceva: «Si stampano magliette». Ne fu contenta, in fondo. Le parvero segni di ottimismo, di industriosità, di voglia di tirare avanti malgrado la perdita del taxi. Sorrise e si diresse immediatamente verso il cortiletto posteriore, da dove giungeva la voce di Albeiro che accompagnava quel frastuono rock.

Lo trovò chino sul suo telaio serigrafico. Stava stampando il numero quattro su una maglia da calcio bianca e rossa come quella del River Play. Catalina rimase a osservarlo per un po' senza che lui se ne accorgesse. Poi il ragazzo staccò la maglietta dal telaio e alzò gli occhi verso i fili da stendere dove l'avrebbe messa ad asciugare.

Fu allora che, nel vedere la sua ex fidanzata intenta a fissarlo con un sorriso intenerito, Albeiro non riuscì a reprimere una smorfia di spavento. Rimase muto. Lei, senza distogliere lo sguardo, si avvicinò allo stereo e lo spense, poi lo salutò. Disse solo «ciao», con il cuore che le batteva all'impazzata. Albeiro, immobile, le osservava il petto, tornato alle dimensioni originali, il volto smagrito e gli abiti dimessi. Poi, in quel silenzio, riuscì a domandarle: «Cosa ti è successo?».

Catalina evitò di rispondere: «Mia madre, dov'è?».

Albeiro alzò lo sguardo verso la casa, imbarazzato.

«Dentro» le disse, e stese finalmente la maglia, per poi avvicinarsi senza fretta, ripulendosi le mani sporche con cura eccessiva.

«Posso offrirti qualcosa?»

«No, grazie, sono passata soltanto a salutare...»

«Vado a cercare Hilda» propose Albeiro, e corse dentro a chiamarla.

«Tesoro!» gridò con una familiarità che per Catalina fu un ulteriore shock.

Nessuna risposta. Forse doña Hilda era uscita un momento a far la spesa.

Infatti di lì a poco comparve. Non appena vide la figlia, ebbe come un'esitazione e uno sguardo di gioia e vergogna insieme. Doña Hilda era incinta. Sul vestitino prémaman che portava quel giorno campeggiava una scritta bianca stampata da Albeiro: «Forza, ragazzo, che ti stiamo aspettando!».

Il colpo fu forte per tutti. Catalina non sapeva se mettersi a piangere di rabbia o rallegrarsi per l'arrivo di un fratellino. Doña Hilda, la gola chiusa dal senso di colpa, intrecciava le mani sul ventre di quattro mesi perché Catalina non leggesse la scritta. Albeiro deglutiva, temendo di dover fronteggiare una nuova reazione violenta di Catalina. Ignorava che la poveretta, ormai, non avrebbe avuto la forza neppure di sfiorarlo.

Dopo qualche secondo, Catalina sorrise, fece un cenno con la testa per dire che aveva capito, e riprese la valigia dirigendosi verso la porta.

«Dove vai, figlia mia?» le chiese sua madre, ancora tremante. Allora Catalina la abbracciò, pianse, la pregò di stringerla forte perché quella, molto probabilmente, era l'ultima volta che si vedevano. Era così commossa che doña Hilda le credette. Ma non ebbe il coraggio di trattenerla. La strinse con angoscia di madre. E Albeiro, timoroso, non si avvicinò.

Tuttavia Catalina non voleva andarsene senza dire qualcosa che potesse aiutarla ad alleggerirsi la coscienza. Raccomandò loro di andare a trovare Bayron al cimitero, di prendersi cura del fratellino, di dimenticare i rimorsi perché la colpa di tutto era sua. Fra le lacrime, chiese perdono di tutto, e confessò con sorprendente potere di sintesi: «Sono una puttana!».

Un fremito d'ira percorse Albeiro, ma poi anche lui, come doña Hilda, capì che non l'avrebbe vista mai più, e la perdonò.

Quando Catalina fu in strada, Albeiro fece per portarle la valigia, che era rimasta dentro casa, ma lei lo pregò di lasciarla lì, di tenere lui le sue cose, o di buttarle via, se voleva. A lei non sarebbero più servite. Fu allora che Albeiro e doña Hilda capirono che Catalina era decisa a morire.

Con i soli vestiti che aveva indosso, il cellulare in tasca e qualche soldo, Catalina andò a cercare le sue amiche di un tempo. Le trovò che dormivano, come sempre durante il giorno, ma le fece svegliare, doveva vederle. Paola, Vanessa e Ximena erano sfiorite e rallentate nei movimenti, tristi nello sguardo, meccaniche nel parlare.

Le chiesero di Yésica, e Catalina ammise che da qualche tempo non ne sapeva più nulla, che forse Cartagena o la giungla di cemento di Bogotá l'avevano definitivamente inghiottita. Ignorava che in quello stesso momento la sua ex amica del cuore stava persuadendo Marcial Barrera a intestarle tutti i suoi beni, non solo perché ne era diventata la moglie e la più abile amante, ma anche perché aspettava un figlio da lui.

Verso sera Paola, Vanessa, Ximena e Catalina si diressero al locale dove le prime tre lavoravano. Catalina sedette al bar a raccontare la propria vita a tutti gli ubriaconi che non avevano di meglio da fare. Non stava cercando clienti, lasciava semplicemente che chi voleva le pagasse da bere, a fiumi. Alcuni le offrivano da sniffare, e lei accettava. L'aveva conosciuta alle feste, la polvere bianca, e l'idea di lasciare questa vita sotto il suo effetto non la disturbava affatto. Catalina aveva tanti fantasmi contro cui lottare, e doveva chiamare a raccolta tutte le sue forze. E così, mentre le sue sventurate compagne salivano e scendevano dalle stanze in compagnia di uomini diversi, lei continuava a brindare alla morte amica. Di tanto in tanto, Vanessa la chiamava di sopra e le offriva «una pista». Tanto lei quanto Ximena e Paola erano diventate cocainomani, e non per divertimento, solo per reggere la fatica, il disgusto, lo squallore.

Mai la vita mostrò a Catalina i suoi paradossi più chiaramente di quella notte, quando un uomo vestito in modo distinto le si avvicinò, parlandole educatamente e offrendole da bere. Dopo averle domandato perché una ragazza come lei si trovasse in un posto come quello, quel signore le disse che il suo corpo armonioso e il suo bel volto meritavano molto di più. Le propose di accompagnarlo quel fine settimana in una certa villa di amici dove avrebbe trovato agi e lussi ben superiori a quelli che poteva offrire un locale simile. A Catalina venne da ridere, ma si trattenne per non offenderlo. Lo sconosciuto pensò che non credesse alle sue parole, e le giurò che, davvero, esistevano uomini pieni di soldi che avrebbero potuto coprirla di regali, di vestiti e di gioielli, che avrebbero potuto darle perfino automobili e un appartamento di lusso, se solo fosse stata carina con loro. A quel punto Catalina scoppiò in una gran risata, e l'uomo si innervosì. Poi, con le migliori intenzioni, cercò di metterla sulla strada giusta. Le disse che una ragazza come lei aveva tutto per trionfare, le mancavano solo le tette.

«Due taglie di reggiseno in più, e li fai morire tutti.»

Catalina non riusciva a smettere di ridere convulsamente, tanto che il barman, preoccupato, le offrì un bicchier d'acqua.

Nel corso di quella crisi di riso, Catalina ripensò al giorno in cui El Titi l'aveva piantata in asso sulla porta di casa, al complimento sfortunato di Albeiro, e ai suoi quattro interventi al seno. Smise di ridere solo quando i primi raggi di sole cominciarono a insinuarsi in quell'antro spettrale.

Quando Vanessa, Paola e Ximena ebbero finito di lavorare, scesero, esauste e disfatte, nel bar, dove l'uomo benvestito cercava ancora di persuadere Catalina a operarsi al seno. In quel momento la sventurata capì che nulla poteva essere peggio della sua vita e non riuscì più a ridere. Non avrebbe riso mai più.

All'uscita, nella luce livida del mattino, Catalina non volle seguire le sue amiche, che la invitavano ad andare a dormire con loro. Non voleva più rivedere il suo quartiere, la sua casa, sua madre incinta e il suo ex fidanzato futuro padre. Con il denaro che le rimaneva, prese un taxi e raggiunse il viadotto sulla statale. Per tre volte tentò di buttarsi oltre il parapetto, e per tre volte fallì. Ebbe paura, e rinunciò. Umiliata, si avviò verso la stazione degli autobus. Di lì fece qualche telefonata e comprò un biglietto per Bogotá. Si mise ad aspettare il primo autobus senza nemmeno lavarsi, con addosso i vestiti del giorno prima.

Io, che per combinazione quella mattina avevo un appuntamento con il direttore della rete trasporti, la vidi vagare con lo sguardo sperduto per la stazione. Ma finsi di non riconoscerla, per evitare di essere visto in sua compagnia. Poteva essere molto compromettente, per me, rivolgere la parola a una ragazza di quel genere, e in quello stato. Eppure da tempo desideravo incontrarla, più che altro per sapere che fine avesse fatto un computer portatile sparito da casa mia l'anno prima, nel cui hard disk si trovavano file riservatissimi.

Quindi, non appena riuscii a liberarmi da quell'impegno di lavoro, tornai in stazione a cercarla. La trovai seduta nella sala d'attesa. Addormentata, con la testa abbandonata all'indietro, aveva un filo di bava che le pendeva dalla bocca semiaperta. Mi fece pena, ma la svegliai. Quel computer era troppo importante per me. Di sicuro era stata la sua amica a rubarlo, ma forse Catalina sapeva a chi l'avesse venduto, o regalato in cambio di qualcosa.

Le scossi la spalla. Lei aprì gli occhi e chiuse la bocca, tirò su la testa e mi sorrise perfino, senza muoversi. Ma presto le palpebre tornarono ad abbassarsi. Allora la scossi più forte. La chiamai, le dissi che dovevo parlarle. Sentendo pronunciare il suo nome, Catalina cercò di nascondermi lo stato di confusione in cui si trovava, si raddrizzò sulla sedia, fece evidenti sforzi per riconoscermi.

«Sono Octavio!» le dissi, e lei si spaventò.

Di sicuro ricordava quel che avevano combinato, lei e la sua amica, durante la lunga permanenza in casa mia.

Alla fine la cortina di nebbia che le obnubilava la mente si alzò, e la ragazza mi parlò. Devo dire che quel giorno Catalina era irriconoscibile, in uno stato pietoso, i pensieri confusi, il trucco sfatto e un alito insopportabile. Eppure, malgrado i suoi occhi tristi, era contenta di vedermi. Quando mi strinse in un abbraccio, mi aspettavo di sentirmi premere addosso le sue tette di silicone, ma mi accorsi che non c'erano più. La guardai sorpreso. Quei grandi seni per i quali aveva tanto lottato erano spariti. Era un mistero. Non riuscii a non chiederle che fine avessero fatto le sue belle tette. Catalina mi guardò seria. Annunciò che il suo autobus non partiva per altre tre ore, durante le quali avrebbe potuto raccontarmi la storia dal principio alla fine, perché scrivessi un libro su di lei. Era un modo di sdebitarsi, in fondo.

E così accettai, non senza chiederle notizie del mio portatile, certo, perché quello era il motivo che mi aveva spinto ad avvicinarla. Lei parve sorpresa, mi disse che non sapeva nulla di quel computer, ed escluse che Yésica potesse averlo preso. Era così malridotta che le credetti: era chiaro che ormai non aveva niente da perdere.

Andammo a sederci al bar della stazione. Lì Catalina cominciò a raccontarmi la sua storia, quel che già sapevo e quel che ancora ignoravo. Dettagliò per filo e per segno le delusioni, i soprusi, le malvagità di cui era stata vittima da quando aveva scelto quella che le era parsa la via più facile per conquistare il mondo. Seppi così di tutti i luoghi dove aveva vissuto con Yésica, di tutte le loro avventure, i sotterfugi e le traversie. Mi confessò i furti che avevano compiuto nelle case degli uomini che le avevano ospitate al solo scopo di godere dei loro corpi. Mi parlò di Cavallo e del suo inganno, e della serie di vendette che in seguito era riuscita a mettere a segno.

Mi raccontò delle protesi usate che le aveva impiantato il dottor Contento pur di portarsela a letto. E del criminale intervento eseguito su di lei da un sedicente chirurgo di nome Espitia, che l'aveva rovinata. Mi raccontò del suo matrimonio con Marcial Barrera, della sua vita di donna sposata e prostituta. Mi raccontò anche di sua madre e di Albeiro, dei loro inganni, della vita che ora conducevano. Alla fine, dopo aver sentenziato che tutto ciò che, nel bene e nel male, le era accaduto dipendeva dal fatto che gli uomini erano schiavi della vagina, domandò con amarezza, fissando un punto nel vuoto: «Che ne sarebbe stato di me se non ce l'avessi avuta?».

Catalina mi parlò anche dell'improvvisa scomparsa della sua migliore amica, dell'arresto di El Titi, della morte del capitano che aveva raccolto la denuncia, della taglia messa da Morón sulla testa di chi aveva tradito, e della sua poca voglia di vivere, anzi, della decisione di mettere fine alla sua esistenza, anche se non aveva il coraggio di farlo da sé. Piangendo e tremando, ammise che ormai voleva soltanto morire. Ma prima sarebbe andata a Bogotá, dove l'aspettava un ragazzo di colore soprannominato il Pelato.

Furono tre ore di confessioni inarrestabili, sincere, dolorose. Era come ascoltare un moribondo, mentre il sole che entrava dalle vetrate le illuminava gli occhi pieni di lacrime e le labbra riarse.

Seppi poi che il Pelato andò effettivamente a prenderla alla stazione. A mezzanotte lui era là, col cuore colmo di speranze. A ogni autobus che arrivava si alzava sulla punta dei piedi per cercare di scorgerla fra i passeggeri. Ma ogni volta l'autobus si svuotava senza che lei comparisse. Finché alla fine Catalina arrivò. Fu l'ultima a spuntare, esitante, vacillante sui gradini. Lui le sorrise con i denti bianchissimi e le andò incontro sforzandosi di non mettersi a correre. Catalina, a testa bassa, lo abbracciò. Pianse sul suo petto fino ad assopirsi, tanto era stanca del lungo viaggio e delle recenti emozioni. Il Pelato la sostenne fino all'auto e poi la portò in un motel, dove si distese accanto a lei senza nemmeno svestirsi, senza togliersi le scarpe, senza toccarla, soltanto per vegliare il suo sonno. Rimase a guardarla per tutta la notte, preoccupato, tormentato, commosso, e non osò nemmeno baciarla sui capelli come avrebbe tanto voluto.

Catalina dormì, apparentemente tranquilla, fino al mattino dopo, quando si svegliò affamatissima e sorpresa di trovare il Pelato accanto a sé. Ma non era spaventata.

Anzi, si sentì rassicurata e gli chiese qualcosa da mangiare. Lui ordinò subito la colazione, che consumarono insieme seduti sul letto. Poi la portò in un centro commerciale a comprare qualcosa perché potesse cambiarsi. Catalina non avrebbe voluto, sapeva che non le sarebbe servito a nulla avvolgere in abiti nuovi quel corpo ormai destinato a sparire dalla faccia della terra. Ma il Pelato insistette, e le comprò un vestito, dei pantaloni, qualche maglietta, un paio di scarpe, mentre il suo cellulare suonava e suonava senza che lui rispondesse.

21

«Pelato cel»

Il numero che compariva sul cellulare del Pelato era sempre quello di Marcial, ma lui non poteva certo dirlo a Catalina, ancora convinta che il vecchio fosse nascosto chissà dove per sottrarsi alle indagini della DEA. Quando la ragazza gli chiese del denaro in prestito per una piccola commissione, il Pelato le diede quanto poteva senza fare domande. Non immaginava che Catalina intendesse comprarsi dell'ecstasy e una bottiglia di rum. L'uomo, fedele alle credenze africane dei suoi padri, aveva deciso di fare un sacrificio a Yemayá, la dea dell'amore. Voleva a tutti i costi conquistare Catalina. Era convinto che sarebbe riuscito a fare di lei una donna felice, amandola e rispettandola per tutta la vita.

Prima di lasciarla, le propose di pranzare insieme. Catalina non era molto convinta, ma accettò per non ferire l'unico amico che le rimaneva. Andarono in un lussuoso ristorante del centro, eccessivo per uno che i camerieri conoscevano come l'autista di Marcial Barrera. Ma il Pelato era in compagnia di una donna meravigliosa, ed era disposto a pagare qualsiasi prezzo pur di impressionarla. Tattica ingenua, perché Catalina era stata in tutti i locali più eleganti della città e della Colombia intera, e ormai ne aveva il disgusto. Entrarono nel ristorante, in preda a sentimenti opposti: lei morta dalla tristezza, lui al settimo cielo per la speranza. Sedettero a un tavolo appartato, e sotto lo sguardo sbalordito del personale, convinto che quel negro massiccio fosse venuto a cercare il suo capo, mangiarono gamberoni alla piastra accompagnandoli con una bottiglia di vino rosso (non bianco, come avrebbe voluto la regola), senza scambiare una parola. Lei, con la gola stretta dall'angoscia; lui, paralizzato dalla soggezione.

Per entrambi si trattava di un momento molto particolare. Catalina stava per dire addio all'ultimo essere umano con cui avrebbe parlato in vita sua, e il Pelato stava spendendo il denaro del suo capo con l'ex moglie del suo capo, in un ristorante che il suo capo frequentava abitualmente.

E infatti di lì a poco Yésica e Marcial Barrera fecero il loro ingresso in sala. Lei, aggrappata al braccio del neomarito, indossava un elegante vestito blu cosparso di paillettes argentee e aveva al collo un magnifico pendente di brillanti. Il Pelato, nel vederli, si spaventò più di Catalina.

Quest'ultima li guardò per qualche secondo, poi si alzò e, afferrando un coltello dal tavolo, annunciò: «Io li ammazzo».

Il Pelato la trattenne per un braccio e la supplicò sottovoce di non fare scene, perché, se Marcial si fosse accorto della loro presenza, entrambi ci avrebbero rimesso la vita. Ma Catalina era così furibonda da non sentire ragioni. Il Pelato giunse al punto di inginocchiarsi davanti a lei: le confessò il suo amore, la scongiurò di ripensarci. Le disse che era disposto a fare di tutto per lei, ma, per pietà, lo aiutasse a uscire da quel ristorante senza che il suo capo si accorgesse di loro. Catalina, colta da un improvviso sospetto, gli chiese da quanto sapesse di Marcial e Yésica. Il Pelato dovette prometterle che le avrebbe raccontato tutto, non appena fossero stati fuori di lì.

Così, pagarono e uscirono, non visti. Sedettero in un parco poco distante e, come promesso, il Pelato rivelò a Catalina la verità. Le disse che Yésica aveva sedotto il padrone, se l'era lavorato fino a fargli perdere la testa e a farsi sposare da lui in Spagna, mentre Catalina, in clinica, pativa i postumi dell'ennesimo intervento. Ora gli sposini vivevano insieme, nella casa che Catalina aveva lasciato da poco. Nell'apprendere che era stata crudelmente ingannata, Catalina pianse di rabbia, e immaginò in ogni particolare quel che Yésica doveva aver raccontato di lei a Marcial. Sentì che quello era il colpo di grazia, e che la sua esistenza ormai non aveva più senso.

Allora chiese al Pelato di prometterle una cosa. Avrebbe ucciso Yésica. Doveva farlo per lei. Il Pelato, che le aveva giurato eterno amore e obbedienza, accettò. Ma bisognava che Yésica uscisse di casa, da sola, senza Marcial. Il Pelato non se la sentiva di affrontare il suo capo, era un rischio troppo grande, che per di più avrebbe messo in pericolo la vita dei suoi colleghi guardaspalle. La soluzione era semplice: Catalina avrebbe telefonato a Yésica, avrebbe fatto finta di nulla e le avrebbe chiesto un appuntamento.

Quella notte Catalina pianse senza sosta, cercando il motivo che poteva aver spinto Yésica a tradirla in quel modo. Ma non riuscì a trovarlo. L'amor proprio, come sempre, la rendeva cieca.

Il mattino dopo, il Pelato tornò a casa di Barrera, e con mille pretesti giustificò la sua assenza di due giorni. Non appena la collera di Barrera si fu placata, il cellulare di Yésica cominciò a squillare. Squillava e squillava, ma lei, vedendo il nome di Catalina sul display, non rispondeva. E così il Pelato intervenne. Le fece capire che se non avesse risposto, avrebbe rischiato che Catalina si precipitasse lì di persona.

Yésica si convinse e accettò la chiamata. Catalina pareva allegra, di buon umore, come se fosse all'oscuro di tutto. Disse che aveva tanto cercato Yésica, che sentiva la sua mancanza e sperava di rivederla presto perché aveva un'infinità di cose da raccontarle. Alla fine, con voce entusiasta, piena d'affetto, le propose di incontrarsi in un caffè che entrambe conoscevano bene, perché lì, tutte le mattine per settimane, avevano atteso l'arrivo di Mauricio Contento.

Yésica, sollevata all'idea che l'amica non fosse al corrente del tradimento, uscì di casa un'ora dopo, diretta al luogo convenuto. Marcial, che non era stato informato del motivo di quell'uscita, andò a comprare alla nuova moglie un regalo grande quanto il suo timore di essere abbandonato.

Nell'attesa che Yésica arrivasse, Catalina chiamò il Pelato e gli disse di mandare i suoi sicari a un certo caffè del centro, il Caffè Salento. Lì, alle due del pomeriggio, sarebbe arrivata la sua amica, completamente sola. Catalina non si sarebbe presentata all'appuntamento, in modo che i ragazzi non potessero avere dubbi. Lo pregò di non avere pietà, di mantenere la parola data.

Il caffè era un locale alla moda, con un grande tendone verde in stile parigino a ombreggiare i tavolini all'aperto, circondati da siepi e vasi di fiori. All'approssimarsi dell'ora stabilita, il Pelato fermò l'auto a due isolati di distanza. Stava cominciando a scendere una pioggerella sottile, che lo costrinse ad azionare i tergicristalli. Il traffico intenso saturava l'aria di smog e la gente affrettava il passo in cerca di un riparo. Due uomini in motocicletta, i volti nascosti da caschi integrali, si fermarono non lontano in attesa di ordini. Nervosi, guardavano verso l'angolo occupato dai tavolini del Caffè Salento.

Per assicurarsi che Catalina fosse al sicuro, il Pelato la chiamò. Sul cellulare della ragazza comparve la scritta «Pelato cel». Lei rispose. Gli disse di non preoccuparsi. Si trovava in un negozio proprio di fronte al caffè. Dalla vetrina poteva già vedere Yésica, che quel giorno portava una giacca bianca, pantaloni neri, una sciarpa rosa e scarpette dello stesso colore. Come sempre, era seduta al tavolo più esterno, con un libro in mano, per darsi un tono. Era il momento di agire.

Il Pelato si mise in contatto con i suoi uomini e diede ordine di procedere. Ripeté la descrizione di Yésica: giacca bianca, pantaloni neri, sciarpa rosa. Tavolo esterno, un libro in mano.

Con la disinvoltura che proviene dall'esperienza, i due

ragazzi col casco spensero la sigaretta, abbassarono le visiere, si scambiarono una battuta grossolana su una donna che passava, si sistemarono uno dietro l'altro sulla motocicletta, palparono i giubbotti per accertarsi che le armi fossero al loro posto e partirono lentamente. Attraversarono la strada zigzagando fra le auto, salirono sul marciapiede di fronte e si diressero verso la ragazza in giacca bianca seduta di spalle sotto il tendone del caffè.

I passanti si scansarono, in silenzio, atterriti. Il passeggero, un assassino di professione soprannominato non a caso Sanguefreddo, si fece il segno della croce, si raccomandò alla Madonna, promise mentalmente un pellegrinaggio al santuario di Apicalá, e impugnò la pistola. In quel momento la vittima stava scrivendo qualcosa sul libro posato sul tavolino. L'assassino tolse la sicura.

Non c'erano dubbi, la ragazza era quella. Giacca bianca, pantaloni neri, sciarpa rosa, libro. Tutto come aveva detto il Pelato. Il guidatore fermò la moto senza spegnerla. Sanguefreddo scese e mosse qualche passo veloce senza guardarsi indietro. La ragazza non si voltò, chiuse gli occhi, sorrise e posò la penna sul libro aperto. Sanguefreddo superò le siepi, la abbracciò da dietro, come un amico venuto a farle una sorpresa, e le appoggiò la pistola sul seno, vuotando tutto il caricatore della sua nove millimetri. La ragazza, colpita al cuore, cadde a terra senza lasciare il cellulare che aveva in mano.

Sanguefreddo tornò alla moto senza fretta e vi salì con un balzo, mentre il compare dava di gas. Partirono soddisfatti: un lavoro pulito, tutto era andato liscio come l'olio. Adesso, con calma, avrebbero pensato a come spendere il denaro così facilmente guadagnato.

Un cameriere, in procinto di uscire dal bar con le ordinazioni, lasciò cadere il vassoio e le tazze colme, che si infransero sotto i tavoli schizzando caffè dappertutto. Ormai i sicari si stavano allontanando scansando le auto a tutta velocità. Gli altri clienti, che nell'udire gli spari si erano abbassati sotto i tavolini, rialzarono la testa, storditi, mentre i passanti accorrevano.

Qualcuno gridò che chiamassero un'ambulanza, cercando di tenere indietro la folla dei curiosi per rispetto alla moribonda. La polizia arrivò immediatamente, si fece largo, allontanò la gente, e cercò di prestare i primi soccorsi alla ragazza che, morendo, sorrideva. Ma fu tutto inutile: in un ultimo, gorgogliante sospiro, la giovane morì.

Uno degli agenti, inginocchiato a tastarle il polso, scosse la testa e disse che non c'era più niente da fare. Ne aveva viste, lui, di scene come quella. La poveretta era morta. Il suo corpo giaceva immobile, rannicchiato in posizione fetale, mentre una grande macchia rossa si allargava sul bianco della giacca e sul marciapiede. La prima cosa da fare, ora, era identificarla. La borsa fu perquisita inutilmente. La vittima non aveva documenti. Solo quel libro sul tavolo, e il cellulare, ancora stretto nella sua mano sinistra.

A pochi isolati di distanza, i sicari abbandonarono la moto rubata e salirono sull'auto del Pelato. Missione compiuta, nessun intoppo. Tolti i caschi, si abbracciarono come sportivi dopo la vittoria, ringraziando Gesù e la Madonna. Il Pelato era impaziente di liberarsi di loro. Voleva raggiungere la sua ragazza. Aveva compiuto quel gesto nella speranza di conquistarla, e ora voleva la sua ricompensa.

Sfilò dalla tasca il cellulare e la chiamò. Il telefono di Catalina squillava, squillava, ma lei non rispondeva. Il Pelato insistette, attese, non poteva credere che lei non volesse parlargli.

In quello stesso momento, Marcial Barrera stava chiamando Yésica per dirle del gran regalo che la attendeva. Una bellissima auto nuova, un SUV di fabbricazione tedesca, un vero gioiello che in Colombia costava non meno di 160 milioni di pesos.

Intanto, sulla scena del crimine, uno dei poliziotti attirò l'attenzione del suo capo sul cellulare che vibrava nella mano della morta, accendendola di un inquietante colore blu. Nessuno rispose, per non mettere in allarme il chiamante, ma quando liberarono l'apparecchio da quella mano inerte, sul display apparve una scritta: «Pelato cel».

Sul tavolino, macchiata da qualche goccia di sangue, giaceva una Bibbia aperta, con le pagine arruffate dal vento. La penna, posata nel mezzo, segnava una pagina dei Vangeli: San Luca, capitolo 23. Il versetto 43 era cancellato da una riga tracciata di furia, pur risultando ancora leggibile: «In verità ti dico: oggi sarai con me in Paradiso».

Sul margine superiore, a lettere tremolanti, c'era scritto: «Tutte palle. Senza tette non c'è paradiso».

Epilogo

Al Caffè Martán, dall'altra parte della città, Yésica era estremamente irritata. Catalina non si era ancora fatta vedere. Ma quando il marito, per telefono, le disse di quel nuovo sontuoso regalo, il suo umore cambiò. Dopo un'ultima occhiata all'orologio, Yésica posò qualche moneta sul tavolo, prese la borsa e si alzò, convinta che ormai Catalina non sarebbe più venuta.

Il giorno in cui aveva deciso di uccidersi, Catalina mi telefonò e mi diede un appuntamento. Mi comunicò che aveva una cosa molto importante da dirmi. La ricevetti nel mio appartamento. Sembrava serena. Mi informò, molto tranquillamente, che presto sarebbe morta e mi illustrò il piano che aveva elaborato, decisamente intelligente per una persona della sua età, con i suoi limiti intellettuali e culturali. Io le domandai, con la stessa tranquillità, perché non si uccidesse da sola. Lei rispose che aveva troppa paura. Aveva provato a gettarsi da un viadotto, a Pereira, senza riuscirci. «Era così alto, che me la sono fatta sotto alla sola idea.» Questo mi disse, ridendo.

Mi raccontò che la sera prima, mentre il Pelato era in bagno, gli aveva tolto la pistola dalla tasca della giacca e aveva provato a infilarsela in bocca, come fanno i direttori di banca dopo un fallimento doloso. Anche quel tentativo era fallito. Aveva pensato di gettarsi dalla finestra di un palazzo del centro, ma vi aveva rinunciato per pura vanità, pensando all'effetto orribile che avrebbe fatto il suo corpo sfracellato sul marciapiede. Per questo aveva deciso di sfruttare le buone intenzioni del Pelato e il suo evidente amore per lei. Per questo aveva deciso di attendere la morte di spalle, in modo che non rovinasse il suo bel viso. Lo stesso viso che Albeiro avrebbe guardato con tardivo rimpianto, una volta che la sua salma fosse stata composta nella bara.

Poi, di colpo, Catalina cambiò discorso, e annunciò che era venuta per consegnarmi una busta. Questa conteneva una lettera in cui lei stessa spiegava i motivi che la spingevano a togliersi la vita, e un biglietto anonimo, indirizzato alla DEA, che forniva tutte le informazioni necessarie per la cattura e la condanna di Marcial Barrera e di Yésica.

Due mesi dopo i funerali di Catalina (il cui cadavere non identificato finì in una fossa comune del Cimitero Centrale di Bogotá), puntualmente Marcial Barrera e Yésica furono tratti in arresto. La polizia fece irruzione in una villa fuori città dove la coppia stava festeggiando con qualche amico la gravidanza della giovane sposa. Al rinfresco erano presenti diverse personalità di spicco, che videro così macchiata per sempre la loro reputazione. Yésica fu rinchiusa nel carcere femminile del Buen Pastor per aver fatto da prestanome in diversi affari illeciti del marito, e lui fu estradato negli Stati Uniti, dove sta ancora scontando una condanna a quarant'anni di carcere. Io incassai una modesta ricompensa di cinquecentomila dollari.

Morón riuscì a sfuggire alle maglie della giustizia, e quell'anno la squadra di calcio di cui era presidente vinse il campionato. La finanza rese pubblico l'elenco dei beni sequestrati ai trafficanti nell'arco degli ultimi dodici mesi. Vi figuravano tra l'altro: titoli azionari di varie imprese e squadre di calcio, un giardino zoologico, aerei, piste per corse automobilistiche, alberghi a cinque stelle, arene per la corrida, centri commerciali, farmacie, aeroporti, palazzi, ville, locali commerciali e uffici d'ogni tipo, proprietà terriere per un'estensione equivalente alla superficie della

Bolivia o dell'Uruguay. Tutto ciò finì all'asta con la supervisione dell'Ente Nazionale contro il Narcotraffico. Immaginate le opportunità di investimento!

Doña Hilda e Albeiro ebbero una bambina, alla quale diedero il nome di Catalina, in onore dell'amata figlia ed ex fidanzata ora figliastra, nella speranza che un giorno ricomparisse e potesse rallegrarsi di quell'omaggio. Non seppero mai della sua morte. In realtà Catalina, nella lettera che mi aveva consegnato, mi aveva lasciato il numero di telefono della casa di Pereira, pregandomi di avvertire sua madre. Ma io non l'ho fatto.

Il Pelato sprofondò nella disperazione. Conoscere Catalina e perdere la testa per lei era stato tutt'uno, per un uomo semplice come lui. Non aveva mai invidiato il suo capo, per il quale provava il più profondo rispetto, fino al giorno in cui, entrando in camera sua per consegnargli del denaro, aveva trovato la giovane moglie nuda sul letto, addormentata. In quel momento gli era parso un delitto che una creatura così bella sprecasse la vita al fianco di un vecchio ripugnante, acciaccato e pieno di manie come Barrera.

Da allora aveva iniziato ad amare Catalina in silenzio, provando un'infinita pena per lei. Mille volte era stato sul punto di parlarle, di spiegarle chi era Marcial, il male che faceva alla gente, per scongiurarla di lasciarlo e tentare insieme una vita diversa. Una vita onesta. Ma non c'era riuscito. La lealtà verso il capo era stata più forte anche dell'amore. Tuttavia aveva continuato ad amarla, a desiderare di proteggerla, a fantasticare di darle un giorno dei figli color caffellatte.

E quando Catalina, dopo la scena al ristorante, gli aveva chiesto di eliminare Yésica, lui, che nella vita non aveva fatto altro che uccidere per denaro, si era illuso che quello potesse essere il modo per conquistarla. Si era sbagliato.

Quando una voce maschile aveva risposto al cellulare di Catalina, il Pelato si era precipitato sul luogo del delitto in preda all'angoscia. Si era fatto largo fra la folla e aveva visto il corpo dell'amata rannicchiato a terra in una pozza di sangue. Aveva provato l'impulso di raggiungerla per deporre sulle sue labbra ancora tiepide il bacio che aveva sempre sognato di darle. Ma si era trattenuto. Si era allontanato, ed era corso come un pazzo in cerca dei sicari. Poi aveva cercato di spararsi. Non ci era riuscito. Si era reso conto che la morte era un castigo troppo lieve per quel che aveva fatto.

Da allora ogni anno, nel giorno dell'omicidio, il Pelato va a prendere un caffè nel luogo dov'è morta la sua amata. Là, al tavolo di Catalina, il Pelato apre la Bibbia, rilegge il versetto di San Luca e cerca qualcuno a cui raccontare la storia di una bambina che aveva tentato di uscire dalla povertà facendosi operare al seno.

Vanessa e Ximena non riuscirono mai ad abbandonare la loro triste vita. Continuarono a dare piacere agli uomini in cambio di denaro. Paola ebbe una sorte diversa, perché uno dei suoi clienti, uno straniero esperto di comunicazioni che si trovava in città per lavoro, si innamorò di lei e volle sposarla. Lei accettò. Ora vive a Budapest e aspetta un figlio.

L'ho saputo un giorno in cui mi trovavo all'aeroporto per un viaggio alle Isole Faroer, dove si sarebbe tenuta la «Quinta conferenza mondiale sulle conseguenze del fumo sulle mucose della donna in gravidanza», alla quale mi stavo recando in compagnia di cinque colleghi e delle rispettive mogli, naturalmente a spese del governo.

Durante il volo per la Danimarca, sentii dire a un collega che sua figlia di sedici anni, che stava per terminare le scuole superiori, gli aveva chiesto in regalo un paio di tette al silicone. Non fui sorpreso, perché tutti sappiamo che i narcotrafficanti, con la complicità dei mezzi di comunicazione, hanno inculcato nelle donne di questo Paese il desiderio di avere un fisico da top model. Quel che mi lasciò interdetto fu la reazione del padre: «Dovrò regalargliele. Altrimenti, chi la sopporta più?». Riflettendo su questo episodio, ho capito che l'affare più redditizio del mondo, oggigiorno, non è la politica, né il traffico di droga, di animali rari o di donne. L'affare più redditizio si fonda sulla vanità. Per questo penso che presto mi comprerò un bel diploma da chirurgo plastico e metterò su un ambulatorio per il quale ho già in mente un nome niente male: «La fabbrica del paradiso».

Indice

1.	Chi ha detto che le dimensioni non contano?	7
2.	L'organizzazione	25
3.	La fine del fiore	49
4.	Ragazze Prepagate	65
5.	Il figlio di Cavallo	73
6.	«Tu non ne hai bisogno»	77
7.	La vendetta del fiore	85
8.	La fabbrica delle bambole	89
9.	Tette a rischio di estradizione	95
10.	L'ospite è come il pesce	105
11.	La rinascita del fiore	115
12.	Il breve passo dal sogno all'incubo	125
13.	E qui compaio io	129
14.	Albeiro	145
15.	Il sogno si realizza	153
16.	Da fidanzato a patrigno e... da miss a vicemiss	167
17.	Ritorno all'innocenza	183
18.	Overdose di silicone	191
19.	Il cedimento	199
20.	Ritorno a casa	209
21.	«Pelato cel»	219

Epilogo 227

Finito di stampare
nel mese di maggio 2007 presso il
Nuovo Istituto Italiano d'Arti Grafiche - Bergamo

Printed in Italy